ANNA NORTH
Die Gesetzlose

Das Buch

Der Wilde Westen, Ende des 19. Jahrhunderts: Nach einer Grippewelle sind viele Menschen unfruchtbar geworden. Umso wichtiger wird in den Augen der Gemeinschaft die weibliche Pflicht: heiraten und Kinder bekommen. Hiervon ist auch die siebzehnjährige Ada nicht ausgenommen, die eigentlich ihrer Mutter nacheifern und Hebamme werden will. Als Ada jedoch auch nach einem Jahr Ehe nicht schwanger ist, verdächtigt man sie, mit einem Fluch belegt zu sein und Unglück zu bringen.
Als in ihrem Dorf die Masern ausbrechen und ihr dafür die Schuld gegeben wird, flieht Ada – zur allseits gefürchteten »Hole in the Wall«-Gang, die seit Langem die Gegend unsicher macht. Doch einmal in den Kreis der Gesetzlosen aufgenommen, stellt Ada fest, dass diese völlig anders sind, als es auf den ersten Blick scheinen mag.
Frauen in Männerkleidern, die schärfer schießen als Butch Cassidy, schwarze Cowboys (oder Cowgirls?) und ein geheimnisvoller Anführer namens »The Kid«, der sich weder als Mann noch als Frau definiert – Anna Norths feministischer Western stellt die Konventionen des Genres mit Genuss auf den Kopf und befördert sie ins 21. Jahrhundert. Ein furioser Roman, der seinesgleichen sucht!

Die Autorin

Anna North hat den Iowa's Writer's Workshop absolviert, ist Journalistin und Autorin dreier Romane, von denen *The Life and Death of Sophie Stark* mit dem Lambda Literary Award und dem Prix des lecteurs et des lycéens de Vincennes ausgezeichnet wurde. Ihr neuer Roman *Ada, die Geächtete* wurde weltweit in zahlreiche Länder verkauft. Ihre journalistischen Arbeiten sind u.a. in VOX, JEZEBEL, BUZZFEED, THE ATLANTIC und der New York Times erschienen. Anna North lebt in Brooklyn.

Die Übersetzerin

Sonia Bonné übersetzt aus dem Englischen. Sie studiert Informatik und lebt in Berlin.

ANNA NORTH

DIE GESETZLOSE

ROMAN

Aus dem amerikanischen Englisch
von Sonia Bonné

eichborn

Die Bastei Lübbe AG verfolgt eine nachhaltige Buchproduktion.
Wir verwenden Papiere aus nachhaltiger Forstwirtschaft und verzichten
darauf, Bücher einzeln in Folie zu verpacken. Wir stellen unsere Bücher
in Deutschland und Europa (EU) her und arbeiten mit den Druckereien
kontinuierlich an einer positiven Ökobilanz.

Eichborn Verlag

Titel der amerikanischen Originalausgabe:
»Outlawed«

Für die Originalausgabe:
Copyright © 2021 by Anna North

Für die deutschsprachige Ausgabe:
Vollständige Taschenbuchausgabe
der bei Eichborn erschienenen Hardcoverausgabe
Copyright © 2023 by
Bastei Lübbe AG, Schanzenstraße 6–20, 51063 Köln

Textredaktion: Eva Wagner, Dorfen
Umschlaggestaltung: Massimo Peter-Bille unter Verwendung
eines Designs von Rachel Willey
Einbandmotive: © Alina Solovyova-Vincent Getty Images
und CSA Images
Satz: two-up, Düsseldorf
Gesetzt aus der Garamond
Druck und Einband: GGP Media GmbH, Pößneck

Printed in Germany
ISBN 978-3-8479-0159-4

1 3 5 4 2

Sie finden uns im Internet unter eichborn.de

Für meine Familie

KAPITEL 1

Im Jahr des Herrn 1894 wurde ich zur Gesetzlosen. Wie so vieles im Leben geschah auch das nicht von heute auf morgen.

Zunächst einmal musste ich heiraten. Am Tag meiner Hochzeit fühlte ich mich wie ein Glückskind. Ich war siebzehn und nicht die erste Braut in meiner Schulklasse, aber immerhin war ich eine Braut, und mein Ehemann ein hübscher Junge aus gutem Hause. Er hatte drei Geschwister, wie ich, und seine Mutter war eins von sieben Kindern. War ich verliebt? Damals behaupteten meine Freundinnen und ich ständig, in unsere Verehrer verliebt zu sein – ich weiß noch, wie ich stundenlang von seinen breiten Schultern schwärmte, von seiner ungeschickten, aber charmanten Art zu tanzen und seiner schüchternen Art, meinen Namen zu sagen.

Die ersten paar Ehemonate waren schön. Mein Mann und ich hatten ständig Lust aufeinander. In der neunten Klasse, als Mädchen und Jungen getrennt auf das Eheleben vorbereitet wurden, hatte Mrs Spencer uns erklärt, es würde später einmal unsere Pflicht sein, unserem Mann beizuwohnen und Babys für das Jesuskind zu bekommen. Von der Sache mit den Babys hatten wir schon gehört, denn wir hatten jedes Jahr seit der dritten Klasse Burtons

Geschichten vom Jesuskind gelesen und wussten deshalb, dass Gott die Große Grippe geschickt hatte, wie damals vor vielen Jahrhunderten die Sintflut, um die Welt vom Bösen zu säubern. Wir wussten, das Jesuskind war Mary von Texarkana erschienen, kurz nachdem die Grippe zwischen Boston und Kalifornien neun von zehn Männern, Frauen und Kindern umgebracht hatte, und wir wussten auch, dass Es einen Bund mit ihr geschlossen hatte: Wenn die Überlebenden fruchtbar waren, sich mehrten und die Welt nach Seinem Ebenbild bevölkerten, würde Es ihre Nachkommen behüten und vor weiterer Krankheit verschonen, bis in alle Ewigkeit.

Und in der neunten Klasse erfuhren wir dann, wie wir unserem künftigen Ehemann beiwohnen würden. Wir sollten uns vorher waschen, uns Parfüm hinter die Ohren tupfen, langsam atmen, um alle Muskeln zu entspannen, und unserem Gatten währenddessen in die Augen blicken. Angeblich würde es bluten.

»Keine Sorge«, fügte die Lehrerin lächelnd hinzu. »Es tut nur beim ersten Mal weh. Nach einer Weile wird es euch gefallen. Nichts ist schöner, als wenn zwei Menschen zusammenfinden und ein Kind zeugen.«

Anfangs wusste mein Mann nicht so recht, wie er es anstellen sollte, aber er nahm seine Verantwortung sehr ernst, und was ihm an Erfahrung fehlte, machte er mit Eifer wieder wett. Damals wohnten wir bei seinen Eltern, während er auf ein eigenes Haus sparte. Beim Frühstück scherzte seine Mutter immer, bald würde ich für zwei essen.

Tagsüber begleitete ich meine Mutter weiterhin zu ihren Hausbesuchen. Ich war ihr ältestes Kind und das einzige, das wirklich etwas über Steißgeburt, Morgenübelkeit und Kindbettfieber lernen wollte, und folglich würde ich, wenn sie zu alt für ihren Beruf sein würde, ihre Aufgaben übernehmen. Bei den Hausbesuchen trug ich meinen neuen Ehering. Die werdenden Mütter zwinkerten mir zu und neckten mich.

»Gut, dass du das alles jetzt schon lernst«, sagte Alma Bunting, vierzig Jahre alt, schwanger mit dem sechsten Kind und von Hämorrhoiden geplagt. »Dann bist du nicht so überrascht, wenn es dir passiert.«

Ich lachte nur. Ich war nicht wie meine Freundin Ulla, die jetzt schon acht Babynamen ausgesucht hatte, vier für Jungen und vier für Mädchen. Als ich zehn Jahre alt war und meine Schwester Bee gerade zwei Monate, hatte meine Mutter sich ins Bett gelegt und konnte ein Jahr lang nicht mehr aufstehen. Ich wusste also, was es hieß, Mutter zu sein – ich hatte Bee gewickelt und mit der Flasche gefüttert, wenn meine Mutter sie nicht stillen konnte, und nachts hatte ich sie getröstet, obwohl ich selbst noch ein Kind war und mich im Dunkeln fürchtete. Ich hatte es nicht gerade eilig, die Erfahrung zu wiederholen, und von den Hausbesuchen wusste ich, dass schwanger zu werden manchmal Monate dauerte, selbst für so junge Frauen wie mich. Ich war zufrieden damit, mit meinem frischangetrauten Ehemann zu schlafen, mich gelegentlich aus dem Haus zu schleichen, mit Ulla, Susie und Mary Alice hinter der Scheune der Petersens Felsenbirnenwein zu trinken und mich um niemanden zu kümmern außer um mich selbst.

Aber eines Morgens – die Hochzeit war sechs Monate her, und ich stand gerade in der Küche und räumte das

Frühstücksgeschirr weg – sprach mich meine Schwiegermutter an.

»Weißt du«, sagte sie, »du darfst, wenn ihr es getan habt, nicht einfach aufstehen und herumlaufen. Wenn es klappen soll, musst du mindestens eine Viertelstunde liegenbleiben und stillhalten.«

Normalerweise redete sie mit mir, als wären wir zwei Gleichaltrige, die nach der Schule den neuesten Tratsch austauschen. Aber das hier war kein Tratsch, und wir waren keine Schulfreundinnen. Ich versuchte, froh und unbekümmert zu klingen.

»Mama sagt, das spielt keine so große Rolle«, erklärte ich. »Sie meint, es kommt vor allem auf den richtigen Zeitpunkt an. Deswegen trage ich ihn jeden Monat in den Kalender ein.«

»Deine Mutter ist eine sehr kluge Frau«, sagte sie, dabei hatte sie meine Mutter nie leiden können. »Aber manchmal muss man eben ein kleines bisschen nachhelfen.«

Sie nahm mir die Teetassen aus der Hand.

»Ich erledige das«, sagte sie. »Geh und mach dich für die Arbeit fertig.«

Ich befolgte den Ratschlag meiner Schwiegermutter nicht – faul im Bett herumzuliegen hatte mir noch nie gefallen. Aber ich fing an, jeden Morgen meine Temperatur zu messen, um die fruchtbaren Tage nicht zu verpassen. Noch machte ich mir keine Sorgen – meine Mutter hatte mir erzählt, es habe acht Monate gedauert, bis sie mit mir schwanger wurde, mein Vater hätte sie deswegen sogar beinahe verlassen. Später, bei Janie, Jessamine und Bee, sei es einfacher gewesen. Wann immer wir allein waren, machte mein Mann sich über seine Mutter lustig. In die Ehe seines großen Bruders hatte sie sich angeblich so sehr eingemischt, dass seine Schwägerin ihr Hausverbot erteilt hatte.

Aus sechs glücklichen Monaten wurde ein ganzes Jahr.

»Jetzt gibt es nur noch eine Lösung«, sagte meine Mutter. »Du musst mit einem anderen schlafen.«

In der Hälfte der Fälle, erklärte sie, liege das Problem beim Mann.

Ich war schockiert. Mrs Spencer hatte uns immer erzählt, die meisten Paare bekämen deswegen kein Kind, weil die Frau ihrem Ehemann nicht oft genug beiwohnte, oder weil sie zu beten vergaß. Eine Frau, die ihre Pflichten gegenüber dem Ehemann und dem Jesuskind vernachlässigte, sei höchstwahrscheinlich von einer Hexe verflucht worden – für gewöhnlich von einer Frau, die selbst unfruchtbar war und andere mit ihrem Leid anstecken wollte.

Von meiner Mutter wusste ich, dass es so etwas wie böse Flüche nicht gab und der Körper manchmal einfach so versagte, aber von unfruchtbaren Männern hatte ich noch nie gehört. Als Maisie Carter und ihr Ehemann kein Kind bekommen konnten, war es Maisie, die aus dem Haus gejagt wurde und unten am Fluss bei den Kesselflickern und den Säufern leben musste. Als Lucy McGarry nicht schwanger wurde, ging sie zurück zu ihrer Familie, und als in dem Sommer zwei Nachbarinnen eine Fehlgeburt erlitten, schoben alle die Schuld auf Lucy. Sie wurde als Hexe gehängt. Damals war ich erst elf und begleitete meine Mutter noch nicht auf Hausbesuche. Ich hatte noch nie jemanden sterben sehen. Das Ganze machte mir große Angst – nicht die Gewalt an sich, sondern wie unvermittelt sie kam. Im einen Moment stand Lucy noch auf dem Podest, im nächsten baumelte sie reglos in der Luft. Ich stellte mir vor, wie es wäre zu sehen, zu denken und zu fühlen und dann plötzlich in die Finsternis zu stürzen – in weniger als Finsternis, ins Nichts. Die Furcht hielt mich nächtelang wach, aber dort unten vor dem Galgen hatte ich gejubelt wie alle anderen. Nur meine Mutter hatte nicht gejubelt.

»Ich will nicht mit einem anderen schlafen«, sagte ich. »Können wir es nicht noch eine Weile versuchen?«

Meine Mutter schüttelte den Kopf.

»Die Leute reden schon über euch«, sagte sie. »Meine Patientinnen fragen ständig, ob du endlich schwanger bist.«

Sie würde jemanden für mich finden, sagte sie. Es gebe Männer, die es für Geld machten, Männer, deren Zeugungskraft bewiesen war und die ein Geheimnis für sich behalten konnten. An den entsprechenden Tagen würde ich einen von ihnen treffen, tagsüber und am besten gleich mehrere Tage hintereinander.

»Du darfst nicht glauben, du würdest deinem Mann damit untreu«, sagte meine Mutter. »Betrachte es als Selbstschutz.«

Der Mann überraschte mich. Wir trafen uns im Haus meiner Mutter, wo er sich als Handwerker ausgab (und tatsächlich den Herd reparierte). Er stellte sich als Sam vor, aber ich wusste gleich, dass das nicht sein richtiger Name war. Er war im selben Alter wie meine Mutter und ziemlich hässlich mit seinem zotteligen mausgrauen

Schnurrbart, dem dicken Bauch und den dünnen Beinen. Aber er war nett und nahm mir die Nervosität.

»Wenn du willst, dass ich aufhöre, musst du mir nur ein Zeichen geben«, sagte er und zog sich die Socken aus.

Ich wollte nicht, dass er aufhörte. Ich wollte, dass er sich beeilte mit dem, was nötig war, damit ich mit einem Kind im Bauch zu meinem Mann zurückgehen konnte und nie wieder Angst haben musste.

Wir trafen uns vier Mal, und während ich in der Zeit danach darauf wartete zu erfahren, ob es funktioniert hatte, fragte ich meine Mutter, was eine Frau wirklich unfruchtbar machte. Meine Mutter wusste vieles, wovon Mrs Spencer und die anderen Leute in unserer Stadt keine Ahnung hatten. Zum Beispiel wusste sie, dass die Grippewelle, die ihre acht Urgroßeltern und neun von zehn Männern, Frauen und Kindern zwischen Boston und Kalifornien umgebracht hatte, entgegen allen Behauptungen keine Strafe durch Jesus und die heilige Jungfrau Maria gewesen war. Ihre Lehrerin Sarah Hawkins, eine erfahrene Hebamme, hatte ihr erklärt, die Grippe sei an Bord eines Schiffes nach Amerika gekommen, zusammen mit Gewürzen und Zucker, und dann hatte sie sich von Ehemann zu Ehefrau übertragen, von Mutter zu Kind und von Händler zu Händler; durch Küsse, durch einen Händedruck, durch Biergläser, die Freunde und Fremde teilten, durch den Husten und das Niesen von Männern und Frauen, die von ihrer Krankheit nichts wussten und deshalb einen fatalen Tag zu lang Essen serviert, Stoffe verkauft oder mit Biberfellen gehandelt hatten. Sarah Hawkins sagte, die Große Grippe sei nur eine Grippe gewesen, eine Krankheit wie jede andere, aber die

Leute mussten ihr einen Sinn geben, weil die Trauer sie sonst verrückt gemacht hätte. Meine Mutter sagte, Sarah Hawkins sei der klügste Mensch, den sie je getroffen habe.

Aber als ich meine Mutter nach der Unfruchtbarkeit fragte, schüttelte sie nur den Kopf.

»Das weiß niemand«, sagte sie.

»Warum nicht?«, fragte ich. Nie zuvor hatte ich sie etwas gefragt und keine Antwort bekommen.

»Wir wissen ja nicht einmal genau, wie das Kind im Mutterleib entsteht«, sagte sie. »Woher sollen wir da wissen, warum er manchmal leer bleibt?«

Ich sah auf meine Hände nieder, und sie merkte, wie enttäuscht ich war.

»Aber eins kann ich dir versprechen«, sagte sie. »Dahinter steckt keine Hexerei.«

»Woher willst du das wissen?«

»Die Leute reden immer gleich von Hexerei, wenn sie etwas nicht verstehen«, sagte sie. »Wie damals, als alle Frauen der Stadt glaubten, eine Hexe hätte Bürgermeister Van Duyn verflucht. Nachdem er gestorben war, entdeckte der Arzt in seiner Lunge lauter Tumoren. Der wahre Fluch war seine Pfeife.«

»Warum erklärst du es ihnen nicht?«, fragte ich. »Alle hören auf dich.«

Meine Mutter schüttelte wieder den Kopf.

»Früher habe ich mit meinen Patientinnen darüber gesprochen«, sagte sie. »Jede Frau, die zwei Monate nach der Hochzeit noch nicht schwanger ist, fürchtet sich vor einem Fluch. ›Das ist nur ein albernes Märchen‹, sagte ich immer. Aber sie haben mir nicht geglaubt. Schlimmer noch: Manche wurden misstrauisch, gerade so, als hätte *ich* sie verflucht.«

In der Freien Stadt Fairchild war meine Mutter diejenige, die die Babys auf die Welt holte, und obendrein heilte sie viele Krankheiten. Sie hatte mehr Knochenbrüche gerichtet als Dr. Carlisle und mehr Beichten abgenommen als Pater Simon. Ihr Ruf war tadellos, und obwohl sie nach Bees Geburt ein Jahr lang das Bett gehütet hatte, standen die Patientinnen schon am Tag ihrer Genesung wieder vor unserer Tür Schlange. Alle vertrauten meiner Mutter.

»Das verstehe ich nicht«, sagte ich. »Warum haben sie dir nicht geglaubt?«

»Wenn ein Mensch etwas glaubt«, sagte meine Mutter, »kann man ihm das nicht einfach nehmen. Du musst ihm etwas zum Tausch anbieten. Und ich habe nichts anzubieten, weil ich die Ursache für Unfruchtbarkeit nicht kenne.«

In dem Monat wurde ich nicht schwanger, und im darauffolgenden auch nicht. Meine Schwiegermutter beäugte mich pausenlos, als wollte sie mich beim Hexen erwischen. Einmal kam sie ins Schlafzimmer, als ich mich gerade wusch. Während ich mir Achseln und Geschlecht reinigte, verwickelte sie mich in ein Gespräch und nötigte mir höfliche Antworten ab. Wie nie zuvor schämte ich mich für meinen Körper, für meine kleinen Brüste und den flachen, leeren Bauch. Morgens zwang sie mich, zum Jesuskind zu beten. Zusammen knieten wir nieder und baten um ein Kind für unsere Familie. Meine Schwiegermutter war eigentlich kein religiöser Mensch. Wie alle in Fairchild hatte sie eine Krippe über dem Herd und eine Ausgabe von Burtons Jesusgeschichten im Regal, doch in die Kirche ging sie nur an Feiertagen oder wenn sie besonders fromm erscheinen wollte. Dass sie nun an meiner Seite betete – gestammelte Zeilen, an die sie sich wahrscheinlich von den Bibelstunden ihrer Kindheit erinnerte –, bewies mir, wie verzweifelt sie inzwischen war.

Nachts berührte mein Mann mich nur noch an den fruchtbaren Tagen, und auch er behielt mich stets im Blick. Anscheinend vertraute er mir nicht mehr. Als ich einmal ein paar Nächte später an ihn heranrutschte, sagte er, seine Mutter sei der Ansicht, wir sollten unsere Kräfte für den richtigen Moment aufsparen. Dass er mit seiner Mutter darüber gesprochen hatte, wunderte mich kein bisschen, aber ich war trotzdem empört.

Seltsamerweise wurden die Treffen mit Sam zu meinem Rückzugsort. Im Haus meiner Mutter beobachtete uns niemand. Anders als mein Ehemann zwang Sam mich danach nie, stillzuhalten oder die Beine hochzulegen. Er zog sich an, verabschiedete sich und ging, und ich lag in meinem alten Kinderbett und stellte mir vor, ich hätte nie geheiratet.

Sam und ich redeten nicht viel miteinander, aber im dritten Monat unserer Treffen fragte er mich, ob er mich, wenn wir es taten, anfassen solle.

»Vielleicht hilft es dir, dich zu entspannen«, sagte er. »Manche sagen, das erhöht die Chancen auf ein Kind.«

Zu dem Zeitpunkt vertraute ich Sam längst. Er hatte nie etwas versucht, was ich nicht wollte. Er war wie ein hilfsbereiter Freund, der sich anbietet, einen Gegenstand aus einem zu hohen Regal herunterzuholen. Also sagte ich Ja, er könne mich gern anfassen. Und das war der Anfang vom Ende.

Was das Eheleben betraf, hatten wir Mädchen neben Mrs Spencer noch andere Informationsquellen. Wir kannten junge Frauen, die bereits verheiratet waren und uns in ein Netz aus Gerüchten und guten Ratschlägen einsponnen, als wollten sie uns beschützen. Von ihnen erfuhren wir, dass es gefährlich war, vor der Ehe zu oft mit einem Mann zu schlafen, denn falls man nach wenigen Monaten Spaß nicht schwanger war, würde er einen nie heiraten. Schlimmer noch, er könnte das Gerücht verbreiten, man sei unfruchtbar. Wir wussten auch, dass man, wenn der Ehemann sich nach der Hochzeit als grausam entpuppte, am besten so schnell wie möglich Kinder bekam. Eine Frau mit drei Kindern konnte sich scheiden lassen und würde wahrscheinlich schnell einen neuen Ehemann finden – meine Mutter hatte es nie ausgesprochen, aber ich wusste, dass sie nur auf Janie und Jessamine gewartet hatte, um unseren Vater verlassen und mit uns nach Fairchild ziehen zu können, wo eine neue Hebamme gebraucht wurde. Eine Frau mit vier Kindern durfte tun und lassen, was sie wollte – sie konnte sich wieder verheiraten oder auch nicht. Ich wusste, das war einer der Gründe, warum niemand schlecht über sie sprach, nicht einmal, als sie sich nach dem Verschwinden von Bees Vater gegen eine weitere Ehe entschied.

Außerdem gab es ein Buch, das unter den Mädchen und jungen Frauen von Fairchild zirkulierte und den lapidaren Titel *Fruchtbare Ehe* trug. Es war freizügiger als Mrs Spencers Unterricht. Obwohl das Buch nicht ausdrücklich verboten war, galt es als skandalös, bei der Lektüre erwischt zu werden. Als Susies Mutter es beim Aufräumen gefunden hatte, hatte sie Susie nicht bestraft, sondern das Buch wieder unters Bett zurückgeschoben (und vorher vermutlich selbst ein bisschen darin geblättert).

Fruchtbare Ehe zeigte Skizzen von nackten, eng umschlungenen Männern und Frauen. Die Autorin, eine gewisse Wilhelmina Knutson, erwähnte auch den sogenannten »Höhepunkt«, welchen sie entmutigenderweise als »Augenblick des unbeschreiblichen Genusses« beschrieb. Die Fähigkeit zum Höhepunkt, schrieb Mrs Knutson, zeichne das körperlich und seelisch gesunde, für die Mutterschaft reife Individuum aus. In einem Punkt ließ Mrs Knutson keine Zweifel: Der Höhepunkt war nur zu erreichen, wenn »der beste Freund« des Mannes tief im Körper der Frau steckte.

Mit meinem Mann hatte ich nie einen Höhepunkt erlebt, und in den folgenden Monaten fing ich an, es für ein weiteres Zeichen meiner körperlichen Unzulänglichkeit zu halten. Doch als Sam nun rhythmisch und geduldig die Öffnung meiner Scheide streichelte – zwei Minuten oder zwei Stunden lang, ich wusste es nicht genau –, spürte ich plötzlich ein heftiges Gefühl, das ich entweder für einen Höhepunkt hielt oder für einen gefährlichen, vielleicht sogar lebensbedrohlichen Krampf. Etwas Ähnliches hatte ich schon früher erlebt, wenn ich aus einem hitzigen Traum von fremden Händen und Mündern aufgewacht war und mich unter der Bettdecke gestreichelt hatte. Aber was ich mit Sam erlebte, war viel intensiver, und nachdem er sich an dem Tag verabschiedet hatte, blieb ich zittrig liegen und war mir absolut sicher, dass ich dieses Mal schwanger geworden war.

Als ich eine Woche später mit Ulla und Susie hinter der Scheune saß, musste ich immer noch daran denken. Mary Alice war zum ersten Mal schwanger und im vierten Monat, deswegen traf sie sich nicht mehr mit uns. Ulla war seit zwei Monaten verheiratet, Susie war verlobt und würde beim Erntefest im November heiraten. Zuerst alberten wir herum und tauschten wie immer den neuesten Klatsch über das Liebesleben unserer ehemaligen Mitschülerinnen aus. Doch schon bald hielt ich meine Neugier nicht mehr aus.

Als die Flasche bei mir ankam, nahm ich einen großen Schluck.

»Habt ihr jemals einen Höhepunkt gehabt?«, fragte ich.

Susie zog nachdenklich die Augenbrauen zusammen.

»Ich glaube schon«, sagte sie. »Einen kleinen.«

Ulla lachte. Die Lücke zwischen ihren Schneidezähnen ließ sie draufgängerisch wirken, als könnte nichts sie schockieren.

»Mit Ned ist es ungefähr so«, sagte sie und machte eine Geste, als schlüge sie mit einem Hammer einen Nagel ein. »Meistens fühle ich mich dabei bloß wund. Aber meine Mama sagt, ich soll mir keine Sorgen machen. Man braucht keinen Höhepunkt, um schwanger zu werden.«

Sie trank einen Schluck aus der Flasche.

»Wieso?«, fragte sie dann. »Du?«

»Ich glaube schon«, sagte ich. Ich hätte den Mund halten sollen, aber die Zuversicht gab mir Mut. Meine Monatsblutung war einen Tag überfällig, und ich wusste, dass es mit Sam und mir endlich geklappt hatte.

»Und wisst ihr was?«, sagte ich. »Ich glaube, ein Mann kann dich mit den Fingern zum Höhepunkt bringen.«

Ulla sah mich ungläubig an.

»Mit den Fingern«, wiederholte sie.

»Genau«, sagte ich. »Er berührt dich zwischen den Beinen, über der Öffnung. Es ist genau so, wie Mrs Knutson sagt ... schwierig zu beschreiben, aber sehr intensiv. Fast wie Ohnmächtigwerden.«

»Dein Mann hat das geschafft?«, fragte Ulla. »Nur durch Anfassen?«

»Ja«, sagte ich in möglichst überzeugendem Tonfall.

Ulla schüttelte den Kopf.

»Das ist unmöglich«, sagte sie. »Jeder weiß, dass eine Frau nur innerlich zum Höhepunkt kommen kann. Das hat Mrs Knutson so geschrieben.«

»Tja«, sagte ich, und Stolz schwang in meiner Stimme mit, »vielleicht kennt mein Mann sich besser aus als Mrs Knutson.«

Ulla sah skeptisch aus.

»Wo hat er das denn gelernt?«, fragte sie.

Langsam wurde mir klar, dass ich einen Fehler begangen hatte.

»Was meinst du damit?«, fragte ich, um Zeit zu gewinnen.

»Ich meine damit, dass Mr Vogel die Jungs wohl kaum über diese Art von Höhepunkt aufgeklärt hat, denn andernfalls hätten wir davon gehört. Und in *Fruchtbare Ehe* ist nirgends davon die Rede. Also, woher hat er das?«

»Aus einem anderen Buch«, sagte ich, »das nur die Jungs kennen.«

»Wirklich?«, fragte Ulla. »Wie heißt es?«

»*Fruchtbare Ehe für Männer*«, sagte ich und verfluchte mich im gleichen Moment selbst. »Es ist ziemlich selten.

Ein Cousin meines Mannes hat uns neulich besucht und seine Ausgabe mitgebracht.«

Ulla trank noch einen Schluck, ohne mich aus den Augen zu lassen.

»Tja«, sagte sie, »dann muss ich es unbedingt auftreiben. Ned könnte es gebrauchen.«

Ich werde nie erfahren, wer eins und eins zusammengezählt hat, ob es Ulla war, Susie oder beide. Sie konnten sich denken, dass ich die Erfahrung höchstwahrscheinlich mit einem Fremden gemacht hatte und nicht mit einem der Jungen aus unserer Stadt, denn die waren so jung und unerfahren wie wir und mit denselben Ammenmärchen aufgewachsen. Ich weiß nur, dass ich eines Abends von den Hausbesuchen nach Hause kam und mein Ehemann verschwunden war. Seine Mutter und sein Vater saßen am Küchentisch.

»Weißt du«, sagte meine Schwiegermutter, »ich habe dich immer verteidigt.«

»Was geht hier vor?«, fragte ich.

Mamas alter Koffer, in dem ich meine Kleidung und meine medizinischen Bücher mitgebracht hatte, stand neben dem Herd.

»Henry hielt dich für eine schlechte Partie. Er hat gesagt, deine Mutter wäre unzuverlässig. Er sagte, ohne die Hilfe eurer Nachbarn wäre deine kleine Schwester damals gestorben.«

Mein Schwiegervater wirkte leicht betreten. Er hatte noch nie mehr als drei Worte mit mir gewechselt. Ich konnte mir kaum vorstellen, dass er all das zu seiner Frau gesagt haben sollte.

»Das ist nicht wahr. Ich habe mich um Bee gekümmert, als Mama krank war. Sie war nie in Gefahr.«

»Das habe ich auch gesagt«, fuhr meine Schwiegermutter fort. »Und ich habe ihm erzählt, dass deine Mama bis heute alle Kinder im Umkreis von zehn Meilen entbindet. Das spricht doch für sich, habe ich gesagt.«

Sie hielt inne, ganz so, als erwartete sie ein Dankeschön. Ich schwieg.

»Hörst du mir zu?«, fragte sie. »Ich versuche, dir zu erklären, warum es mich so schmerzt zu erfahren, dass du uns hintergangen hast. Zu hören, dass du dich mit einem anderen getroffen hast, obwohl mein Sohn dich so sehr liebt. Er hätte sogar ein weiteres Jahr gewartet!«

Ich stellte mir die Gespräche vor, die sie über meine Unfruchtbarkeit geführt haben mussten, und wie sie ihm eingeredet hatte, er solle sich für meine fruchtbaren Tage aufsparen. Ich war überzeugt, dass weder er noch sie ein weiteres Jahr gewartet hätten.

»Ich wollte nicht mit ihm schlafen«, sagte ich. »Ich wollte dir nur ein Enkelkind schenken.«

Meine Schwiegermutter verdrehte die Augen.

»Und, hat es funktioniert? Bist du schwanger?«

Ich schüttelte den Kopf. Als ich an diesem Morgen eine Babywundsalbe aus Eibisch und Bienenwachs angerührt hatte, hatte meine Monatsblutung eingesetzt.

»Natürlich nicht«, sagte sie.

War sie enttäuscht? Was wäre passiert, hätte ich *Ja* gesagt? Hätten wir das Kind zusammen großgezogen, mein Mann und ich? Hätte ich es wieder getan? Manchmal sehne ich mich immer noch nach jenem anderen Leben, nach allem, was es bedeutet hätte.

Meine Schwiegermutter nickte ihrem Mann zu. Er nahm den Koffer und gab ihn mir.

»Deinen Ehering kannst du auf dem Tisch liegen lassen«, sagte sie.

Später an dem Tag aß ich mit meiner Mutter und meinen Schwestern zu Abend, als wäre nichts geschehen. Janie und Jessamine waren froh, mich zu sehen. Aufgeregt erzählten sie, was in der siebten Klasse passiert war: Arthur Howe hatte gesagt, sein Vater sei in die Berge geritten, um sich der Hole-in-the-Wall-Gang anzuschließen, obwohl doch jeder wusste, dass er nur zwei Städte weiter mit einer anderen Frau zusammenlebte; Agnes Fetterly bekam schon ihre Tage, und trotzdem warb niemand um sie, denn sie war ein Einzelkind; Lila Phelps hatte versucht, ihre mittels Hühnerblut vorzutäuschen, damit ihre Mutter Nils Johansson endlich erlaubte, ihr den Hof zu machen, aber dann hatte ihre Mutter sie dabei erwischt, wie sie das Blut aufs Bettlaken kippte, und nun musste sie einen Monat lang die ganze Wäsche allein waschen. Mich zu erinnern, wie ich in diesem Alter gewesen war, tat fast körperlich weh. Vor nicht allzu langer Zeit war ich selbst ein halbes Kind gewesen, mein Körper noch unverändert und mein Kopf voller Flausen und Streiche. Die Finsternis der Erwachsenenwelt hatte gerade erst angefangen, zu mir durchzudringen.

Während meine Schwestern erzählten, warf Bee mir verstohlene Blicke zu. Ganz offensichtlich spürte sie, dass etwas nicht stimmte. Dieses Jahr würde sie acht werden. Meine Mutter sagte immer, Bee und ich seien wie zwei Seiten derselben Medaille. Ich war in ihrem Alter geprächig gewesen und hatte immerzu Fragen gestellt, aber Bee war still – was sie wissen wollte, erfuhr sie, indem sie beobachtete und zuhörte.

Als Jessamine und ich gerade das Geschirr abspülten, kam Sheriff Branch zu Besuch. Er war mit unserer Mutter befreundet und kam oft vorbei, um ein wenig zu plaudern und meinen Schwestern Malzbonbons oder Babytränen mitzubringen. Er erzählte gern, meistens Lügengeschichten über seinen Kampf gegen Jesse James oder The Kid, den mysteriösen Anführer der Hole-in-the-Wall-Gang. The Kid war über zwei Meter groß, behauptete der Sheriff, und so stark wie drei Männer. Sein Blick war so scharf, dass er jemanden aus einer Meile Entfernung erschießen konnte, und sein Herz so kalt, dass er Witwen den Ehering und Babys den Schnuller aus dem Mund stahl. Einmal hatte der Sheriff es persönlich mit The Kid zu tun bekommen, doch aufgrund eines Missgeschicks – ein Hufeisen hatte sich gelöst – konnte er den Gesetzlosen leider nicht verhaften. Er versicherte uns, bei der nächsten Begegnung würde er dafür sorgen, dass The Kid die Gesetze Dakotas nie wieder mit Füßen trat.

Susies Vater und die anderen Männer der Stadt erzählten ihren Kindern oft von Gesetzlosen wie diesen, um ihnen Angst zu machen. Doch Sheriff Branch hatte nie die Absicht, uns zu erschrecken. Er versprach jedes Mal, dass uns, solange er in Fairchild die Verantwortung trug, kein Bandit und auch sonst niemand ein Haar krümmen würde.

»Solange ihr brav auf eure Mutter hört«, fügte er mit einem Zwinkern hinzu. »Aber wenn ich höre, dass ihr ihr Ärger macht, schleppe ich euch eigenhändig vor Gericht!«

Eigentlich mochte ich Sheriff Branch und seine Besuche. Er ritt eine ruhige Stute namens Maudie, und wenn er vorbeikam, durften wir ihre Mähne bürsten und sie mit Möhren aus dem Garten und Zuckerwürfeln füttern. Aber an dem Abend musste ich an Lucy McGarry denken und bekam plötzlich Angst. Dass ich damit richtiglag, wusste ich, als der Sheriff Kaffee und Gewürzkuchen ablehnte.

»Ich bleibe nicht lang«, sagte er. »Vielleicht können wir drei Erwachsenen uns ungestört unterhalten?«

Meine Mutter bat Janie und Jessamine, Bee nach oben zu bringen, und da erst ließ Sheriff Branch sich am Tisch nieder. Er nahm den weißen Hut ab, den er nur im Dienst trug, starrte auf die Krempe und wischte etwas nicht vorhandenen Staub davon ab. Trotz seines Amtes war Sheriff Branch ein schüchterner Mensch.

»Ich habe gehört, es gab Probleme in deiner Ehe«, sagte er schließlich.

Meine Mutter wartete meine Antwort nicht ab.

»Es ist Claudines Schuld«, sagte sie. »Sie hat Ada nie leiden können und ihr das Leben in dem Haus zur Hölle gemacht. Unruhe ist nicht hilfreich für die Empfängnis, das wissen Sie doch.«

Sheriff Branch hatte nur ein Kind, eine Tochter. Er hätte gar kein Kind gehabt, und vielleicht auch keine Frau mehr, wäre meine Mutter nicht gewesen. Der Sheriff hatte seinen Freund Dr. Carlisle gebeten, die Geburt zu überwachen, aber Dr. Carlisle hatte wenig Erfahrung, und als Liza Branchs Wehen stockten und der Kopf des Kindes im Geburtskanal stecken blieb, brach er in Panik aus, lief im Zimmer auf und ab und führte Selbstgespräche, während Liza vor Schmerzen schrie. Schließlich ließ er meine Mutter holen, der es gelang, den Kopf des Kindes so zu drehen, dass Liza es herauspressen konnte. Sophia kam blau und fast ohne Atmung zur Welt, doch meine Mutter konnte sie wiederbeleben. Eine weitere halbe Stunde im Geburtskanal, und dem Kind wäre nicht mehr zu helfen gewesen.

Nach dieser Entbindung konnte Liza keine Kinder mehr bekommen. Meine Mutter hatte sie viele Male besucht, sie massiert und ihr Stärkungsmittel gegeben, aber nichts davon hatte geholfen. Irgendwann musste sie den Branches sagen, dass ihnen weitere Kinder vielleicht einfach nicht bestimmt waren. Sheriff Branch zog sich von seiner Frau zurück, doch seine Tochter überschüttete er mit einer Liebe, die für fünf gereicht hätte.

»Claudine kann sehr anstrengend sein«, sagte er nun. »Aber die Leute beschweren sich bei mir. Greta Thorsdottir behauptet, sie hätte Ada nachts mit einem toten Hasen in der Hand über die Felder laufen sehen. Agatha Dupuy erzählt, sie und ihre Töchter hätten letzten Monat allesamt schlimme Frauenleiden gehabt.«

Meine Mutter schüttelte den Kopf, aber sie wirkte vollkommen gefasst.

»Nun«, sagte sie, »Sie kennen Ada, seit sie ein Kind war. Wie können Sie die Unterstellungen dieser Frauen ernst nehmen? Sie wissen doch, dass Aggie und ihre Töchter ständig irgendwelche Leiden haben, und meistens sind sie eingebildet.«

Der Sheriff nickte und runzelte die Stirn. Wieder und wieder drehte er den Ehering an seinem Finger.

»Das ist wahr«, sagte er. »Ada, du warst immer ein braves Mädchen. Solange du bei deiner Mama bleibst und dich von Ärger fernhältst, werde ich mich nicht einmischen.«

Er wandte sich wieder an meine Mutter.

»Selbstverständlich kann sie Sie nicht mehr zu den Geburten begleiten«, sagte er. »Sie wird sich eine andere Beschäftigung suchen müssen.«

Bee kam die Treppe herunter, gerade als unsere Mutter den Sheriff verabschiedete.

»Das ist lächerlich«, sagte sie, »aber bitte sehr. Sie kann mir hier zu Hause mit den Kräutern und Tinkturen helfen.«

Der Sheriff erhob sich und griff nach seinem Hut.

»Tut mir leid«, sagte er. »Ich wollte Ihnen diesen Besuch gar nicht abstatten.«

»Warum haben Sie es dann getan?«, fragte meine Mutter. Sie klang ruhig, doch ich merkte, wie wütend sie war.

»Evelyn, Sie wissen doch, was meiner Meinung nach das Wichtigste an meinem Job ist.«

»Die Kinder zu beschützen«, sagte meine Mutter. »Und meine Tochter hat niemandem etwas getan. Sie ist doch fast selbst noch ein Kind.«

Der Sheriff nickte. »Und hoffentlich wird sie niemandem Leid zufügen. Doch falls auch nur die Möglichkeit besteht, dass sie einem Baby schadet oder verhindert, dass eines zur Welt kommt ... das könnte ich mir nie verzeihen.«

Seine Stimme brach.

»Das verstehen Sie doch, Evelyn, oder? Gerade Sie?«

»Wir werden tun, was Sie verlangen«, sagte meine

Mutter, stand auf und ging zur Tür. »Mehr kann ich nicht versprechen.«

Wochenlang lebte ich unter einer Art Hausarrest. Morgens stand ich auf und machte meinen Schwestern das Frühstück, und dann setzte ich mich in mein Zimmer und las, während meine Mutter ihre Runden drehte. Nachmittags backte ich manchmal Muffins aus Maismehl, damit das Haus bei ihrer Heimkehr gut roch. Kein schlechtes Leben, vor allem nicht nach der Zeit bei meinen Schwiegereltern, und vielleicht wäre es noch lange so weitergegangen, wenn nicht Anfang März in der ganzen Stadt die Röteln ausgebrochen wären. In nur einer Woche verloren gleich drei Schwangere ihr Kind: Lisbeth, eine Nichte des Bürgermeisters, Mrs Covell, die an der Schule die unteren Klassen unterrichtete, und Rebecca, Albert Camps neue Frau, die in der Bank arbeitete und im Jahr zuvor Witwe geworden war.

Die Schule wurde geschlossen, meine Schwestern blieben daheim. Janie und Jessamine flochten sich gegenseitig Zöpfe und erzählten immer verrücktere Geschichten davon, was sie alles unternehmen würden, sobald sie wieder nach draußen durften. Bee saß am Fenster und beobachtete die menschenleere Straße. Meine Mutter arbeitete weiter, doch wenn sie abends nach Hause kam, wirkte sie unruhig, lief rastlos durch die Zimmer und erledigte dies und das, ganz so, als müsse sie sich ablenken.

»Der Gemischtwarenladen ist geschlossen«, sagte sie, »Und die Bank auch. Die Kirche ist leer. Pater Simon geht einmal am Tag hin, um Kerzen für die Kinder anzuzünden. Selbst der Saloon ist wie ausgestorben.«

Sie sprach es nicht aus, doch ich wusste, was sie befürchtete: Zu viele Babys waren gestorben, bald schon würden die Leute anfangen, nach der Hexe zu suchen. Ich war nicht die einzige unfruchtbare Frau in der Gegend. Maisie Carter lebte noch und war noch jung. Wäre sie fruchtbar gewesen, hätte sie noch immer Kinder bekommen können. Doch kaum einer bekam sie zu Gesicht, denn sie war nur selten in der Stadt und blieb meist für sich. Ich hingegen war aus dem Haus meines Mannes verstoßen worden, ich hatte für einen Skandal gesorgt, und meine Unfruchtbarkeit war allgemeines Gesprächsthema.

Nach einer Woche beruhigte sich die Lage. Es gab keine weiteren Todesfälle, denn die für ungeborene Kinder so tödlichen Röteln konnten denjenigen, die bereits auf der Welt waren, nichts anhaben. Der Saloon bediente seine Gäste, die Gemeindemitglieder kehrten in die Kirche zurück, Gemischtwarenladen und Bank wurden wieder geöffnet. Aber dann kam meine Mutter aschfahl nach Hause: Ulla hatte ihr Kind verloren.

»Ich wusste nicht einmal, dass sie schwanger war«, sagte ich.

Meine Mutter ignorierte mich. »Sie haben mich wieder weggeschickt«, sagte sie kopfschüttelnd. »Dr. Carlisle war bei ihr. Wenn sie verblutet, geschieht es ihrer dummen Mutter nur recht.«

»Warum haben sie dich weggeschickt?«, fragte ich.

Ich sah die Sorge und die Trauer in ihren Augen und wusste die Antwort, bevor ich sie hörte.

»Ulla behauptet, du hättest sie verflucht. Sie sagt, sie hätte das Kind deinetwegen verloren.«

»Ich habe Ulla seit Monaten nicht gesehen.«

»Das spielt keine Rolle«, sagte meine Mutter. »Ihre Familie wird dafür sorgen, dass du wegen Hexerei angeklagt wirst. Und wenn die anderen auf ihrer Seite sind, wird der Sheriff dich nicht mehr beschützen können.«

Ich wusste: Jeder Widerspruch war zwecklos. Ich hatte es längst begriffen – meine Zeit war gekommen, und das Wenige, was mir noch blieb, würde mir bald entrissen werden. Ich widersprach trotzdem.

»Du hast von Röteln gesprochen. Du hast immer gewusst, wie gefährlich Röteln für Schwangere sind, und du hast es allen erzählt. Warum sollten sie glauben, da wäre Hexerei im Spiel?«

»Sie fragen sich, was die Röteln ausgelöst hat«, sagte meine Mutter. »Alles wäre einfacher, wenn es nur eine Frau getroffen hätte oder zwei. Ein paar Tage lang dachte ich, wir hätten vielleicht Glück. Aber nun dieser weitere Verlust, kurz nachdem die Leute sich beruhigt hatten ... Sicher wollen sie, dass jemand dafür bezahlt, Ada. Und du wirst diejenige sein.«

Wir saßen auf dem Bett, das Bees Vater gekauft hatte, kurz bevor er meine Mutter verließ. Da war sie schon seit fünf Monaten krank. Es war doppelt so groß wie das alte und hatte ein schweres Kopfteil aus Vermonter Ahorn. Bee, Janie und Jessamine liebten es, sich in diesem Bett an meine Mutter zu kuscheln. Mich hingegen erinnerte es an die Zeit der Krankheit, als ich nachts bei ihr saß, sobald Bee schlief, und mich fürchtete, allein mit ihr im Dunkeln zu sein, weil sie mir so fremd geworden war. Nicht weniger hatte ich gefürchtet, sie könnte, sobald ich die Augen schloss, einfach aufgeben und aufhören zu atmen, so wie sie aufgehört hatte, sich anzuziehen, zu kochen oder überhaupt einmal das Bett zu verlassen. Jede Nacht döste ich im Sessel neben dem Bett meiner Mutter, ein ganzes Jahr lang, und jeden Morgen wachte ich auf und fand sie unverändert vor – bis zu dem Tag, an dem ich aufwachte und sie genesen war.

»Und was soll ich jetzt tun?«

Sie strich mir eine Haarsträhne hinters Ohr.

»Ich kenne einen Ort«, sagte sie. »Er wird dir nicht gefallen, aber dort bist du in Sicherheit.«

Als ich Bee an dem Abend ins Bett brachte, erzählte ich ihr, ich müsse für eine Weile fort. Sie nickte nur und lauschte mit großen Augen.

»Du musst Mama unterstützen«, sagte ich. »In ein paar Jahren wirst du alles über ihren Beruf lernen.«

»Janie und Jessamine sind größer als ich«, sagte Bee.

»Jess fällt beim Anblick von Blut in Ohnmacht«, sagte ich, »und Janie kann sich ja nicht mal lange genug konzentrieren, um eine Socke zu stopfen. Wie sollte sie da eine Wunde vernähen? Das wird irgendwann deine Aufgabe sein.«

Bee nickte. Sie hatte dunkle Augenbrauen, wie ihr Vater, der halb Pole, halb Chippewa und sehr gutaussehend war – anders als meiner, von dem mir nicht mehr geblieben war als eine vage Erinnerung an sein längliches, blasses Raubvogelgesicht. Bees Vater hatte sich am Anfang wirklich um sie gekümmert, trotzdem war ich die Einzige gewesen, die sie trösten konnte. Er schickte immer noch alle paar Monate Geld, manchmal auch einen Brief. Das war mehr, als mein Vater je getan hatte.

»Keine Sorge«, sagte ich. »Du wirst das sehr gut machen. Es kommt hauptsächlich darauf an, den Leuten zuzuhören, und wie das geht, weißt du schon jetzt.«

Ich wollte ihr einen Vorsprung verschaffen, außerdem sollte sie sich, wenn ihre Ausbildung begann, an mich erinnern. Also brachte ich ihr das Lied bei, das meine Mutter mir beigebracht hatte und das die sieben wichtigsten medizinischen Kräuter und ihre Anwendung nennt. Ich zeigte ihr, wie man einen Puls misst, und ich erklärte ihr, was es bedeutet, wenn er zu stark ist oder zu schwach. Wir waren gerade bei den sechs Arten von Fieber bei Kindern, als ich bemerkte, dass ihr Blick umherschweifte und sie die Stirn runzelte.

»Was ist denn?«, fragte ich.

»Hast du keine Angst?«

»Angst wovor, Honeybee?«

Sie schlug die Augen nieder.

»Ich weiß, dass manche Leute sterben«, sagte sie. »Mama redet nicht darüber, aber ich weiß, dass Sally Temple gestorben ist.«

Sally Temple hatte mit ihrem Mann, dem Rattenfänger, am Stadtrand gewohnt. Sie war sehr jung gewesen – keine fünfzehn, wie manche sagten –, und ihr Kind war so schnell zur Welt gekommen, dass es sie innerlich zerriss. Meine Mutter konnte die Blutung stoppen, doch Sally hatte schon zu viel verloren und starb im Kindbett, während ihr neugeborener Sohn im Nebenzimmer lag und brüllte. Ich war dabei gewesen und hatte wochenlang von ihrem kleinen, spitzen Gesicht geträumt, aus dem die Farbe wich, von der Verwirrung und der Wut und zuletzt der Panik in ihrem Blick. Später hatte meine Mutter mir erklärt, warum sie, obwohl so etwas jederzeit passieren kann, trotzdem immer weitermachte.

»Mama sagt, bei jeder Geburt ist der Tod mit im Zimmer. Man kann versuchen, ihn zu ignorieren, oder man akzeptiert seine Anwesenheit und begrüßt ihn wie einen Gast, dann muss man keine Angst mehr vor ihm haben.«

Bee wirkte skeptisch.

»Wie begrüßt man ihn? ›Hallo, Tod‹?«

»Mama denkt an die letzte Patientin, die sie verloren hat«, sagte ich. »An den Tod, der im Gedächtnis am frischesten ist. Sie stellt sich vor, die Frau stünde neben ihr am Bett. Sie mustert die Frau von Kopf bis Fuß. Die Frau sagt nichts, aber manchmal nickt sie Mama zu. Und dann ist sie bereit.«

»Das funktioniert?«, fragte Bee.

Manchmal hatte ich gesehen, wie groß die Angst meiner Mutter war, beispielsweise wenn das Kind zu früh oder verkehrt herum herauskam, oder wenn die Schwangere zuckerkrank war oder hohen Blutdruck hatte. Ihre Miene blieb immer zuversichtlich, aber trotzdem konnte jeder im Raum spüren, dass etwas nicht stimmte, und manchmal begann die Hand der Tante, die der Gebärenden den Schweiß von der Stirn tupfte, zu zittern. In solchen Momenten richtete meine Mutter den Blick ins Leere und nickte, und dann konzentrierten sich alle Energien auf sie, und die Geburt verlief bestmöglich, denn sie hatte alles unter Kontrolle.

»Ja, es funktioniert«, sagte ich.

Ich beugte mich vor und nahm Bee in die Arme, eher mir als ihr zuliebe. Sie roch nach Seife und Zedernholz, wie damals, als sie noch ein Baby war.

»Wenn ich groß bin«, sagte sie in den Stoff an meiner Schulter, »werde ich losreiten und dich finden.«

Ich richtete mich auf und sah ihr ins Gesicht.

»Bee«, sagte ich, »ich komme zurück, bevor du groß bist.«

»Okay«, sagte sie und glaubte mir kein Wort. »Aber falls nicht, besorge ich mir ein Pferd und eine Landkarte und komme dir zur Hilfe, egal, wo du bist.«

KAPITEL 2

Die Oberin der Schwesternschaft vom Heiligen Kinde sagte, ich könne im Kloster eine Zuflucht finden, solange ich das Jesuskind im Herzen trage. Jesus hatte mir nicht geholfen, schwanger zu werden, wobei das wohl auch für die vier Gläser Milch am Tag, die hochgelegten Beine und die Treffen mit Sam galt. Ich hatte nichts gegen das Jesuskind.

»Ich trage Es im Herzen«, sagte ich.

Die Oberin zog eine Augenbraue hoch.

»Du bekommst Bibelunterricht bei Schwester Dolores«, sagte sie. »Falls sie in sechs Monaten glaubt, dass du bereit bist, wirst du das Gelübde ablegen. Dann bist du eine von uns.«

Schwester Rose stellte mir Goldie, Holly und Izzy vor. Schwester Rose war ein dünnes Mädchen, das beim Lächeln viel Zahnfleisch zeigte. Wir teilten uns eine Zelle – zwei schmale Betten, zwei Nachttöpfe, eine Waschschüssel und eine Krippe.

Rose kannte sich mit Tieren aus. Die drei Kühe wurden bei ihrem Anblick sichtlich ruhiger, und wenn Rose ihnen gurrend über den Rücken strich, wirkte sie beinahe anmutig. Holly, ein Holstein-Rind, war die Einzige, die mich näher an sich heranließ. Die anderen beiden zuckten mit dem Schwanz, traten aus und wichen ruckartig vor meinen Händen zurück, doch Holly hielt still und beobachtete mich aus halb geschlossenen Augen, fast so, als täte ich ihr leid. Schwester Rose zeigte mir, wie man so zudrückt, dass das Tier keinen Schmerz spürt und die Milch in einem sauberen Strahl in den Eimer schießt.

Das tägliche Melken war eine gute Gelegenheit zum Weinen, denn im Kloster war ich fast nie allein. Egal ob bei der Morgenandacht oder beim Frühstück, beim Bibelstudium, bei der Vesper oder beim Abendbrot – immer war ich von Nonnen umgeben. Beim Melken übernahm Schwester Rose Goldie und Izzy, während der Wind über die Weiden heulte, an den Scheunenfenstern rüttelte und mein Schluchzen übertönte.

Ich weinte aus purer Trauer. Voll Kummer erinnerte ich mich an Bees weiche Babyhaut und an die Stimmen von Janie und Jessamine, die morgens durchs Haus schallten. Ich weinte auch vor Wut. Nie im Leben hatte ich etwas so Böses getan wie das, was Ulla mir angetan hatte. Ich wusste, sie hatte nur versucht, sich selbst zu retten – ihre Schwiegermutter war noch schlimmer als Claudine, und ihr Mann noch schwächer als meiner, außerdem hatte sie von Anfang an als riskante Partie gegolten, weil sie nur eine Schwester hatte, die zudem einen Klumpfuß hatte und an Atemnot litt. Für manche Familien reichte eine einzige Fehlgeburt aus, um die junge Braut zu verstoßen, selbst wenn eine Krankheit die Ursache war. Trotzdem konnte ich Ulla nicht verzeihen. Sie war schon meine beste Freundin gewesen, als wir noch jünger waren als Bee heute. Sie hatte in meinem Bett geschlafen, wenn ihr die

Wutanfälle ihrer Mutter zu viel wurden, und ich hatte ihr übers Haar gestreichelt und sie getröstet.

Wenn die Trauer und die Wut meinen Körper verlassen hatten und ich vom Weinen schon ganz heiser war, folgte die Angst, wie der Blitz auf den Donner folgt. Ich wusste, meine Mutter hatte recht. Die Familien, die ein Kind verloren hatten, würden jemanden dafür verantwortlich machen, und nun fürchtete ich, ihr Kummer könnte sich gegen meine Schwestern richten. Ich hatte es schon einmal erlebt – als Lucy McGarrys Nachbarin eine Fehlgeburt erlitt, wurde Lucys ganze Familie verdächtigt, selbst ihre kleine Schwester, die gerade einmal fünf Jahre alt war. Manche Leute behaupteten, Lucy leite im Haus ihrer Mutter einen Hexenzirkel. Sobald man sie gehängt hatte, lösten sich die Gerüchte in Luft auf, und die Familie widmete sich wieder ihrem Alltag. Später heiratete die kleine Schwester sogar den Neffen des Bürgermeisters.

Ich wusste, meine Mutter hatte all das bedacht. Sie glaubte, dass sie und meine Schwestern nach meiner Abreise in Sicherheit wären. Wahrscheinlich glaubte sie, dass ihr guter Ruf ihr helfen würde, alles Kommende zu überstehen. Die Leute würden eine Weile tuscheln, aber irgendwann würden sie merken, dass Dr. Carlisle von Geburtshilfe keine Ahnung hatte, und zu ihr zurückkehren. Doch was, wenn der Bürgermeister eine neue Hebamme bestellte? Ich wusste nicht, was aus der Vorgängerin meiner Mutter geworden war, doch Fairchild hatte sich schon einmal eine neue Hebamme gesucht und würde es wieder tun, sobald die Angst um die ungeborenen Kinder die Leistungen meiner Mutter überstieg.

Und immer endete die Liste meiner Ängste mit einem beunruhigenden Gedanken: dass meine Mutter wahrscheinlich dieselbe Liste im Kopf gehabt hatte. Sie wusste, wie gefährlich es war, mich wegzuschicken, statt mich dem Sheriff zu übergeben. Sie hatte ihre Sicherheit und die meiner Schwestern gegen mein Leben abgewogen und war zu dem Schluss gekommen, dass ich das Risiko wert war.

Wenn ich mit Weinen fertig war, blieb ich noch eine Weile auf dem Melkschemel sitzen und betrachtete Holly: ihre starken Schultern, den gelassenen Blick, das hellrosa Euter, in dem sich jetzt schon neue Milch sammelte. Wie gut und selbstgenügsam sie war. Einmal fand Schwester Rose mich so vor. Ich hätte mir schnell die Tränen wegwischen und so tun können, als wäre alles in Ordnung, aber ich hatte genug von der Einsamkeit.

»Vermisst du deine Familie?«, fragte sie.

Ich nickte.

»Du nicht?«

Schwester Rose setzte sich im Schneidersitz auf den Scheunenboden. Unsere Kleidung war wie gemacht dafür, der dunkle Stoff konnte den Schmutz und die Flecken von sechs Tagen aufnehmen, bevor Schwester Dolores und Schwester Socorro ihn am Samstag in riesigen, dampfenden Wannen wuschen und anschließend zum Trocknen in der Waschküche aufhängten, wo er auf den Steinboden tropfte.

»Ich war verheiratet«, sagte Schwester Rose. »Während er um mich warb, war er sehr nett. Er hat mir immer Blumen aus dem Garten seiner Mutter mitgebracht. Doch nach der Hochzeit schaffte ich es nicht, schwanger zu bleiben. Ich hatte drei Fehlgeburten in einem Jahr, und da hat er mich rausgeworfen. Mein Vater wollte mich nicht zurück. Er wusste, er würde niemals einen neuen Mann für mich finden. Zum Glück war unser Priester mit der Oberin befreundet, und sie hat mich aufgenommen.« Schwester Rose lächelte. »Jetzt ist das Kloster meine Familie.«

Jede Schwester konnte eine Geschichte wie diese erzählen. Schwester Mary Grace' Ehemann ließ sich nach fünf kinderlosen Jahren von ihr scheiden. Schwester Dolores fing im Alter von fünfzehn an, mit dem Nachbarsjungen zu schlafen, und als sie siebzehn waren, erzählte er überall herum, sie wäre unfruchtbar, so dass niemand sie heiraten wollte. Schwester Clementine war zwei Jahre verheiratet und immer noch kinderlos, als in ihrer Straße ein Baby mit einer harten schwarzen Kruste auf Gesicht und Hals geboren wurde. Der Sheriff nahm sie fest, weil sie das Neugeborene angeblich verflucht hatte, doch weil sie erst neunzehn war (und vielleicht auch, weil sie hübsch und nett war und behauptete, sie würde jeden Tag zum Jesuskind beten), schickte er sie ins Kloster statt ins Gefängnis.

Schwester Rose hatte recht – die verstoßenen Mädchen und Frauen hatten sich zu einer Art Familie zusammengeschlossen. Schwester Mary Grace kümmerte sich um Schwester Teresa, die gelähmte Arme hatte. Schwester Socorro war wie eine Tochter für Schwester Dolores, die ihr Latein, Griechisch und Wäschewaschen beigebracht hatte. Schwester Rose war nicht wirklich meine Schwester, aber morgens kämmte und flocht sie mein langes Haar wie früher Janie und Jessamine.

Nach einer Weile lernte ich, Goldie zu melken, und

sogar Izzy, die noch schwieriger war. Schwester Clementine zeigte mir, wie man aus heißer Milch den Bruch abseiht und Käse macht. Alle waren gut zu mir – alle außer der Oberin.

Eines Tages – wir hatten uns gerade zum morgendlichen Gebet in der Kapelle versammelt – fragte mich die Oberin mit gewohnt lauter Stimme: »Hast du dich schick gemacht, Ada?«

Ich verstand nicht, was sie meinte. Ich sah auf mein Kleid und meine schweren braunen Schuhe hinunter.

»Schwester Rose«, befahl die Oberin, »zeig Ada nach der Andacht, wie sie ihr Kopftuch richtig bindet.«

»Sie ist manchmal ein bisschen streng«, sagte Schwester Rose, als sie mir später half, das Tuch im Nacken zu verknoten, unter den Haaren. »Aber mach dir keine Gedanken. Sie ist zu allen so.«

»Das stimmt nicht«, sagte ich. »Dich und Clementine liebt sie.«

Ich hatte gesehen, wie die Oberin Schwester Rose beim Abendmahl zugeflüstert hatte, und beim Frühstück hatte sie das Apfelmus von ihrem Teller auf den von Schwester Clementine gelöffelt.

»Wir sind schon seit Jahren hier«, sagte Schwester Rose. »Alles wird sich ändern, sobald du das Gelübde abgelegt hast.«

Ich war mir nicht sicher, ob ich ihr glauben konnte, doch ich ging jeden Morgen zu Schwester Dolores und lernte alles über die heilige Hannah, die heilige Monika und natürlich die Jungfrau Maria. Bei Schwester Dolores mussten wir den Burton auswendig lernen und laut aufsagen. Wenn mein Mund die vertrauten Sätze formte, fühlte ich mich wieder wie ein Kind: »Und das Waisenkind, das sie gestillt hatte, war Jesus Christus selbst, und er war gekommen, ihr ein neues Evangelium zu predigen.« Die Geschichten empfand ich als so tröstlich wie alles, was ich jemals auswendig gelernt hatte – das Alphabet, die Namen der Zwanzig Edlen Kräuter, die Reihenfolge der Wochentage und der Monate.

Wir lasen das Buch eines gewissen Reverend Alfred Byrd mit dem Titel *Die Gerechtigkeit des gesegneten Kindes auf Erden*. Reverend Byrd war auf der Mount Haven Plantation im US-Staat Georgia als Sklave zur Welt gekommen, doch als er zwölf wurde, existierte keiner dieser Orte mehr. Die Plantage hatte am längsten überdauert – der alte Besitzer überlebte die Grippe und machte noch Jahre weiter, selbst nachdem der Bürgermeister und der Präsident gestorben waren und das Kapitol erst in ein Krankenhaus und dann in eine Leichenhalle umfunktioniert wurde. Doch weil seine starken Söhne tot waren und es in der Stadt keine Polizei mehr gab, war es nur eine Frage der Zeit, bis sich die Menschen, die er versklavt hatte, erhoben, sein riesiges, leeres Haus niederbrannten und flohen. Wie viele ehemalige Sklaven ließen sich auch Reverend Byrds Eltern in einer der Freien Städte am Kansas River nieder. Land gab es überall – die Äcker lagen brach, die Farmhäuser standen leer, und alles war frei verfügbar, solange man sich bereit erklärte, die zurückgebliebenen Leichen zu begraben. Doch die ehemaligen Sklaven hatten kein Geld für Getreide- oder Baumwollsamen, Pferde oder Pflüge. Die meisten – darunter auch Reverend Byrds Eltern – ließen sich von den übrig gebliebenen weißen Farmern als Landarbeiter einstellen, und während sie weiter verarmten, wurden die Weißen immer reicher damit, das Land der Toten zu bestellen. Binnen einer Generation sah es in Kansas Country aus wie in den alten Südstaaten, bloß dass die schwarzen Arbeiter frei waren, zumindest auf dem Papier.

Weiße, schrieb Reverend Byrd, die Schwarze betrogen und wie Sklaven behandelten, hatten die Lehren von Jesus vergessen. »Wenn in einem schwarzen Haushalt ein Kind geboren wird«, schrieb er, »versammeln sich alle Stadtbewohner, schwarz und weiß, um den Segen zu empfangen. Und doch vergessen die weißen Nachbarn, die kommen und die Füße des Kindes küssen, dass auch schwarze Menschen vom Jesuskind gesegnet sind.«

Anders als in Texas gab es in Fairchild keine großen Farmen, und die wenigen schwarzen Einwohner der Stadt lebten so wie die weißen vom Handel und vom Ackerbau. Allerdings lebten die schwarzen Familien auf der anderen Seite des Flusses im Stadtteil Coralton, wo das Land sumpfig und weniger fruchtbar war.

Als ich noch zu Hause wohnte, hatte ich kaum darüber nachgedacht, doch hier im Kloster, weit weg von der Stadt und ihren unausgesprochenen Gesetzen, sah ich klarer: Die Kinder des Fassbinders Benjamin Rockford hatten nie unsere Schule besucht, obwohl sie im passenden Alter waren. Rockford selbst betrieb seine Werkstatt in einem Schuppen neben dem Haus statt in einem Laden an der Hauptstraße. Seine Frau hatte ich zwar im Gemischtwarenladen, beim Fleischer und beim Bäcker gesehen, aber nie beim Teetrinken bei Ullas oder Susies Mutter, auch nicht bei meiner.

Aber in einem Punkt hatte der Reverend recht – wenn

in Coralton ein Kind zur Welt kam, versammelten sich alle Familien wie nach einer Geburt im wohlhabenderen Teil von Fairchild, nur dass die Häuser auf der anderen Seite des Flusses kleiner waren und die Leute oft draußen auf den Verandastufen stehen mussten, wenn sie auf den Segen des Neugeborenen warteten.

Ich erinnerte mich daran, dass meine Mutter das jüngste Kind der Rockfords entbunden hatte und dass es in Fairchild früher eine schwarze Hebamme namens Elsa Hayes gegeben hatte. Manche Frauen glaubten, sie besäße mystische Heilkräfte, wofür meine Mutter nur ein Kopfschütteln übrig hatte – sie hatte bei einigen schwierigen Geburten mit Elsa zusammengearbeitet und sagte, an Elsas Fähigkeiten wäre nichts Mystisches. Elsa hatte meiner Mutter mehrere neue Heilmittel gezeigt, darunter auch eine Tinktur aus Gelbwurzel, die während eines besonders schwülen und drückenden Sommers, als wir alle die Hand-Fuß-Mund-Krankheit hatten, unsere Schmerzen gelindert hatte.

Und während all diese trennenden Regeln und Bräuche nach einer Geburt weniger streng eingehalten wurden, überlegte ich, schienen sie hier im Kloster gar nicht erst zu gelten. Schwester Dolores und Schwester Clementine, beide schwarz, aßen, beteten und arbeiteten zusammen mit den anderen, weißen Schwestern. Falls die Oberin die weißen Schwestern bevorzugte oder Schwester Dolores und Schwester Clementine benachteiligte, bemerkte ich nichts davon.

Als ich die Worte des Reverends las, erinnerte ich mich außerdem an das Schwarze Brett im Postamt von Fairchild. Dort hingen die Steckbriefe der meistgesuchten Gesetzlosen in Dakota Country und Umgebung: Isom Dart, Tom Ketcham, die Rufus-Buck-Gang, die Gebrüder Younger, und natürlich The Kid. Kids Steckbrief verriet vergleichsweise wenig, weil er sich stets ein Seidentuch vors Gesicht band. Immerhin hatte ich erkennen können, dass er sich sehr stilsicher kleidete (zusätzlich zu dem Tuch trug er einen breitkrempigen Hut mit Kniff, wie jemand aus Colorado), äußerst begehrt war (tausend *Golden Eagle* für den Mann, der ihn auslieferte) und außerdem schwarz. Die übrigen Mitglieder der Hole-in-the-Wall-Gang hatten eigene Steckbriefe: Elzy Day, von dessen Gesicht nichts zu sehen war als weit auseinanderstehende Augen und dunkle Brauen; News Baker mit dem spöttischen Blick, als lachte er hinter dem Banditentuch; und Texas Carey, dessen pockennarbige Stirn auf eine Krankheit in der Kindheit schließen ließ. Anscheinend hatte Baker dunkle Haut, wie The Kid, und Day und Carey waren weiß.

Reverend Byrd hatte sich weder zu Gesetzlosen noch zu Nonnen geäußert, was mich aber kein bisschen verwunderte, schließlich hatte ich in keinem einzigen Büchereibuch etwas über sie gelesen, mit Ausnahme einer Warnung im Burton, dass »bestimmte Gruppierungen religiöser Frauen« mit Argwohn zu betrachten seien, weil sie »ein Lasterleben« führten.

Samstags war Schwester Dolores mit der Wäsche beschäftigt, also hatte ich statt des Bibelunterrichts freie Zeit in der Bibliothek. Eigentlich sollte ich Theologiebücher lesen – Burton, Viletti oder *Das Tagebuch der Eleanora Funt*, der Bericht einer Frau, die behauptete, das Jesuskind hätte zu ihr gesprochen, und die seither jedem davon erzählte, vor allem wichtigen Bürgermeistern und Priestern. Doch die Bibliothek umfasste Tausende Bücher, mehr, als ich je an einem Ort gesehen hatte. Die Nachschlagewerke über Kräuter waren besser als die meiner Mutter, und die Almanache besser als die im Büro des Schuldirektors. Es gab Geschichtsbücher über die Kolonien, die Vereinigten Staaten, die Grippeepidemie in den 1830ern, den Sturz der Regierungen und die Gründung der Freien Städte westlich des Mississippi. Doch am besten fand ich die naturwissenschaftlichen Bände mit wunderschönen, filigranen Radierungen von aufgeschnittenen Menschen und Tieren. Ich sah ein Stück Niere und den Querschnitt eines Auges; die vier Klappen und die zwei Kammern des Herzens; die siebenundzwanzig winzigen, miteinander verschränkten Knochen der menschlichen Hand. Ich sah auch das schwammige Gewebe eines aufgeschnittenen Penis und die vielen kleinen Blutgefäße der Hoden. Ich sah eine Frau mit gespreizten Beinen, für mich ein vertrauter Anblick, doch hier hatte der Stift des Zeichners jede Falte und Furche verewigt, so dass ich – mit Hilfe eines Handspiegels – bestätigen konnte, was ich längst vermutet hatte: Zumindest äußerlich war ich wie jede andere. Und ich sah das Innere einer Frau – die elastische Gebärmutter mit und ohne Kind darin, die Eileiter mit den Rüschenfingern und die Eierstöcke, die an kleine Kiesel erinnerten.

Doch kein Buch erklärte das Warum. Selbst Burton, der für alles eine Erklärung parat hatte, verstummte bei der Frage, warum manche Frauen Kinder bekommen konnten und andere nicht. Er sprach von denjenigen, »deren Körper sich dem Segen eines Kindes verweigert«, gleichzeitig betonte er, dass Jesus alle Nachfahren der Grippeüberlebenden in gleichem Maße liebe und behüte. Warum erlaubt Jesus unserem Körper, seinen Segen abzulehnen, wenn er uns doch liebt? Ich wusste, Mrs Spencer würde die bösen Hexen anführen, die gegen Gottes Schöpfung arbeiteten, doch hatte Er nicht die Grippe geschickt, um die Erde vom Bösen zu reinigen? Warum hatte er die Hexen dann verschont? Ich glaubte ja an das Jesuskind, ich betete wie jeder andere auch, wann immer ich Angst hatte, dankbar war oder Schmerzen verspürte. In dem Jahr, in dem meine Mutter krank war, hatte ich täglich gebetet. Ich fand einfach nur, dass die Lehren vom Jesuskind nicht ausreichten, um mir die Welt zu erklären.

Ein Buch in der Bibliothek konnte die Gründe für Unfruchtbarkeit und andere Leiden angeblich benennen. Geschrieben hatte es ein gewisser Dr. Edward Lively, dessen Namen ich schon einmal gehört hatte – einige Frauen in der Stadt hatten seine Broschüre über Leibesübungen und geistige Gesundheit gelesen. Das Buch trug den Titel *Über die Vererbbarkeit von Krankheiten*, und anfangs fand ich es ganz interessant. Laut Dr. Lively wurden Unfruchtbarkeit, Klumpfuß und viele andere Leiden durchs Blut von der Großmutter an die Mutter und von der Mutter an die Tochter weitergegeben. »Die unfruchtbare Frau«, schrieb Lively, »hat häufig eine Tante oder Cousine ersten Grades, die ebenfalls unfruchtbar ist, was auf eine Ansteckung innerhalb der Familie hindeutet.«

Auf einmal machte ich mir Sorgen um meine Schwestern. Hoffentlich würde niemand in Fairchild auf Livelys Buch stoßen. In späteren Kapiteln stellte Dr. Lively allerdings Behauptungen auf, die erwiesenermaßen falsch waren, zum Beispiel, dass Kinder mit einem schwarzen und einem weißen Elternteil aufgrund »nicht kompatibler Blutlinien« häufig schwach und kränklich seien. Wie zum Beweis führte der Doktor Zeichnungen von deformierten Schafen und Ziegen an, deren Missbildung angeblich auf die Kreuzung miteinander unverträglicher Rassen zurückging.

Ich hatte selbst gesehen, wie meine Mutter in Coralton zwei Kinder mit schwarzer Mutter und weißem Vater auf die Welt geholt hatte, beides starke und gesunde Säuglinge. Zudem wusste ich, dass weiße Eltern zu haben nicht vor Schwäche und Missbildungen schützte, weil in Fairchild viele weiße Babys das erste Jahr nicht überlebten. Je mehr ich las, desto stärker erinnerte mich Livelys Buch an den Aberglauben jener Frauen, die behaupteten, ein weißer Mensch könnte sich mit der Grippe anstecken, wenn er mit einem schwarzen Menschen aß. Ich stellte *Über die Vererbbarkeit von Krankheiten* in eins der hinteren Regale, neben ein Buch über die Vorzüge von Hafermehl.

»Könnten wir mehr naturwissenschaftliche Werke anschaffen?«, fragte ich Schwester Thomas, die Bibliothekarin.

Schwester Thomas war Mitte vierzig und hatte je nach Lichtverhältnissen ein hässliches oder hübsches Gesicht. Schwester Rose wusste nicht, warum sie im Kloster war. Angeblich hatte ein Sheriff sie in Handschellen abgeliefert.

»Ich habe diese Bibliothek selbst aufgebaut«, antwortete Schwester Tom. »Wir haben hier jedes Buch, das die

Medizinstudenten in Chicago benutzen, und viele andere mehr. Was willst du denn noch?«

»Ich will nachlesen, was welche Krankheit verursacht«, sagte ich.

»Rawleys *Handbuch der Grippeübertragung* steht dahinten am Fenster, unter dem Sterberegister. Er hat auch eins über rheumatisches Fieber verfasst.«

»Nicht diese Art von Krankheit«, sagte ich. »Ich möchte wissen, was Unfruchtbarkeit verursacht.«

Schwester Tom stützte die Ellenbogen auf den Schreibtisch.

»Der Buchhändler könnte uns die neuesten Werke über den Fortpflanzungsapparat und seine Probleme beschaffen«, sagte sie. »Aber das kostet Geld.«

Bei meiner Abreise hatte meine Mutter mir zwanzig Golden Eagle gegeben, aber der Kutscher hatte mir alles abgenommen. Die Gebühr, so hatte er das genannt.

»Ich habe kein Geld«, sagte ich.

»Das macht nichts«, sagte sie. »Du kannst dir welches verdienen.«

Im Keller der Bibliothek gab es einen Lagerraum, den ich nie zuvor betreten hatte, gekühlt vom Erdreich und mit einem kleinen Souterrainfenster, von dem aus Gras und Pusteblumen zu sehen waren. Vom Boden bis zur Decke stapelten sich Holzkisten mit Aufzeichnungen, die bis zur Gründung des Klosters zurückreichten, und mit Büchern, die zu kostbar und zu empfindlich für den täglichen Gebrauch waren. In der Mitte stand ein Schreibtisch mit einer hellen Phosphorlampe, einem Tintenfass, einem Bündel Papiere und einem handgebundenen, in der Mitte aufgeschlagenen Buch.

»Große Klöster wie das Sankt Joseph haben Druckerpressen«, sagte sie. »Aber wenn ich Bücher kopieren will, muss ich sie per Hand abschreiben. Der Buchhändler kauft sie mir ab, oder wir tauschen.«

Ich klappte das Buch zu, um den Titel zu lesen: *Über die Regulierung der Monatsblutung.*

»Meine Mutter hat mir davon erzählt«, sagte ich. »Sie war ... sie ist Hebamme.«

»Sehr gut«, sagte Schwester Tom. »Dann dürfte es dich interessieren.«

Von da an verbrachte ich meine gesamte Freizeit im Lagerraum und kopierte das Buch auf lose Blätter, die so dünn waren, dass mein Füller sie einriss, wenn ich nicht vorsichtig war. Aber was ich da abschrieb, wurde mir erst nach drei Tagen klar.

Das Buch begann ganz harmlos, mit einem Kapitel über Krämpfe und Unregelmäßigkeiten. Anfangs ärgerte es mich, von Frauen zu lesen, die kein größeres Problem hatten als leichte Bauchschmerzen an wenigen Tagen im Monat. Aber die Namen der mir bekannten Heilkräuter zu schreiben, hatte eine beruhigende Wirkung. Das zweite Kapitel befasste sich mit Mitteln gegen Hitzewallungen und Wehmut während der Wechseljahre. Das dritte hieß »Mittel gegen eine verspätete Monatsblutung«. Ich brauchte nicht lange, um zu begreifen, womit ich es hier zu tun hatte.

Ich war zwölf gewesen, als Susan Mill meine Mutter aufsuchte. Ich hatte schon oft verschreckte Mädchen gesehen, Mädchen mit Verletzungen zwischen den Beinen, schwangere Mädchen mit Blutungen, Mädchen mit blauem Auge und Blutergüssen auf den Armen. Doch Susan – die lustige Susan, schlagfertig und gerade alt genug für die ersten Verehrer – machte mir Angst. Sie schwebte herein wie ein Geist, ihre kraftlosen Schritte waren praktisch lautlos, und ihre Augen starrten ins Leere.

»Ich bin einen Monat überfällig«, sagte sie. »Können Sie mir helfen, irgendwie die Blutung auszulösen?«

Ich verstand nicht, was sie meinte, aber meine Mutter wusste Bescheid. »Bist du dir sicher, Susan?«, fragte sie. »Falls du Geld brauchst …«

»Ich brauche kein Geld«, sagte Susan.

»Wenn der Mann verheiratet ist, wäre das trotzdem in Ordnung. Seine Frau wird wütend sein, aber nun, da du schwanger bist, werden dich alle unterstützen. Er wird dich in sein Haus aufnehmen müssen, falls es das ist, was du willst. Du kannst dich jetzt entscheiden.«

Da warf Susan meiner Mutter einen Blick zu, den ich nie vergessen werde. Er war voller Verachtung.

»Mrs Magnusson«, sagte sie, »wenn Sie mir nicht helfen können, sagen Sie es einfach.«

Ich erwartete, dass meine Mutter jetzt wütend wurde. Sie konnte es nicht ertragen, wenn jemand in einem solchen Tonfall mit ihr sprach. Doch sie nickte einfach nur und sagte: »Hör gut zu, denn ich werde es dir nicht aufschreiben.«

Und dann erklärte sie Susan den Weg zu einer Friseurin in Oxford. Sie solle dort nach einer Frau namens Saphronia fragen und außerdem fünfzig Golden Eagle mitnehmen – das Fünffache von dem, was meine Mutter bei einer Geburt verdiente.

Als ich sie später fragte, was Susan vorhabe, erklärte

meine Mutter mir, im Gegensatz zu allem, was wir in der Schule lernten, sei es durchaus möglich, eine Schwangerschaft zu beenden. Allerdings war es gefährlich, denn einer Frau, die sich zu dem Schritt entschied, drohte Gefängnis oder Schlimmeres. Wenn eine Frau so etwas plante, war ihr normalerweise etwas sehr, sehr Schlimmes zugestoßen.

»Was ist Susan zugestoßen?«, fragte ich.

Mama sagte, das wisse sie nicht, aber drei Tage lang sah ich sie mit ihren Freundinnen Mrs Carter, Mrs White und Mrs Barrow tuscheln, und als Susan aus Oxford zurück war, vermittelte meine Mutter ihr einen Minenarbeiter, der sie heiratete und nach Silver Country mitnahm. Soweit ich weiß, kehrte sie nie nach Fairchild zurück. Wann immer Leute sagten, wie traurig es sei, dass die Mills ihr einzige Tochter nicht mehr zu Gesicht bekämen, wurde Mamas Blick eiskalt.

»Ich weiß, worum es in deinem Buch geht«, sagte ich zu Schwester Tom. Sie war gerade dabei, die Heiligenbiografien zu sortieren. Schwester Clementine brachte sie immer wieder durcheinander.

»Worum denn?«

Ich wusste nicht, ob ich mich vor Schwester Tom fürchten sollte. Möglicherweise versuchte sie, mich in eine Falle zu locken und bei der Oberin in Misskredit zu bringen. Mein Platz im Kloster war noch immer unsicher – solange ich das Gelübde nicht abgelegt hatte, konnte die Oberin mich jederzeit hinauswerfen, und dann hätte ich keine Bleibe mehr. Also sagte ich, was mir am Unverfänglichsten erschien.

»Weiß die Oberin davon?«, fragte ich.

Schwester Tom lächelte nur – nicht gehässig, aber undurchdringlich.

»Du wärst überrascht zu erfahren, was die Oberin alles weiß«, sagte sie.

Damit konnte ich nicht viel anfangen.

»Ich will nicht weggeschickt werden«, sagte ich.

Sie bedeutete mir mit einer Geste, mich zu setzen. Es war fast an der Zeit für die Vesper. Außer uns war niemand in der Bibliothek, vor den Fenstern wurde es dunkel. Aus Schwester Toms Kopftuch waren einzelne Haarsträhnen herausgerutscht, sie hatten die Farbe von Weizen.

»Weißt du, warum ich hier bin?«, fragte sie.

Ich schüttelte den Kopf.

»Ich habe viel von meiner Mutter gelernt, genau wie du«, sagte sie. »Aber meine Mutter war das Gegenteil von deiner. Die Mädchen und Frauen sind zu ihr gekommen, wenn sie in Schwierigkeiten steckten. Sie hat Abtreibungen vorgenommen.«

Ich nickte, als wäre ich nicht überrascht, doch ich empfand das Gegenteil. Ich hatte geglaubt, alle Nonnen im Kloster wären unfruchtbar, wie ich. Wenn ich mir Saphronia vorstellte, jene Frau, die Susan in Oxford aufgesucht hatte, sah sie aus wie die alte Hexe aus dem Bilderbuch, mit dem ich Janie und Jessamine jeden Oktober einen Schrecken eingejagt hatte, eine Gestalt mit langen Fingernägeln und schiefen Zähnen. Aber natürlich konnte jemand, der Abtreibungen durchführte, eine Frau wie meine Mutter sein und Kinder haben.

»Der Sheriff zwang mich zuzusehen, wie sie meine Mama hängten«, sagte Schwester Tom. »Alle Mädchen in der Stadt mussten zusehen. Meine Mutter war ein Exempel dafür, was passiert, wenn man vom Weg des Jesuskindes und der heiligen Mutter Maria abkommt.«

Ihre Stimme war so eisig, dass mir das Blut in den Adern gefror, und so bitter, dass ich es fast schmecken konnte.

»Der Sheriff stellte mich vor die Wahl«, sagte sie. »Kloster oder Gefängnis. Ihm war meine Entscheidung egal. Mich würde ohnehin kein Mann mehr heiraten, ich würde niemals Kinder bekommen. Ich würde mich nicht wieder unter normale Menschen wagen, solange ich lebe.«

Sie lächelte. »Aber das hier *ist* das Gefängnis«, sagte sie. »Hier musst du dir keine Sorgen mehr machen. Du sitzt längst ein.«

Natürlich hätte ich mich weigern können. Ich hätte Schwester Tom sagen können, sie solle sich eine andere suchen, ich hätte meine freien Stunden mit Schwester Rose verbringen und *Das tägliche Gebet für die unverheiratete Frau* lesen können. Doch ich war neugierig – ich wollte wissen, was die Frau in Oxford wusste, auch wenn es so geheim und gefährlich war, dass selbst meine Mutter nicht davon sprechen durfte.

Und so begann meine kriminelle Karriere, dort im Hause Gottes. Statt einer Pistole hatte ich einen tropfenden Füller, und meine Beute waren nicht Silbermünzen, sondern Bücher.

Schwester Toms Buch schilderte die Geschichte einer Frau aus Rapid City, die von einem Mann umworben wurde, den sie nicht heiraten wollte. Er vergewaltigte und schwängerte sie. In der dreizehnten Woche trank sie einen

Sud aus Kandelaberehrenpreis und erlitt eine Fehlgeburt, und Jahre später bekam sie mit einem anderen Mann zwei gesunde Söhne. Ich las von einer Frau mit hohem Blutzucker, deren Hebamme sagte, ihre Schwangerschaft würde tödlich für sie enden. Sie nahm eine Mixtur aus Rainfarnöl und Butterschmalz, erlitt eine Fehlgeburt und überlebte. Ich las von einer Frau, die von ihrem Vater geschwängert worden war, und da verstand ich Susan Mills Blicke, und warum sie Fairchild verlassen hatte.

Ich las von einer Frau, die Natronlauge trank, um ihre Schwangerschaft zu beenden, und daran starb. Ich las von einer Frau, die Terpentin trank, um ihre Schwangerschaft zu beenden, und daran starb. Ich las von einer Frau, die niemanden finden konnte, der ihr half, obwohl sie in drei verschiedenen Städten gewesen war und mit sieben Hebammen, einem Kräuterkundigen und sogar einem Zahnarzt gesprochen hatte. Sie versuchte, die Schwangerschaft mit einer Stricknadel zu beenden, und verblutete. Ich hatte geglaubt, ich könnte nie wieder glücklich sein, doch als ich dort im sicheren Lagerraum saß und las, wie die Frau den ganzen Tag bis spät in die Nacht blutete, schätzte ich mich glücklich.

Als ich das Buch fertig abgeschrieben hatte, tauschte Schwester Tom es bei dem Buchhändler, der zwischen Denver und Chicago pendelte, gegen *Über die Ursachen und die Behandlung von Frauenleiden* von Pater Boniface Malvey ein, einem Priester und Arzt. Schwester Tom ließ mich die Seiten selbst durchtrennen. Das Herz schlug mir bis zum Hals, als ich den Buchdeckel öffnete.

Aber Pater Malvey erwies sich als Enttäuschung. Er behauptete, das wahre Mittel gegen ein Gebärmutterfibrom sei eine Lösung aus einem Teil Wasser und einem Teil Bratfett, was, wie ich wusste, keine Lösung für irgendwas war. Er behauptete, das Haus bei Vollmond zu verlassen führe bei Schwangeren zu einer Frühgeburt, aber selbst die alten Frauen von Fairchild wussten, dass es sich dabei um einen albernen Aberglauben handelte. Für Unfruchtbarkeit führte er alle möglichen Ursachen auf: eine frigide oder verantwortungslose Mutter; das Tragen von Jungsklamotten in jungen Jahren; zu viel scharfes oder bitteres Essen; Müßiggang oder exzessive Beschäftigung mit unweiblichen Dingen wie Buchhaltung.

»Ich hörte von einem Mädchen, das, weil ihr Vater ein Taugenichts und Trinker war, sich ganz allein um die Buchhaltung der Familienfarm kümmern musste«, schrieb Pater Malvey. »Sie konnte kein Kind empfangen, bis man ihren Vater zwang, ihre Aufgaben zu übernehmen, woraufhin sie schwanger wurde und gesunde Zwillinge zur Welt brachte.«

»Ich glaube, Pater Malvey weiß nicht, wovon er spricht«, sagte ich zu Schwester Tom.

»Der Buchhändler meinte, er wäre der Beste auf seinem Gebiet«, entgegnete Schwester Tom. »Die medizinische Fakultät in Chicago habe neulich erst fünf Ausgaben gekauft.«

»Was für ein Glück für den Buchhändler«, sagte ich, »und für Pater Malvey.«

Schwester Tom lächelte schief.

»Ich glaube, ich brauche etwas, das von einer erfahrenen Hebamme geschrieben wurde«, sagte ich. »Von einer Frau, die Geburten begleitet hat.«

»Ich werde sehen, was sich machen lässt«, sagte

Schwester Tom. »Aber wenn der Buchhändler danach herumfragen muss, kostet es extra.«

Drei Wochen später hatte ich genügend Bücher kopiert, um mir Mrs Alice Schaeffers *Handbuch der Frauenleiden* zu verdienen, und dann dauerte es weitere sechs, bis der Buchhändler es aus Denver mitbrachte. Aus dem Frühling im Kloster wurde Sommer. Sonntags hielten wir den Gottesdienst draußen auf der Wiese ab, auf dem fruchtbaren Boden, und danach ließ die Oberin uns Storchschnabel und Rudbeckien pflücken, die wir im Speisesaal in Wasserkrüge und Trinkgläser stellten. Der kleine Lichtblick erfüllte uns mit Aufregung und Freude, und beim Abendessen kicherten wir über Sachen, die meine Freundinnen zu Hause nicht verstanden hätten, zum Beispiel über Schwester Marthas schrägen Katechismus. Einmal hatte sie gemutmaßt, Sankt Ignatius könnte der heilige Schutzpatron der Wiesel sein. Und während der ganzen Zeit war mein Denken gespalten. Langsam fühlte ich mich wohl im Kloster. Wenn ich am Morgen aufwachte, erwartete ich nicht mehr, Janie und Jessamine neben mir zu sehen, und ich weinte nicht mehr, wenn ich die Kühe molk. Ich freute mich darauf, im September mein Gelübde abzulegen und mein graues Kleid gegen den schwarzen Habit einzutauschen. Gleichzeitig jedoch verspürte ich eine Leere im Kopf und im Herzen, die Schwester Clementine und die anderen gläubigen Schwestern anscheinend mit dem Jesuskind füllten. Doch mich konnte keine Geschichte erfüllen, schon gar nicht eine, an der ich nicht teilhatte – ich, die ich im Kloster weggesperrt war und weder Kinder bekommen noch anderen helfen konnte, ihr Kind zur Welt zu bringen, obwohl ich genau das von meiner Mutter gelernt hatte. Ich fragte mich, was ich von Mrs Schaeffer alles lernen könnte.

Natürlich hoffte ein Teil von mir, Mrs Schaeffer hätte vielleicht ein Heilmittel gegen Unfruchtbarkeit gefunden. Ich stellte mir vor, wie ich in den Wäldern rings um das Kloster Pflanzen und Baumrinde sammelte und in Alkohol einlegte, so wie meine Mutter, wenn sie etwas brauchte, das der Kräuterhändler gerade nicht auf Lager hatte. Doch wie würde ich erkennen, ob das Mittel wirkte? Ich würde einen Mann finden und zur richtigen Zeit und über mehrere Monate mit ihm schlafen müssen, und falls es nicht klappte, würde ich nie erfahren, ob es an der Tinktur, an ihm oder an mir lag. Könnte ich, falls ich geheilt und tatsächlich ein Kind empfangen und gebären würde, einfach so in mein altes Leben zurück? Könnte ich nach Fairchild zurückkehren, triumphierend und mit einem Baby auf dem Arm? Ich konnte mir genau vorstellen, wie meine Mutter reagieren würde, brächte ich ein Enkelkind nach Hause – den Schock und die Verwirrung in ihrem Gesicht, die zögerliche Freude. Ich verspürte ein Ziehen in der Brust, allein wenn ich daran dachte. Doch selbst wenn die Aufregung sich gelegt hätte, wenn der Sheriff und Ulla mich um Vergebung gebeten und mein Mann mich angefleht hätte, zu ihm zurückzukehren (wahrscheinlich würde ich ihn abweisen, auch wenn ich mir in manchen Nächten diesbezüglich unschlüssig war), selbst wenn ich ein bequemes Leben als Ehefrau und Mutter führen könnte – ich glaubte nicht, dass mich das zufriedenstellen würde.

Ich wollte verstehen, was Unfruchtbarkeit war – wie

ein Kind im Inneren einer Frau entsteht und welche innerlichen und äußerlichen Hindernisse vorher überwunden werden müssen. Dann erst würde ich jene Ruhe haben, die sich nur einstellt, wenn man weiß, was man wissen muss. Und ich könnte mein Wissen an andere weitergeben. Ich erinnerte mich an die Worte meiner Mutter: dass man den Leuten nicht einfach wegnehmen kann, woran sie glauben. Dass man ihnen etwas im Tausch dafür anbieten muss.

Sobald ich das Kapitel über Fehlgeburten gelesen hatte, war mir klar, dass ich Mrs Schaeffer mochte. »Manche sagen, dass eine Frau eine Fehlgeburt herbeiführen kann, indem sie mit einem Mann schläft, der nicht ihr Gatte ist«, schrieb sie. »Das ist Unsinn. Dem Kind ist es völlig egal, mit wem seine Mutter das Bett teilt. Für sie selbst ist es hingegen von großer Bedeutung.«

Von Mrs Schaeffer lernte ich, dass das blutreiche Gewebe der Gebärmutter starke Krämpfe verursachen kann, wenn es außerhalb der Gebärmutterhöhle wuchert, und dass die regelmäßige Einnahme von zermahlenen, in Getreidebrei oder Kaffee gemischten Leinsamen Linderung verspricht. Ich las, dass eine Brustkrebspatientin keine Leinsamen, Sojabohnen oder Alfalfasprossen essen sollte und dass die beste Behandlung darin besteht, sofort beide Brüste zu entfernen, nicht bloß den Knoten, wie Dr. Gray es in Fairchild bei Mrs MacLeish getan hatte. Sie war im darauffolgenden Sommer gestorben. Wenn Wehen ins Stocken geraten, las ich, oder das Kind und die Schwangere in Gefahr sind, besteht die Möglichkeit, die Gebärmutter mit einem sehr scharfen Messer aufzuschneiden, das Kind herauszuheben und den Schnitt wieder zu vernähen. Im Laufe ihres Berufslebens hatte Mrs Schaeffer siebzehn solcher Operationen erfolgreich durchgeführt. Als ich das Kapitel über Unfruchtbarkeit erreichte, begann mein Herz zu rasen.

»Ungewollte Unfruchtbarkeit ist viel weiter verbreitet, als die meisten Leute glauben«, schrieb sie. *»Ich selbst habe mehr als ein Dutzend Patientinnen mit diesem Problem kennengelernt. Viele Leute glauben an übernatürliche Ursachen, was erklärt, warum so viele kinderlose Frauen wegen Hexerei ins Gefängnis gesteckt oder gehängt wurden, bis zum heutigen Tage und obwohl die breite Masse sich für gebildet und modern hält. Ich glaube, dass dieses Leiden viele Ursachen hat, und alle davon sind natürlichen Ursprungs. Unterernährte junge Frauen bekommen ihre Monatsblutung nicht regelmäßig und können daher keine Kinder austragen, und die richtige Ernährung kann das Problem fast immer lösen. Andere Fälle liegen komplizierter. In unserer Praxis in Pagosa Springs haben wie eine Einundzwanzigjährige behandelt, die nach fünf Jahren Ehe immer noch nicht schwanger war. Obwohl sie gesund und wohlgenährt schien, hatte sie nie ihre Monatsblutung bekommen, und bei der Untersuchung zeigte sich eine ungewöhnliche Formung der Vagina. Auch haben wir fünf Frauen gesehen, die selbst keine körperlichen Beschwerden hatten, doch deren Ehemänner als Kind an Mumps oder rheumatischem Fieber erkrankt waren. Drei dieser fünf Frauen konnten später ein Baby mit einem anderen Mann bekommen, was darauf hindeutet, dass hohes Fieber im frühen Lebensalter bei Männern zu Unfruchtbarkeit führen kann. Bedauerlicherweise war es mir bis jetzt unmöglich, meine Theorie*

zu überprüfen, weil sich noch kein Mann zur Untersuchung bereit erklärt hat. Allerdings haben wir in den meisten Fällen von ungewollter Kinderlosigkeit weder bei der Frau noch beim Mann eine medizinische Ursache gefunden. Wir werden das Phänomen weiterhin studieren und hoffen, unsere Beobachtungen in zukünftigen Handbüchern zu veröffentlichen. Ob Frau oder Mann – wir laden alle, die nach einer Zeitspanne von einem Jahr oder länger kein Kind zeugen oder empfangen konnten, zu einer Untersuchung in unsere Praxis ein.«

Ich ließ das Buch auf Schwester Toms Schreibtisch fallen.

»Wo ist Pagosa Springs?«, fragte ich.

»Im Westen. In den Bergen, nahe Ute Country«, antwortete sie. »Warum?«

Ich setzte mich ihr gegenüber. Bevor ich weitersprach, sah ich mich schnell um. Die Schwestern tratschten zu gern. Selbst ich wusste, wer heimlich Zigaretten rauchte und wer einen geheimen Vorrat an Abendmahlswein hortete. Doch ich kannte keine, die wollte, was ich wollte.

»Könnte der Buchhändler mich dorthin mitnehmen?«, fragte ich. »Ich würde ihn bezahlen. Ich würde so viele Bücher abschreiben, wie er haben will.«

Schwester Tom lächelte, aber sie schüttelte den Kopf.

»Für kein Geld der Welt würde er das tun«, sagte sie. »Was ist, wenn jemand herausfindet, dass du hier warst? Jeder weiß, warum Mädchen ins Kloster geschickt werden, Ada. Deswegen bleiben sie normalerweise auch drin.«

»Also ist es unmöglich?«

»Das habe ich nicht gesagt. Der Buchhändler kann dir

jedenfalls nicht weiterhelfen, und ich auch nicht. Aber die Oberin vielleicht. Falls sie es will.«

In derselben Woche hatte die Oberin mit mir geschimpft, weil ich die Milch in zwei kleinen statt in einem großen Eimer getragen hatte.

»Immer willst du alles anders machen«, hatte sie gesagt. »Jetzt muss Schwester Mary Grace zwei Eimer spülen!«

»Ich glaube nicht, dass die Oberin mir helfen will«, sagte ich zu Schwester Tom.

Sie zuckte nur mit den Achseln. »Das kannst du erst wissen, wenn du sie gefragt hast.«

Die Zelle der Oberin sah aus wie die, die ich mir mit Schwester Rose teilte. Das Bett in der Ecke war ordentlich gemacht, die Krippe darüber aus grobem Holz geschnitzt. Maria und Josef waren kaum mehr als angedeutete, über das Jesuskind gebeugte Gestalten. Vom kleinen Fenster aus konnte man die Kuhweide überblicken. Aber hier gab es einen Schreibtisch, an dem sie nun saß, und davor einen harten Stuhl für mich. An der Wand gegenüber der Krippe hing ein Bild der heiligen Jeanne d'Arc, auf Knien betend und in ihrer Rüstung. Das fand ich ungewöhnlich. Einige der älteren Schwestern hatten religiöse Darstellungen an der Wand, für gewöhnlich die heilige Monika oder eine andere Mutter-Heilige, deren Namen ich in der Bibelstunde auswendig lernen musste. Jeanne d'Arc hatte ich nur wegen Mrs Covell aus Fairchild wiedererkannt. Ihre Familie stammte aus Québec, und sie hatte uns von der heiligen Jeanne erzählt, die für ihren Gott gestorben war, als sie fast noch so jung war wie wir. Später hörte ich, dass manche Eltern sich beschwert hätten, und so erfuhren Janie und Jessamine nie von der heiligen Jeanne.

»Das ist ein sehr schönes Bild«, sagte ich zur Oberin.

»Die heilige Jeanne war nicht schön«, erwiderte sie. »Was willst du, Ada? Ich weiß, dass du nicht zum Plaudern hier bist.«

In meiner gesamten Zeit im Kloster hatte ich immer nur gehorcht. Ich hatte die Bibel gelesen und Dutzende Stellen auswendig gelernt, sogar die *Sprüche 31*, obwohl ich niemals eine tüchtige Ehefrau werden würde, oder überhaupt eine Ehefrau. Jeden Tag stand ich vor Sonnenaufgang auf und molk die Kühe, und während der Matutin, der Laudes und der Vesper betete ich mit gesenktem Kopf. Ich hielt meine Zelle sauber und mein Gewand fleckenfrei. Am liebsten hätte ich der Oberin gesagt, jemanden grundlos zu hassen sei sicher eine Sünde.

Stattdessen sagte ich: »Ich habe etwas herausgefunden.«

Sie zog die Augenbrauen hoch. »Ja, davon habe ich gehört.«

»Ich habe das Buch einer erfahrenen Hebamme gelesen, die sich eingehend mit meiner Krankheit befasst hat«, fuhr ich fort. »Die Sache ist nur die: Sie lebt in Pagosa Springs.«

»Und?«

Ich zwang mich dazu, ihr in die Augen zu sehen.

»Ich möchte dorthin, Mutter Oberin«, sagte ich.

»Warum?«

»Ich möchte herausfinden, warum ich unfruchtbar bin«, sagte ich.

»Du meinst, du willst ein Heilmittel finden?«

»Nein«, sagte ich. »Zumindest nicht für mich. Ich möchte es nur besser verstehen.«

»Das ist sehr edel von dir«, sagte sie. »Hast du bedacht, dass die Fähigkeiten, die dir das Jesuskind gegeben hat, von größerem Nutzen wären, wenn du sie auf das Studium der Heiligen Schrift verwenden würdest?«

»Mutter Oberin«, sagte ich, »ich habe mit eigenen Augen gesehen, wie eine Frau für ihre Unfruchtbarkeit gehängt wurde. Wäre ich im Haus meiner Familie geblieben, hätte man mich ebenfalls gehängt. Stellen Sie sich nur vor, die Leute hätten ein besseres Verständnis von der Unfruchtbarkeit. Wie viele Frauen jetzt noch leben würden!«

Die Oberin setzte ihre Brille ab. Ohne die Gläser wirkten ihre Augen kleiner, und ihr Gesicht sah älter und weicher aus. Sie rieb sich den Nasenrücken.

»Als ich in die Schwesternschaft eintrat«, sagte sie, »wollte ich eine Schule gründen. Die Schwestern sollten die Lehrerinnen sein. Unfruchtbare Frauen sollten den Jungen und Mädchen Lesen, Schreiben und den Katechismus beibringen. Die Kinder sollten uns als Schulmeisterinnen kennenlernen, und später im Leben, als Sheriff, Bürgermeister oder Mutter, würden sie uns nicht mehr fürchten. Dann wären wir sicher.«

»Hat es funktioniert?«, fragte ich.

Die Oberin hob eine Braue.

»Siehst du hier irgendwelche Kinder?«

Es war schwer vorstellbar – lachende Mädchen in den stillen Sälen, Jungs, die draußen auf der Wiese Sheriffs und Gesetzlose spielten. Das Kloster nicht als Versteck, sondern als Teil der Welt.

»Drei Jungen und vier Mädchen wurden damals hier angemeldet«, sagte sie. »Alle stammten aus armen Farmerfamilien draußen im Hochland. Die meisten hatten nie eine Schule besucht. Ein Mädchen war schon dreizehn und konnte immer noch nicht lesen. Drei Monate lang haben wir sie unterrichtet, von der Ernte bis zum ersten Schnee. Trotz der kurzen Zeit haben sie viel gelernt, sie waren regelrecht ausgehungert nach Wissen. Am Ende konnte das Mädchen den dreiundzwanzigsten Psalm lesen.

Eines Tages, früh im neuen Jahr, kam der Sheriff von Laramie mit drei Helfern angeritten. Wir waren mitten in der Bibelstunde. Damals waren wir zu dritt: ich, Schwester Dolores und Schwester Carmen, die du nicht mehr kennengelernt hast. Sie haben uns vor den Kindern Handschellen angelegt. Sie sagten, wir wären keine Frauen, sondern Hexen, die der Teufel geschickt hätte, um ihren Geist zu verderben. Die Kinder ließen sich schnell überzeugen. Als sie uns abführten, spuckte mir das dreizehnjährige Mädchen ins Gesicht.«

Die Oberin in Handschellen – eine unmögliche Vorstellung.

»Mussten Sie ins Gefängnis?«, fragte ich.

»Für fünf Jahre«, antwortete sie. »Schwester Carmen erkrankte dort an Tuberkulose und starb. Danach ließen sie mich und Schwester Dolores frei. Als wir ins Kloster zurückkamen, waren die Wände mit Kot beschmiert. Wir haben tagelang geputzt. Verstehst du, was ich dir damit sagen will?«

»Tut mir leid«, sagte ich. »Ich bin mir nicht sicher.«

»Wissen kann sehr wertvoll sein«, sagte sie. »Aber nur,

wenn die Leute es wollen. Wenn nicht, ist es wertlos. Bestenfalls.«

»Verstehe«, murmelte ich, obwohl ich nichts verstand.

Mit einer Geste brachte sie mich zum Schweigen.

»Du hast die Wahl«, sagte sie. »Du kannst bleiben und versuchen, ein frommes Leben zu führen, oder du wagst dich ins Hochland nach Hole in the Wall.«

Ich erinnerte mich an die Geschichten, die ich über die Hole-in-the-Wall-Gang gehört hatte. Das waren Gesetzlose, die im ganzen Land Banken und Kutschen überfielen.

»Wie meinen Sie das?«, fragte ich. »Wie sollte ich dorthin kommen?«

»Kurz nach unserer Rückkehr tauchte ein junger Mann hier auf. Er war um die zwanzig und suchte Zuflucht. Wir wussten nicht, wie wir ihn nennen sollten, denn er weigerte sich, uns seinen Namen zu verraten oder einen neuen anzunehmen, also einigten wir uns auf Kid.«

Ich erinnerte mich an Sheriff Branchs Geschichten über The Kid, ein Mann so groß wie ein Baum und so stark wie ein Grizzlybär. Einmal hatte er angeblich dem Hilfssheriff den Hut vom Kopf geschossen, während er rückwärts auf seinem Pferd ritt.

»Hat er Sie ausgeraubt?«, fragte ich.

Die Oberin sah mich verärgert an.

»Warum sollte er uns ausrauben? Wir hatten nichts außer Essen und ein Dach überm Kopf, und beides gaben wir ihm freiwillig. Er blieb ein paar Monate hier, dann machte er sich wieder auf den Weg. Aber wir haben ihn nie vergessen, und er uns auch nicht. Hin und wieder schicke ich jemanden raus nach Hole in the Wall. Du bist jung, gesund und stur – möglicherweise nehmen sie dich auf.«

Ich war mir nicht sicher, was die Hole-in-the-Wall-Gang mit einem jungen Mädchen wie mir anfangen könnte, doch keine meiner Vorstellungen war besonders angenehm.

»Ich will nicht unhöflich sein, Mutter Oberin, aber ich kann niemandem eine gute Ehefrau sein, nicht mal einem Gesetzlosen.«

Da musste die Oberin lächeln.

»Du wärst dort keine Ehefrau, Schwester Ada. Du wärst eine Gesetzlose.«

Sie erhob sich, also erhob ich mich auch.

»Anscheinend hast du bereits das eine oder andere Geschäft mit dem Buchhändler gemacht«, sagte sie. »Er kann dich mitnehmen, falls du es möchtest. Soweit ich weiß, sind seine Preise angemessen.«

»Danke«, sagte ich, weil ich nicht wusste, was ich sonst sagen sollte.

»Du brauchst mir nicht zu danken«, sagte sie. »Ich tue dir keinen Gefallen. Und denk daran: Es mag dir im Kloster nicht gefallen, aber hier bist du sicher. Wenn du nach Hole in the Wall gehst, bist du nie wieder sicher. Und die Leute werden nicht sicher vor dir sein.«

Ich musste lächeln. »Ich glaube kaum, dass ich eine große Bedrohung darstelle«, sagte ich.

»Nimm ein Gebetbuch mit«, sagte sie. »Ich hätte gern das Gefühl, dass wir dir wenigstens etwas beigebracht haben.«

KAPITEL 3

Und so fuhr ich nach Hole in the Wall, im Gepäck zweihundert Ausgaben von Mrs Eglantine Coopers *Geschichte einer jungen Braut* (eine Frau stellt nach der Hochzeit fest, dass ihr Ehemann fünf Brüder hat, einer attraktiver und lasterhafter als der andere; viele der im Buch geschilderten Akte waren anatomisch gesehen absurd oder sogar unmöglich, doch ich hatte es schnell ausgelesen), hundert Ausgaben von Geoffrey Craggs *Meine Zeit in den Rocky Mountains* (langweilig, abgesehen von dem Kapitel, in dem ein Murmeltier getötet und gegessen wird), verschiedene weniger bekannte Romane und Sachbücher sowie neunundfünfzig Ausgaben von *Über die Regulierung der Monatsblutung*, alle von mir persönlich abgeschrieben. In meiner Reisetasche befand sich Mrs Schaeffers *Handbuch der Frauenleiden*, das mir Schwester Tom mitgegeben hatte und das ich stets bei mir trug, wie Bee früher die Puppe, die Mama mit getrockneten Lavendelblüten und Piniennadeln ausgestopft hatte, des beruhigenden Duftes wegen.

Drei Nächte schlief ich versteckt zwischen den Büchern, während der Buchhändler bei Bier und Fleischpastete im Gasthaus saß. Am Morgen des vierten Tages weckte er mich aus einem Traum, in dem ich noch immer mit meinem Mann zusammenlebte. Er hatte mich in den Hühnerstall gesperrt, bis ich ihm ein Kind schenken würde. Um mich herum gackerten und kämpften die Hennen. Sie hackten aufeinander ein, eine war beinahe kahl.

»Kennst du einen Sheriff Branch?«, fragte der Buchhändler.

Als ich den Namen hörte, war ich schlagartig hellwach.

»Wieso?«, fragte ich.

»Da drinnen im Albertine's behauptet einer, ein gewisser Sheriff Branch aus Fairchild habe fünfhundert Golden Eagle auf die Ergreifung einer Hexe ausgesetzt. Angeblich heißt sie Ada. Ist dein Name nicht Ada?«

Ich versuchte, mir schnell etwas einfallen zu lassen.

»Ich komme aus Spearfish«, sagte ich. »Und Ada ist nicht mein Geburtsname, sondern mein Klostername. Wegen Sankt Ada, Schutzheilige der Hebammen.«

Ich hatte keine Ahnung, ob die heilige Ada existierte, und ich hoffte, dass es dem Buchhändler ebenso ging. Er hatte ein schmales, nervöses Gesicht. Nun musterte er mich mit plötzlicher Skepsis aus verengten Augen.

»Wenn ich auf der Flucht vor dem Gesetz wäre, würde ich wahrscheinlich ins Kloster gehen«, sagte er. »Oder nach Hole in the Wall.«

Ich hatte kein Geld, das ich dem Buchhändler anbieten konnte, schon gar keine fünfhundert Golden Eagle.

»Wie gesagt, ich kenne keinen Sheriff Branch«, sagte ich, um Zeit zu gewinnen.

Über den Buchhändler wusste ich nur, dass er Schwester Tom Bücher abkaufte. Nicht viele Leute besaßen Werke wie *Über die Regulierung der Monatsblutung*, und noch weniger ließen Abschriften davon anfertigen. Wahrscheinlich waren sie viel wert – vielleicht sogar noch mehr, als der Händler Schwester Tom dafür bezahlt hatte.

»Hören Sie«, sagte ich, »angenommen, ich wäre die gesuchte Hexe. Und angenommen, Sie finden Sheriff Branch und liefern mich aus. Dann hätten Sie zehn Goldbarren verdient. Aber glauben Sie, Schwester Tom wäre erfreut, wenn sie herausfindet, dass Sie mich, obwohl Sie von ihr bezahlt wurden, nicht an den gewünschten Ort gebracht, sondern verkauft haben? Es gibt auch noch andere Buchhändler, wissen Sie. Sie würde sich einfach einen neuen Abnehmer suchen, der vielleicht sogar besser zahlt. Und was machen Sie dann?«

Während er überlegte, verbarg ich meine Angst. Ich fragte mich, ob ich ihn irgendwie verletzen könnte, falls er versuchte, mich zu packen. Ich könnte ihm die Augen auskratzen oder ihm zwischen die Beine treten und dann wegrennen. Aber wohin?

»Setz dich wieder hinter die *Geschichten einer jungen Braut*«, sagte er schließlich. »Wir haben heute noch eine weite Strecke vor uns.«

Den ganzen Tag hockte ich im Wagen und machte mir Sorgen. Sheriff Branch suchte nach mir, was vielleicht bedeutete, dass mein Name immer noch in aller Munde war und die Nachbarn ihre Wut noch nicht auf meine Mutter und meine Schwestern gerichtet hatten. Allerdings hatte der Sheriff das Fahndungsgebiet weit ausgedehnt – weiter als ich, meine Schwestern oder meine Freundinnen je gereist waren –, was möglicherweise hieß, dass er nicht aufgeben würde, bis er mich gefunden hatte. In dem Fall wäre selbst Hole in the Wall noch zu nah.

Gegen Einbruch der Nacht klapperten die Hufe des Pferdes über Holzbretter. Ich spähte aus dem hinteren Teil des Wagens und sah, dass wir einen breiten, ruhigen Fluss überquerten. Am anderen Ufer knirschte der Kies unter den Wagenrädern, und der Weg stieg steil an. Aus der Prärie erhoben sich schroffe rote Felsen in seltsamen Winkeln, und dazwischen kreisten riesige, stumme Vögel mit dunklem Rücken und heller Brust. Die Straße wurde schmaler und holpriger, und der Wagen ruckelte stundenlang über Steine und Gestrüpp, ohne dass ich irgendwo einen Zaunpfahl entdecken konnte, mit dem jemand seinen Anspruch auf das Land geltend gemacht hätte. Als wir endlich hielten, drehte der Buchhändler sich im Sitzen um und sagte: »Hier trennen sich unsere Wege.«

Ich sah hinaus. Um uns herrschte Dunkelheit, die einzige Lichtquelle war die schmale Mondsichel. Sie sah aus wie eine Katzenkralle.

»Wir sind hier im Nirgendwo«, sagte ich.

»Näher darf ich dem Camp nicht kommen«, erklärte der Buchhändler. »Normalerweise schicken sie einen Kundschafter an die Straße. Heute anscheinend nicht. Den restlichen Weg wirst du allein finden müssen.«

»Woher weiß ich, in welche Richtung ich gehen muss?«, fragte ich.

»Na ja, in diese nicht«, sagte er und zeigte auf die Straße hinter uns. »Also wahrscheinlich in die andere.«

Er gab mir zwei Streifen gedörrtes Gabelbockfleisch und eine Handvoll getrocknete Büffelbeeren.

»Möge das Jesuskind dich beschützen«, sagte er auf nicht unfreundliche Art, und damit entließ er mich in die Dunkelheit.

Nach einer Weile hatten sich meine Augen daran gewöhnt, und ich erkannte, dass das Land zu meiner Linken in ein seidiges, tiefes Schwarz abfiel, ein Tal anscheinend, dessen Tiefe ich aber nicht abschätzen konnte. Ich hielt mich an den rechten, steinigen Wegesrand, wo eine steile Felswand aufragte. Eine Weile waren die fernen Hufschläge des Pferdes noch zu hören, und dann war da nichts mehr als das Zirpen der Grillen und das Rauschen des Bluts in meinen Ohren.

Der Weg schlängelte sich talwärts, und nach einer Weile ging der Hang in flaches Land über. Die Luft wurde kühler, die Dunkelheit veränderte sich. Ich sah Sterne, die sich auf der reglosen Oberfläche eines Teiches widerspiegelten. Seit der Buchhändler an dem Morgen aus dem Gasthaus zurückgekommen war, hatte ich keinen Schluck mehr getrunken, und so kniete ich nieder und schaufelte das Wasser mit gekrümmten Händen auf. Es schmeckte nach Dreck, doch ich trank in großen Schlucken. Danach ließ ich mich auf die weiche Erde am Ufer sinken und aß die Beeren und einen Streifen Dörrfleisch. Ein Frosch hüpfte vor mir davon, sein Quaken klang wie eine gezupfte Saite. Auf einmal raschelte etwas im hohen Gras, etwas Großes, das die Frösche ins Wasser scheuchte und eine Ente dazu brachte, sich flatternd und quakend in die Luft zu erheben.

Meine Mutter sagte immer, wilde Tiere hätten Angst vor der menschlichen Stimme, also machte ich laute Geräusche und fuchtelte mit den Armen. Die einzigen Wildtiere in der Stadt waren Schwarzbären und selten einmal ein Kojote, doch hier draußen gab es möglicherweise Grizzlybären, Wölfe und Pumas. Ich hatte das Gefühl, stundenlang gelaufen zu sein, und doch war ich bis jetzt keiner Menschenseele begegnet. Ich fragte mich, ob der Buchhändler mich angelogen hatte und es von vornherein sein Plan gewesen war, meine Bücher an sich zu nehmen, mich mitten im Nirgendwo auszusetzen und zu verschwinden.

»Hallo?«, rief ich.

Nichts außer Geraschel im Gestrüpp am Wegesrand. Nachtaktive Tiere wahrscheinlich, die entweder vor mir flohen oder mich angreifen wollten.

Ich rannte los. Ich schrie und rannte, ich rannte und schrie, bis ich heiser war und meine Beine zitterten. Ich hockte mich keuchend hin – der Weg war jetzt nur noch ein Trampelpfad, gerade so breit wie meine zusammengedrückten Knie – und aß das zweite Stück Dörrfleisch, und dann richtete ich mich wieder auf und rannte noch ein Stückchen weiter.

Mein Hals war wund, und mein ganzer Körper schmerzte, als ich plötzlich in der Dunkelheit links des Wegs eine Geige hörte. Die Musik war lebhaft und zugleich verträumt. Die Melodie hatte ich noch nie gehört, aber sie erinnerte mich an die Geschichten, die meine Mutter uns früher erzählt hatte: Geschichten aus längst vergangenen Zeiten, die von Piratenschiffen handelten und von Elfen und Kobolden, die sich um Mitternacht im Wald versammelten. Ich fürchtete, dass ich den Verstand verloren hatte oder dass ich träumte und mir das Geräusch nur einbildete. Aber weil mir nichts anderes den Weg wies, hatte ich keine Wahl, als der Musik zu folgen.

Ich stieg einen steilen Hang hinunter und schlug mich durch dichtes Unterholz, das mir die Beine zerkratzte.

Die Geige wurde immer lauter, und bald sah ich ein fernes Licht wie von einem Feuer, ich hörte sogar Stimmen lachen und rufen.

Ein paar Minuten später hatte ich das Feuer gefunden, so hoch wie ein Mann und so breit wie ein Wagen, und auch den Geiger, der mit andächtig geschlossenen Augen und in den Nacken gelegtem Kopf davorstand und den Bogen wild über die Saiten hüpfen ließ. Er war von Kopf bis Fuß mit Wildblumen geschmückt – Rudbeckien, Flockenblumen, Bartnelken. Ich trat ein paar Schritte vor und war unsicher, ob und wie ich mich bemerkbar machen sollte, als ich plötzlich keine zehn Meter weiter zwei an einen Stamm gelehnte Gestalten sah. Sie küssten und liebkosten einander mit einer Gier, die mich an die frühen Tage meiner Ehe denken ließ. Die Frau war klein und hatte breite Hüften, dickes, dunkles Haar und einen Blumenkranz auf dem Kopf. Ihr Liebhaber war groß und schlank und schob seine Finger zärtlich und behutsam durch ihr Haar.

Ich versteckte mich hinter einem Baum. Ich war alt genug, um zu wissen, dass man ein küssendes Paar an einem fremden Ort besser nicht stören sollte. Als ich hinter dem Stamm hervorspähte, konnte ich die langgezogenen Schatten von Tänzern sehen, die das Feuer auf den Boden zeichnete, und dann die Tänzer selbst: einen großen Mann, der eine von Glöckchen gesäumte Hirschlederjacke trug, und eine Frau mit akkurat geflochtenen Zöpfen in einem Kattunkleid. Besonders die Frau stellte sich geschickt an. Sie wirbelte in die Arme ihres Partners, machte sich wieder los und vollführte eine Reihe von Rückwärtssaltos. Sogar die Liebenden am Baumstamm drehten sich um und jubelten ihr zu. Nach dem Kunststück landete sie so sicher auf beiden Füßen, als wäre sie lediglich von einem Hüpfkästchen ins andere gesprungen. Im Licht des Lagerfeuers wirkte ihr Gesicht ebenso fröhlich wie ernst.

Und dann entdeckte ich am Rande des Feuerscheins einen hölzernen Schaukelstuhl und darin eine gutaussehende Person mit dunkler Haut. Die Gestalt trug Zylinder und Frack, wie der Bürgermeister von Fairchild an einem Feiertag, dazu einen Umhang, der bis zum Boden hinabreichte und ganz und gar aus Blumen gemacht war, aus Blüten in Gelb, Orange, Blau und Lila, so weit und dicht, dass es viele Tage und die Arbeit vieler Hände gekostet haben musste, ihn zusammenzunähen.

Die Person trank aus einem Champagnerglas, und als sich der Tänzer mit der Glöckchenjacke näherte, um es aufzufüllen, beugten sich beide ins Licht vor. Ich sah den Cowboyhut mit Kniff, genau wie bei The Kid auf dem Steckbrief im Postamt von Fairchild. Die Person trank einen Schluck, lachte über eine Bemerkung des Tänzers mit den Glöckchen und verdrehte theatralisch die Augen. Auch die Augen sahen aus wie auf dem Steckbrief – groß und lebhaft und mit schmalen, gebogenen Brauen. War das *The Kid*, waren diese Leute seine Gang? Oder war ich auf eine andere Gruppe gestoßen, die hier im Revier der Hole-in-the-Wall-Gang feierte und deren Anführer The Kid zufälligerweise ähnlich sah? Ich überlegte noch, wie ich mich der Gruppe nähern und die Frage klären könnte, als mich jemand am Handgelenk packte und ins Licht zerrte.

»Seht euch das mal an«, rief eine rothaarige Frau mit

stark geschminktem Gesicht. Sie trug ein tief ausgeschnittenes, bauschiges Kleid wie ein Showgirl. »Ich habe einen Eindringling gefangen!«

Der Geiger hielt inne. Die Tänzer drehten sich um. Das Pärchen löste sich voneinander und sah herüber.

»Ich bin kein Eindringling«, erklärte ich. »Mein Name ist Ada. Ich komme von der Schwesternschaft vom Heiligen Kinde. Die Oberin schickt mich. Sie hat gesagt …«

Die Person im Umhang stellte ihr Champagnerglas auf den Boden. »Agnes Rose, nun sei nicht so unfreundlich. Ich habe die junge Dame schon längst erwartet.« Sie erhob sich und streckte mir eine schmale, feingliedrige Hand entgegen.

»Schwester Ada, willkommen in Hole in the Wall.«

»Bist du The Kid?«, fragte ich.

Die Person lachte, ein volles und wohlklingendes Geräusch.

»Ich hatte schon viele Namen, aber in der Tat bin ich unter diesem wohl am besten bekannt.«

»Wo sind die anderen?«, fragte ich. In den Geschichten, die ich gehört hatte, ritt The Kid an der Seite von mindestens zwanzig starken Männern. Ich hatte von einigen die Gesichter an der Wand des Postamts gesehen – mit allen Wassern gewaschene Gesetzlose, auf die ein Kopfgeld von jeweils fünfhundert Golden Eagle ausgesetzt war.

»Alle hier,« sagte The Kid und breitete die Arme aus, »in voller Pracht.«

»Wer ist das?«, fragte die Frau mit dem Blumenkranz. »Von einer neuen Rekrutin hast du gar nichts erzählt.«

»Weil sie noch keine neue Rekrutin ist«, sagte Kid.

»Ich habe der Oberin versprochen, dass wir sie als Gast willkommen heißen und uns in Ruhe überlegen, ob wir sie hierbehalten oder nicht.«

»Und du meinst nicht, dass du uns anderen vielleicht Bescheid geben solltest?«, fragte die Frau. »Wenn sie bleibt, gibt es eine Person mehr, die wir durchfüttern müssen und die auf unseren Pferden durch die Gegend reitet und womöglich von Viehzüchtern und Gesetzeshütern gesehen wird. Falls sie überhaupt vertrauenswürdig ist. Woher willst du wissen, dass sie nicht zu Sheriff Dempseys Leuten gehört? Nach allem, was du letzten Monat dort abgezogen hast, hat er bestimmt seine Kopfgeldjäger auf uns angesetzt.«

»Auf mich macht sie einen guten Eindruck«, sagte Agnes Rose, die Frau, die mich ins Licht gezerrt hatte. »Ich könnte ihr das eine oder andere beibringen. Kannst du Karten spielen, Klostermädchen?«

»Auf keinen Fall bringe ich ihr das Reiten bei«, sagte die Akrobatin. »Bei Aggie hat es mich drei Monate gekostet, und sie ist immer noch furchtbar. Das mache ich nicht noch mal mit.«

Kids Blumenumhang wehte in der nächtlichen Brise.

»Cassie, Lo, Kameradinnen, Freunde«, sagte Kid, »wisst ihr noch, was Jesus Christus im Lukasevangelium über das Richten sagt?«

»Heute ist nicht Sonntag, Kid«, rief die Frau mit dem Blumenkranz. Doch die anderen verstummten wie auf einen Befehl, den niemand ausgesprochen hatte.

»Richtet nicht«, fuhr Kid fort, »so werdet ihr auch nicht gerichtet. Verdammet nicht, so werdet ihr nicht verdammt. Vergebet, so wird euch vergeben.«

Kids Stimme klang eher hoch, doch sie war so erhaben, stark und laut, als wäre sie für die Kanzel gemacht. Die Frau im Blumenkranz starrte zu Boden.

»›Gebt, so wird euch gegeben‹«, sagte Kid, »›ein voll, gedrückt, gerüttelt und überfließend Maß wird man in euren Schoß geben; denn eben mit dem Maß, mit dem ihr messet, wird man euch wieder messen.‹«

Kid wandte sich an die Frau im Blumenkranz. »Haben wir nicht immer einen Weg gefunden, andere mit durchzufüttern, wenn es nötig war? Und haben wir nicht jedes Mal mehr zurückbekommen, als wir gegeben haben? Sieh dich um, Cassie«, sagte Kid und deutete auf die Champagnergläser und die Blumen. »Ein überfließend Maß, oder nicht?«

»Wir hatten eine Glückssträhne«, sagte Cassie. »Aber wenn die Gruppe immer weiter wächst …«

Kid nahm Cassie an den Händen, zog sie mit sich und tanzte mit ihr um das Feuer.

»Wenn, wenn, wenn«, rief Kid, legte die rechte Hand an Cassies Rücken und führte sie mit der linken. »Es ist genug, dass jeder Tag seine eigene Plage hat, Cassie. Darum sorgt nicht für morgen« – Kid brachte Cassie in Rückenlage, und ihr Blumenkranz fiel zu Boden –, »denn der morgige Tag wird für das Seine sorgen.«

Kid gab Cassie frei, bückte sich, um den Kranz aufzuheben, staubte ihn ab und setzte ihn zurück auf Cassies Kopf.

»Du hast natürlich recht«, sagte Kid. »Du hast immer recht. Wir sollten mit Bedacht wachsen und unsere Nächstenliebe mit Umsicht austeilen. Morgen werden wir entscheiden, was mir mit Schwester Ada machen, ob sie eine von uns wird oder wir sie dorthin zurückschicken, von wo sie gekommen ist. Aber heute Abend ... heute Abend haben wir sicherlich noch etwas Champagner für sie übrig.«

Cassie sah Kid mit einem hilflosen Ausdruck an – aufgebracht, liebevoll, resigniert. Sie richtete sich auf, verschwand in der Dunkelheit und kam mit einer Flasche und einem Glas zurück.

Meine Mutter hatte immer gesagt, ich dürfe keine Getränke von Fremden annehmen, doch ich war durstig, erschöpft und verwirrt. Ich nahm das Glas und trank. Ich hatte schon einmal Champagner getrunken, an meinem Hochzeitstag, aber dieser hier schmeckte anders – süßer und würziger, außerdem roch er leicht giftig, wie Farbverdünner. Ich leerte das Glas, und Agnes Rose jubelte. Sie nahm Cassie die Flasche ab und schenkte mir nach. Die anderen schienen sich mit meiner Anwesenheit abgefunden zu haben und ignorierten mich einfach. Der Geiger spielte auf, langsamer diesmal, und der Tänzer mit den Glöckchen begann, mit warmer Altstimme zu singen. Es klang wunderschön, ebenso humorvoll wie klagend.

> *O Schatz! auf welchen Wegen irrt ihr?*
> *O bleibt und hört! der Liebste girrt hier,*
> *Singt in hoh- und tiefem Ton.*
> *Hüpft nicht weiter, zartes Kindlein!*
> *Liebe findt zuletzt ihr Stündlein,*
> *Das weiß jeder Muttersohn.*

Das sind meine letzten klaren Erinnerungen an den Abend: die wehmütige, verführerische Stimme des Tänzers und die Glöckchen an seiner Jacke, die im Licht des Feuers funkeln.

Als ich aufwachte, stand die Sonne bereits hoch am Himmel. Ich lag auf einer offenbar aus Halstüchern gefertigten Flickendecke unter einem Schrägdach aus knorrigem Kiefernholz. Wenn ich die Hand ausstreckte, konnte ich die untere Kante mit den Fingern berühren. Während ich zu mir kam, merkte ich, dass ich mich auf einer Art Schlafgalerie befand, so schmal, dass ich, wenn ich mich seitwärts rollte, in den Raum darunter stürzen würde. Entlang der Galerie standen mehrere Holzbetten, einige davon gemacht und andere zerwühlt. Unten im großen Raum gab es noch mehr Betten, einen gusseisernen Ofen und ein breites Sofa, über das Kids Blumenumhang drapiert war. Die Blüten waren dabei, langsam zu verwelken. Durch die schweren Fensterläden im Erdgeschoss drang das Licht der späten Vormittagssonne. Sowohl die Schlafgalerie als auch der große Raum waren menschenleer.

Wie ich feststellte, waren die klobigen Holzclogs, die ich getragen hatte, nirgends zu sehen. Ich hatte keine andere Wahl, als barfuß die knarrende Treppe hinunterzusteigen und mich nach draußen zur Feuerstelle zu begeben. Die anderen waren bereits dort versammelt, wie am Vorabend, nur in gedämpfterer Stimmung.

Niemand war mehr mit Blumen geschmückt. Die Akrobatin mit den Zöpfen trug ein schlichtes Kleid aus braunem Musselin mit weißen Punkten, Agnes Rose einen hochgeschlossenen Kittel aus himmelblauer Baumwolle. Die Liebenden, der Geiger und der Tänzer mit der schönen Stimme trugen Latzhosen und Arbeiterhemden,

The Kid hatte den Frack gegen einen schmal geschnittenen Anzug aus Wollstoff getauscht, rabenschwarz mit Ausnahme der Hosenbeine, an deren Saum rötlicher Staub hing. Alle saßen um das Feuer herum, das längst nicht mehr so groß war wie am Abend und dessen kleine Flammen eher Wärme spenden sollten als Licht.

»Setz dich«, sagte The Kid. »Cassie, bring Schwester Ada ihr Frühstück.«

Cassie erhob sich widerwillig, verschwand in einer kleinen Hütte neben der Schlafbaracke, die ich gerade verlassen hatte, und kehrte mit einer rissigen blauen Porzellanschüssel voller Haferschleim zurück. Der salzige, herzhafte Brei war mit Speck gewürzt, und ich aß gierig, bis ich merkte, dass alle mich anstarrten. Ich sah mich in der Runde um und begriff, dass der Tänzer mit der schönen Stimme eine Frau war, hochgewachsen wie ein Mann und breitschultrig, doch unter dem Baumwollhemd zeichnete sich die Rundung einer Brust ab. Ihre fließenden, grazilen Bewegungen erinnerten mich an die älteren Mädchen zu Hause, die schon ein oder zwei Kinder hatten und sich in ihrem Körper so wohlfühlten, wie ich es niemals könnte. Bei den anderen war ich mir nicht sicher. Als der Geiger Agnes Rose etwas zuflüsterte, sah er in einem Moment wie ein schelmischer Junge und im nächsten wie ein tuschelndes Mädchen aus. Die Person, die ich für Cassies Freund gehalten hatte, trug Diamantstecker an beiden Ohrläppchen. Doch fraglos war das hier die Gang von den Steckbriefen – auf der Stirn der Akrobatin entdeckte ich die Pockennarben von Texas Carey, und Cassies Schatz hatte die dunklen Brauen von Elzy Day. Der Geiger ähnelte News Baker. Seine Haut war heller als auf dem Steckbrief, doch er hatte dieselben Lachfältchen um die Augen.

»Danke noch mal …«, begann ich in der Absicht, mich ordentlich vorzustellen, doch Kid fiel mir ins Wort.

»Kannst du schießen?«

»Ich kann ein Gewehr putzen, laden und entladen«, sagte ich.

»Also Nein. Kannst du reiten?«

»Ich bin manchmal auf dem Pony unseres Nachbarn geritten.«

»Wieder Nein. Was kannst du, kleine Schwester?«

So langsam wurde ich nervös.

»Ich kann eine Kuh melken«, sagte ich. »Ich kann weichen Käse machen und lerne gerade, wie man harten macht.«

»Wir haben hier keine Kühe«, sagte Cassie.

Bis jetzt hatte ich gar nicht bedacht, dass die Gang mich ablehnen könnte. Sollten sie mich wegschicken, würde ich den Buchhändler nie wiederfinden. Sheriff Branch suchte nach mir, und selbst wenn kein Kopfgeld auf mich ausgesetzt wäre, würde ich als alleinreisende Frau Misstrauen erregen. Ich könnte keine Stadt durchqueren, ohne die Aufmerksamkeit des Sheriffs auf mich zu ziehen oder, noch schlimmer, die Aufmerksamkeit einer Horde junger Männer, die nichts Gutes im Schilde führten. Einmal waren Lucas Saint Joseph und die beiden jüngsten Söhne der Petersons auf der Buffalo Gap Road einer Frau begegnet. Obwohl sie erzählte, dass sie auf der Flucht vor ihrem gewalttätigen Mann war und ihnen die Blutergüsse an ihrem Hals zeigte, vergewaltigten die Jungen sie einer nach dem anderen, angeblich, um ihr die Hexerei auszutreiben. Sie wären ungestraft davongekommen – der Bürgermeister war auf ihrer Seite –, hätte es in Fairchild nicht ein paar Leute gegeben, die bezeugen konnten, dass die Frau Mutter von drei Kindern in Buffallo Gap war, und die versprachen, sie aufzunehmen und ihr einen besseren Ehemann zu suchen. Ich war weit von zu Hause weg und hatte niemandem, der für mich bürgen würde. Ich musste mir einen Grund überlegen, warum es sich für sie lohnen würde, mich durchzufüttern und zu beschützen.

»Meine Mutter ist Hebamme«, sagte ich.

»Was für ein Glück«, sagte Cassie. »Wir geben dir dann Bescheid, falls wir ein Kind entbinden wollen.«

Im Kloster hatten sie versucht, mir Bescheidenheit beizubringen. Schwester Dolores hatte erklärt, dass weltliches Wissen und weltliche Errungenschaften dem Jesuskind nichts bedeuten. Sie seien wie Stoff, der von uns abfällt und uns so nackt vor Ihm stehen lässt wie ein Neugeborenes. Doch sie sagte auch, dass das Jesuskind durch uns Gutes in der Welt bewirkte. Ich verstand nicht, wie Es durch uns wirken wollte, wenn unser Wissen keinen Wert hatte und wir in Seinen Augen bloß hilflose Kinder waren. Als die Schwestern uns also aufforderten, um Bescheidenheit und um Vergebung für unseren Stolz und unsere Eigenliebe zu bitten, sprach ich mein eigenes Gebet und erinnerte mich daran, wer ich war und woher ich kam. Ich wollte das nie vergessen, nicht einmal, wenn ich das Gelübde ablegte und unter einem neuen Namen weiterlebte.

»Ich kann Knochenbrüche richten«, sagte ich zu Kid. »Und Wunden verarzten. Wenn du dich erkältest, weiß ich, welche Heilkräuter wärmen, und wenn du Fieber bekommst, weiß ich, welche kühlen. Ich kann einen Schnitt vernähen, Eiterbeulen entleeren und Verbrennungen so verbinden, dass die Haut darunter sauber abheilt. Ich kann eine Medizin anrühren, die einen Mann einschlafen lässt, und wenn ich sie stark genug mache, schläft er für immer.«

Die anderen waren still. Kid sah mich lange an, wie um mich einzuschätzen, und lächelte dann.

»Texas, such der Ärztin ein Pferd, mit dem sie umgehen kann.«

Und so wurde ich 1894 Mitglied der Hole-in-the-Wall-Gang. Ich war achtzehn Jahre alt.

Anfangs schien es, als könnte aus mir eine annehmbare Gesetzlose werden. Texas ließ mich den Stall fegen und alle Pferde waschen und striegeln, bevor sie mir den ersten Reitunterricht gab, trotzdem war sie mürrisch und erwartete nicht viel von mir. Aber dann waren wir beide überrascht, wie gut ich mit den Pferden umgehen konnte. Sie waren ein bisschen wie Kinder, stellte ich fest, und mit Kindern kannte ich mich aus. Ich hatte Jahre damit verbracht, ihr Vertrauen zu gewinnen, um ihre Temperatur messen, ihnen einen Splitter ziehen oder sie aus dem Zimmer führen zu dürfen, wo ihre Mutter in den Wehen lag.

Schon bald lernte ich die Namen und Eigenheiten der Pferde und wie sie gestreichelt, angesprochen und gefüttert werden wollten. Prudence, eine schwarze Stute mit weißer Blesse auf Stirn und Schnauze, war willensstark und stur. Die braune Temperance war lieb, aber hasenfüßig – laute Geräusche und abrupte Bewegungen machten ihr Angst. Faith, das Pferd, das Texas am häufigsten ritt, war so klein und braunhaarig wie sie, aber im Vergleich zur stillen Texas sehr lebhaft. Faith begrüßte sie jeden Morgen mit lautem Wiehern und einem Schütteln der Mähne, worauf Texas nur knapp nickte und ihr die Flanke tätschelte. Doch wenn die beiden ausritten, hellte Texas' Gesicht sich auf, und ihre angespannten Glieder wurden locker, und dann erkannte ich die Freude wieder, mit der sie und Lo ums Feuer getanzt waren, eine Freude, die sie sonst hinter ihrer gerunzelten Stirn und den abgehackten, sparsamen Sätzen verbarg.

Ein Pferd mochte mich besonders gern, ein Apfelschimmel namens Amity. Die wachsame Amity bemerkte immer als Erste, wenn jemand die Scheune betrat oder eine Feldmaus über den Boden huschte. Sie erinnerte mich an Bee, die auch immer beobachtete und lauschte.

Nach drei Wochen konnte ich auf Amity ganz passabel in Schritt, Trab und Galopp reiten. Texas, die mir gegenüber immer noch eher spröde war, musste zugeben, dass ich mich besser anstellte als Agnes Rose.

Eines Morgens weckte sie mich, als es draußen noch dunkel war, und drückte mir ein geräuchertes Stück Pressfleisch in die Hand, das sie Pemmikan nannten.

»Komm«, sagte sie, »Zeit für einen Ausritt.«

Texas hatte nie zuvor von einem Ausritt gesprochen, und als ich das Pferd sattelte, war ich ziemlich nervös. Ich wusste, Amity konnte es spüren – sie verlagerte ihr Gewicht auf den grazilen Hufen und scheute zurück, als ich versuchte, ihr das Zaumzeug anzulegen. Ich flüsterte auf sie ein und streichelte ihren Hals, und nach einer Weile ließ sie mich die Riemen festziehen.

Draußen in der Sommerluft – morgendlich kühl, doch die Tageshitze war jetzt schon zu erahnen – schien Amity sich zu beruhigen. Wir ritten gen Norden, hinunter ins Tal und weg von den Städten, durch die der Buchhändler mich gefahren hatte. Die Straße wurde immer schmaler, bis sie zuletzt nur noch ein Reitweg war, übersät mit Steinen und von den grabenden Präriehunden durchlöchert. Zu beiden Seiten wuchs hohes Gras, das den Blick auf die Strecke erschwerte. Der Pfad hatte viele Biegungen, gabelte sich und kreuzte trockene Flussbetten, die wie Wege aussahen. Es kostete mich große Mühe, Amity auf der richtigen Spur zu halten. Ich zog die Zügel an, weil ich vermeiden wollte, dass sie über einen Stein stolperte oder in einem Loch umknickte. Doch sie belohnte meine Umsicht mit Bockigkeit und blieb immer wieder abrupt stehen. Und dann, an einer Weggabelung, an der Faith und Texas nach links abbogen, wollte sie schließlich gar nicht mehr weitergehen.

Ich beugte mich vor und drückte die Beine zusammen, ganz so, wie Texas es mir gezeigt hatte, doch Amity rührte sich nicht von der Stelle.

»Komm schon«, sagte ich und fühlte mich ein bisschen lächerlich dabei.

Ich drückte erneut zu. Texas und Faith verschwanden in der Morgendämmerung. Hinter mir konnte ich weder die Schlafbaracke noch den Stall sehen, nur Gras, Gestrüpp und rote Felsen, die in den violetten Himmel aufragten. Panik ergriff mich, und ich tat etwas, von dem Texas gesagt hatte, ich dürfe es niemals tun: Ich rammte Amity meine Fersen in die Seiten. Nicht besonders fest, doch sie wieherte empört, und ich konnte spüren, wie sie sich verspannte. Es war, als wollte sie sich gegen mich auf ihrem Rücken wehren. Texas wendete Faith und kam langsam zurückgeritten.

»Sieh dir deine Hände an«, sagte sie, sobald sie in Hörweite war. »Warum hältst du die Zügel so fest?«

»Der Weg sieht nicht so gut aus«, sagte ich. »Ich will nicht, dass sie sich verletzt.«

Texas hielt auf meiner Höhe an und verdrehte die Augen.

»Seit wann bist du jetzt in diesem Tal?«, fragte sie.

»Ungefähr seit einem Monat«, sagte ich. »Oder etwas kürzer. Warum?«

Amity stampfte wütend mit den Hufen. Faith zuckte mit dem Schwanz, blieb aber gehorsam stehen.

»Ich habe Amity hergebracht, als sie noch ein Fohlen war. Vor vier Jahren. Sie ist hier aufgewachsen. Du lernst von ihr, nicht umgekehrt.«

Ich lockerte meinen Griff. Texas nickte.

»Okay, Am«, sagte sie leise. Das Pferd entspannte sich unter mir.

Texas schnalzte mit der Zunge, und Faith setzte sich in Bewegung. Amity folgte ihr, ohne dass ich sie dazu auffordern musste.

»Pferde hassen Besserwisser«, sagte Texas über ihre Schulter.

Von da an hielt ich die Zügel so locker wie möglich, gerade fest genug, um Amity wissen zu lassen, dass ich aufpasste, und den Rest erledigte das Pferd. Texas hatte recht: Leichtfüßig wich Amity allen Löchern und Erdhügeln aus. Sie kannte den Weg, ignorierte falsche Pfade, die das Regenwasser gegraben hatte, und wählte bei Gabelungen ohne zu zögern den richtigen Weg, selbst wenn Faith schon viel zu weit entfernt und außer Sichtweite war.

In der darauffolgenden Woche nahm Texas mich jeden Morgen auf einen Ausritt mit, und in meinem Kopf legte Amity eine Karte des Tals an. Am nördlichen Ende, wo der Untergrund anstieg und hoch oben auf den Pass traf, waren die Pferdeweiden, die Schlafbaracke und die Hütten, in denen die Gang ihre Ausrüstung lagerte. Zwei Bäche flossen durch das Tal, einer auf der westlichen Seite und einer auf der östlichen. Letzterer machte auf halber Strecke eine Biegung, floss gen Westen weiter und mündete nach etwa einer Meile in einen herzförmigen Teich. In der Nähe der Biegung stand eine kleine Hütte, wo Texas Hufeisen und Nägel, zusätzliches Zaumzeug und Sättel aufbewahrte. Sie nannte es den Cowboyschuppen. Hinter dem Schuppen gab es einen kleinen Hügel mit Ausblick auf eine weite Salzwüste, in der wir manchmal einen Dachs oder einen Kojoten sahen, einmal auch einen Schwarm Präriehühner, die aufgeregt mit dem Kopf ruckten wie feine, schick herausgeputzte Damen. Und jenseits davon erhob sich, was mir bis heute in meinen Träumen erscheint: eine leuchtend rote, hohe Felswand, die sich von einem Ende des Tals bis ans andere erstreckte.

Die Wand hatte ihre eigenen Zeiten, eigene Morgenandachten, Mittagsgebete und Vespern. Der Stein bestand aus zerklüfteten Schichten, und jede warf einen kleinen Schatten auf die Schicht darunter, so dass die Felswand, selbst wenn das Tal in der Morgensonne badete, von Flecken und Streifen aus Schatten überzogen war. Im Laufe des Tages wanderten die Schatten und streckten sich, und mit jeder neuen Viertelstunde loderte ein Teil des Steins feuerrot auf, während ein anderer in ockerbrauner Dunkelheit versank. Abends ließ die untergehende Sonne den Fels in einem lebhaften Pink erstrahlen, gerade so, als strömte Blut hindurch, während unten im Tal Wärme und Licht schwanden.

Ich hatte die Felswand und ihre Verwandlung tagelang beobachtet, bevor ich Texas fragte: »Wo ist das Loch?«

Texas sah mich überrascht an, dann zeigte sie in die Höhe.

»Siehst du die Nische?«, fragte sie.

Wind und Wasser hatten Rinnen und Furchen in die Wand gekerbt. Ich erkannte fünf bis zehn Stellen, die als Nische infrage kämen.

»Nein«, sagte ich.

»Doch«, sagte Texas. »Ungefähr auf drei Uhr. Da, wo der Schatten ist.«

Wir waren gerade dabei, die Pferde an der Biegung des Baches zu tränken. Ich glaubte, in südwestlicher Richtung eine Stelle zu sehen, wo zwei Felsvorsprünge sich einander entgegenkrümmten und in der Dunkelheit zusammentrafen.

»Nicht gerade besonders«, sagte ich. »Nichts, wonach man eine Gang benennen würde.«

Texas schüttelte den Kopf.

»Cassie und Kid haben den Ort nicht wegen seines Aussehens gewählt«, sagte sie. »Von der Nische dort oben kann man alles und jeden im Umkreis von zehn Meilen sehen, egal in welcher Richtung. Im gesamten Powder River Country gibt es keinen besseren Platz, um einen Angriff abzuwehren.«

»Warum sind sie hier?«, fragte ich.

Texas wirkte genervt. »Das habe ich dir gerade erklärt.«

»Nein«, sagte ich. »Ich meine, warum haben sie die Gang gegründet? Warum sind sie Gesetzlose geworden?«

Texas atmete tief ein.

»Die ganze Geschichte kenne ich nicht«, sagte sie. »Ich weiß nur, dass sie eine Zeitlang als Mann und Frau durch die Gegend gezogen sind. Dann ist irgendwas vorgefallen, und sie beschlossen, sich einen sicheren Ort zu suchen, weit weg von den Städten und den Menschen. Also kamen sie hierher. Sie haben eine Weile gejagt und gefischt, doch Kid hatte immer schon große Pläne, und große Pläne bedeuten Geld. Also raubten sie Leute aus. Aus den Leuten wurden Postkutschen und aus den Postkutschen Banken. Jetzt gehen wir jeden Frühling und Sommer entlang des Powder River auf Raubzug, und dann kommen wir zurück und hoffen, dass uns niemand gefolgt ist.«

Der Wind wurde stärker, Wolkenschatten huschten durch die Talsohle.

»Wurdet ihr jemals angegriffen?« fragte ich.

»Bis jetzt noch nicht«, sagte Texas.

Sie sah in den Himmel.

»Wir müssen weiter«, sagte sie. »Ein Sturm zieht auf.«

Sobald ich halbwegs sicher reiten konnte, war es an der Zeit, schießen zu lernen.

Elzy war die beste Scharfschützin der Gang, deswegen trug Kid ihr auf, mich zu unterrichten. Sie war die große Gestalt, die am Abend meiner Ankunft am Baum gelehnt und Cassie geküsst hatte. Sie war freundlich, wenn auch ein bisschen unkonventionell.

»Es ist ganz einfach«, sagte sie. »Komm, ich zeig's dir.«

Wir übten in einem kleinen Obstgarten hinter der Schlafbaracke, den irgendein optimistischer Farmer in der Zeit vor der Grippe angepflanzt hatte. Elzy pflückte zwei steinharte Birnen und platzierte sie auf einem Baumstumpf in der Mitte des Gartens. Sie trat etwa dreißig Schritte zurück, hob ihren Revolver – glänzend und hübsch, das Gegenteil zur alten Schrotflinte meiner Mutter –, entsicherte ihn und schoss. Die linke Birne explodierte. Es sah wirklich sehr einfach aus. So einfach, als könnte es jeder.

Elzy zeigte mir, wie man die Waffe entsichert. Sie zeigte mir, wie man sie hält und wie man das Visier benutzt.

»Wenn du bereit bist, drück einfach ab«, sagte sie.

Ich hatte mich nie danach gesehnt, einen Revolver zu halten. Anders als die Jungen in der Schule hatte ich nie über Colts und Eagletons debattiert oder meine Finger wie zu einer Waffe gekrümmt, um lautstark auf meine Freunde zu feuern. Doch nun, mit der glatten und schweren Waffe in der Hand, fühlte ich mich wie Justizia persönlich, jene bronzene Frau mit verbundenen Augen, die vor dem Gerichtsgebäude von Fairchild stand. Nur, dass ich niemals unfruchtbare Frauen zum Tode verurteilen würde wie Richter Hammond, dessen Verstand von Alkohol und hohem Alter getrübt war und der alles tat, was der Bürgermeister und der Sheriff ihm sagten. Meine Waffe würde die Unschuldigen beschützen und nur dem Bösen gefährlich werden.

Zunächst glaubte ich, die Kammer wäre leer. Ich betätigte den Abzug und hörte einen Knall, aber nichts passierte. Birne und Stumpf waren unversehrt, nur ein paar Vögel flatterten schimpfend in den Sommertag auf.

»Okay«, sagte Elzy, »lass uns ein bisschen näher rangehen.«

Aber ich konnte die Birne weder aus zwanzig Schritten Abstand treffen noch aus fünfzehn. Bei zehn begann Elzy, die Augen zu verdrehen und in den hellen blauen Himmel zu schauen, als flehte sie das Jesuskind an, mich für *irgendwas* gut sein zu lassen. Als ich endlich traf – die Kugel riss Stiel und Hals der Birne ab und verwandelte sie in eine Art Apfel –, drehte ich mich grinsend zu Elzy um, damit sie mich lobte.

»Aus dem Abstand könnte die Birne dir die Waffe aus der Hand nehmen«, sagte sie. »Versuch es von weiter weg.«

Doch an dem und auch am darauffolgenden Tag traf ich den Baumstumpf nur aus zehn Schritten Entfernung – schon bei elf war ich nicht mehr zielsicher und verteilte die Patronen wahllos in der Wiese. Am dritten Tag zeigte mir Elzy, wie ich die Waffe lud und entlud, dann drückte sie mir eine Schachtel Patronen in die Hand.

»Üb weiter, bis du alle aufgebraucht hast«, sagte sie. »Dann gebe ich dir mehr.«

Drei Tage später traf ich die Birne aus elf Schritten Abstand bei ungefähr jedem dritten Versuch, doch zu schießen fühlte sich noch immer wie würfeln an: Ich sah durch das Visier und versuchte, die Waffe gerade zu halten, doch ob ich das Ziel traf oder nicht, hing anscheinend von der Patrone ab, nicht von mir.

»Wie hast du es gelernt?«, fragte ich Elzy, als wir am Abend des dritten Tages an der Feuerstelle saßen. Wir tranken Löwenzahnwein, während News »Simple Gifts« auf der Geige spielte.

»Mein Vater hat es mir beigebracht, als ich noch klein war. ›Falls ein Fuchs die Hühner angreift‹, hat er gesagt.«

»Und er hat es dir so beigebracht, wie du es mir jetzt beibringst?«, fragte ich.

Elzy runzelte die Stirn.

»Er musste mir nicht viel beibringen«, sagte sie. »Ich war wohl ein Naturtalent.«

Die Antwort ärgerte mich. Als meine Mutter mich unterrichtete, musste ich die vier Phasen und zehn Schritte der Geburt auswendig lernen, die sieben Heilkräuter und die vier Phasen des weiblichen Zyklus, bevor ich sie überhaupt zur Arbeit begleiten durfte. Einmal hatte ich sie gefragt, warum sie in der Heilkunde so erfahren war, und sie hatte geantwortet, sie habe stets die Augen und Ohren offen gehalten und sich keine Gelegenheit entgehen lassen, etwas Neues zu lernen. Meine Mutter glaubte nicht an Naturtalente. Sie glaubte an Wissen.

»Was ist mit den anderen?«, fragte ich. »Wo haben die es gelernt?«

»Na ja, News wahrscheinlich während ihrer Arbeit als Cowboy. Texas ist auf einer Pferderanch aufgewachsen, also hat sie bei ihrem Vater gelernt, wie ich. Lo habe ich es gezeigt, als sie hier ankam, aber sie hatte es schnell raus. Ich habe versucht, Aggie Rose zu unterrichten, aber ehrlich gesagt ist sie immer noch eine beschissen schlechte Schützin. Kid hat es wohl vom eigenen Ehemann gelernt.«

»Er ... sie ... Kid hatte einen Ehemann?«, fragte ich und versuchte, meine Stimme zu dämpfen.

»Weder er noch sie«, sagte Elzy. »Kid ist einfach nur Kid. Und ja, na klar. Die meisten von uns waren mal verheiratet. Wie hätten wir denn sonst herausgefunden, dass wir unfruchtbar sind?«

»News hatte einen Ehemann?«, fragte ich.

»Ja«, sagte Elzy.

Sie streckte eine Hand aus und strich Cassie über den Rücken, und Cassie ließ den Kopf an Elzys Schulter sinken. Elzy küsste sie auf den Scheitel. In der Schlafbaracke teilten sich die beiden ein Bett, oben auf der Galerie unter dem Fenster. Dass Elzy eine Frau war, wusste ich inzwischen – die anderen sprachen von »ihr«, außerdem hatte ich gehört, wie Cassie sie einmal »Elizabeth« nannte.

Wahrscheinlich waren die beiden wie Diana Jesperson und Katie Carr, die in der neunten Klasse unzertrennlich gewesen waren. Immerzu hielten sie Händchen, und wie man munkelte, kam es im Schutz der Nacht zu noch mehr – wobei damals keine von uns wusste, was dieses »mehr« sein könnte. Beide stammten aus guten und großen Familien und waren deshalb schon kurz nach der Schule verheiratet, und dann untersagte Dianas Schwiegermutter ihr, ihre alte Freundin Katie zu treffen, weil sie glaubte, Katie könnte Diana von ihren ehelichen Pflichten ablenken. Bald darauf waren beide schwanger und dann junge Mütter. Niemand sprach mehr von ihrer Freundschaft. Doch Diana verlor den Sinn für Humor, den sie als junges Mädchen gehabt hatte, und suchte regelmäßig meine Mutter auf, um sich ein Schlafmittel zu holen. Nun fragte ich mich zum ersten Mal, was aus den beiden geworden wäre, wenn sie nicht geheiratet hätten. Ob sie noch heute unzertrennlich wären.

»Hattest du einen Mann?«, fragte ich Elzy.

»Hattest *du* einen Mann?«, fragte sie in gespielter Ungläubigkeit zurück. »Hat dir schon mal jemand gesagt, dass du zu viele Fragen stellst, Doctor?«

»Ja«, sagte ich beschämt. »Tut mir leid.«

Da lachte Elzy wohltönend und stieß mich sanft in die Rippen.

»Ich will dich doch nur aufziehen«, sagte sie. »Nein, ehrlich gesagt hatte ich nie einen Mann. Befriedigt das deine Neugier?«

Nicht im Geringsten. Auf der anderen Seite des Lagerfeuers schnitzte Kid an einem Stück Holz herum. Das Messer schimmerte im Licht der Flammen. Kid trug einen Anzug und eine Seidenkrawatte mit Rosenmuster. Unmöglich, sich Kid in meiner Rolle vorzustellen – als ängstliche Ehefrau, die wegen Unfruchtbarkeit aus ihrem Zuhause verbannt wird. Ich verstand nicht, wie die anderen zu dem geworden waren, was sie heute zu sein schienen: stark, lebensfroh und meisterhaft auf ihrem jeweiligen Gebiet. Mein Herz schlug schneller, wenn ich daran dachte – vielleicht würde ich nicht für immer so hilflos sein.

Elzy streckte sich und griff zur Weinflasche.

»Du musst einfach weiterüben«, sagte sie. »Einen besseren Rat habe ich nicht.«

Am darauffolgenden Nachmittag stand ich mit einer neuen Schachtel Patronen vor dem Baumstumpf, als Kid den Pfad von der Schlafbaracke heraufschlenderte. Von Weitem wirkte The Kid immer sehr groß. Wenn wir uns gegenüberstanden, war ich größer, doch das Gefühl blieb dasselbe. Etwas an Kids Haltung und Gang sorgte dafür, dass man in die Höhe blickte, nicht nach unten.

»Was hat Elzy dir beigebracht?«, fragte Kid.

»Sie hat mir gezeigt, wie man zielt und schießt«, sagte ich. »Aber ich bin wirklich schlecht.«

»Wie hat sie es dir gezeigt?«

»Sie hat eine Birne aus dreißig Schritten Abstand getroffen«, sagte ich. »Dann sollte ich es versuchen. Was ich seitdem tue.«

Kid lächelte. »Aber das ist doch so, als würde man ein Wildpferd bitten, einem Menschen das Galoppieren beizubringen. Na schön. Zeig mir deine Fortschritte, Doctor.«

Ich feuerte blindlings in den Obstgarten.

»Noch mal«, sagte Kid.

Diesmal sah ich, wie die Kugel etwa zwei Meter links hinter dem Baumstumpf in Gras und Erde einschlug.

»Noch mal«, sagte Kid.

Ich verschoss den Rest des Magazins.

»Ich sehe, womit wir es hier zu tun haben«, erklärte Kid. »Verrat mir eins, Doctor: Was sollte eine junge Medizinexpertin wie du, die eine unreife Birne ermorden möchte, beim Zielen in den Blick nehmen?«

Kids Stimme betörte und verwirrte mich.

»Ich weiß nicht, ob ich das verstehe«, sagte ich.

Kid seufzte. »Wohin schaust du, wenn du schießt?«

»Auf die Birne?«, mutmaßte ich.

»Falsch!«, sagte Kid und zog einen Revolver mit Knochengriff.

»Das hier ist das Korn«, erklärte Kid und zeigte auf eine kleine Metallspitze am Ende des Laufs. »Und das« –

Kid deutete auf eine Kerbe, genau dort, wo der Lauf auf den Griff traf – »ist die Kimme. Also: Wenn du zielst, hebst du das Korn auf die Höhe des Ziels, in diesem Fall die Birne. Anschließend hebst du die Kimme auf die Höhe des Korns. Dann vergisst du, dass die Birne existiert. Nur das Korn zählt. Fixiere das Korn, als wäre es die einzige Wasserquelle in einer endlosen Wüste und du am Verdursten.«

Kid hob den Revolver und schloss ein Auge. »Also – sobald du den Feind im Visier hast – in diesem Fall die Birne –, was tust du dann als Nächstes?«

»Abdrücken?«, fragte ich.

»Sehr gut«, sagte Kid. »Du drückst ab. Aber dabei darfst du die Hand nicht mehr bewegen. Tust du es doch, bewegt sich die Waffe, und du verfehlst dein Ziel. Beweg nicht den Arm. Tust du es doch, bewegt sich die Waffe, und du verfehlst dein Ziel. Beweg nicht die Schulter. Tust du es doch, bewegt sich die Waffe, und du verfehlst dein Ziel. An deinem ganzen, dir von Gott geschenkten Körper bewegt sich einzig und allein dein Zeigefinger. Und wenn du das schaffst, wenn dein Blick aufs Korn gerichtet bleibt, als wäre es Wasser in der Wüste, hat die arme Birne bald ihr Leben ausgehaucht.«

Kids Schuss hallte durch den Obstgarten. Er war nicht so perfekt wie der von Elzy – die Kugel streifte die Birne seitlich und schleuderte sie vom Baumstumpf ins Gras. Doch er war viel besser als jeder, den ich bislang hinbekommen hatte.

»Jetzt bist du an der Reihe«, sagte Kid.

Ich platzierte eine neue Birne auf dem Stumpf und trat elf Schritte zurück. Diesmal hob ich Kimme und

Korn auf die gleiche Höhe und versuchte, die Birne zu vergessen und die Hände stillzuhalten.

Ich zielte zu niedrig, die Patrone bohrte sich in das weiche Holz des Baumstumpfs und hinterließ eine blasse Wunde.

»Noch mal«, sagte Kid.

Diesmal flog die Kugel über die Birne hinweg, traf einen der Bäume am Rand des Gartens und schreckte dabei ein Eichhörnchen auf.

»Stopp«, sagte Kid. »Wenn du so weitermachst, werden die Freunde der Birne sich zu einer Gang zusammentun und dich fangen, bevor du ihrer Anführerin auch nur ein Haar krümmen kannst.«

Ich hätte es lustig gefunden, wäre ich nicht so frustriert gewesen von dem Versuch, etwas zu tun, was ich offensichtlich nicht konnte.

»Tut mir leid«, sagte ich, und die aufsteigenden Tränen schnürten mir die Kehle zu.

»Killer entschuldigen sich nie«, sagte Kid. »Zeit, etwas anderes zu probieren, Doctor. Lass die Waffe sinken und zeig auf die Birne.«

Ich verstand nichts, aber ich gehorchte.

»Jetzt nimm die Fingerspitze ins Visier. Wüste, Wasser und so weiter.«

Ich betrachtete meinen Fingernagel, der schwarz gerändert war vom Säubern der Feuerstelle am Vorabend.

»*Und jetzt die Birne.*«

Ich sah die Birne, blassgrün mit faulig-braunen Stellen, ein kleines, zähes Ding an einem unwirtlichen Ort.

»*Und jetzt wieder den Finger.*«

So ging es immer weiter, hin und her, für ich weiß

nicht wie lange, doch als Kid mich schließlich aufforderte, es noch einmal mit der Waffe zu versuchen, konnte ich alle Gedanken an mein Ziel loslassen und mich ausschließlich aufs Korn konzentrieren. Ich schoss der Birne mitten in den Bauch.

»Ausgezeichnet«, sagte Kid. »Dein erster Todesschuss. Noch mal.«

Ich hatte ganz vergessen, wie beruhigend es war, sich von einer Stimme anleiten zu lassen. Kid klang kein bisschen wie meine Mutter – ihre Stimme war sanft und ein bisschen heiser, weil sie als Kind Keuchhusten gehabt hatte. Kids Stimme war klar und laut, wie die der Jungen aus der zwölften Klasse, die morgens zu Schulbeginn laut aus dem Almanach vorlasen. Doch anders als diese Jungen konnten meine Mutter – und nun auch The Kid – mich mit ihrer Stimme hypnotisieren, es war, als bewegten ihre Worte meine Glieder und als führten sie meine Hand.

Wir verbrachten Stunden im Obstgarten, und als die Dunkelheit einbrach, traf ich aus fünfzehn Schritten Entfernung neun von zehn Birnen. Ich glaubte nicht, dass aus mir jemals eine Scharfschützin würde, und damit lag ich richtig. Doch nun wusste ich immerhin, wie es sich anfühlte, zu zielen und zu treffen. Ich spürte – und auch damit sollte ich richtigliegen –, dass ich es nie wieder verlernen würde.

Kurz nachdem die Sonne hinter den Felsen verschwunden war, hörte ich Cassie einen Löffel gegen einen Topfdeckel schlagen. Sie rief uns zum Abendessen an die Feuerstelle.

»Einen Moment noch«, sagte Kid. »Ich habe eine Frage an dich.«

Ich steckte die Waffe ins Holster und trat näher heran. Kids Gesichtsausdruck war rätselhaft. Schichten von Wildheit und Zuversicht lösten sich und entblößten etwas Weicheres, eine gewisse Unsicherheit.

»Dein medizinisches Wissen …«, sagte Kid. »Gehört dazu auch die Behandlung von Schlaflosigkeit?«

»Natürlich«, antwortete ich. »Eine der häufigsten Beschwerden während der Schwangerschaft. Normalerweise raten wir den Frauen, es zunächst mit einer heißen Tasse Milch vorm Schlafengehen zu probieren …«

Kid unterbrach mich. »Aber mal angenommen, nur theoretisch, eine Person würde an chronischer Schlaflosigkeit leiden. Angenommen, diese Person könnte seit Monaten oder sogar Jahren nicht einschlafen. Angenommen, diese Person hätte das Gefühl, überhaupt nie zu schlafen.«

Mir fiel ein, dass ich manchmal mitten in der Nacht aufwachte und sah, dass Kids Bett unten im großen Raum leer war.

»Ein Mann aus unserer Stadt hatte schreckliche Einschlafprobleme«, sagte ich. »Meine Mutter gab ihm Tee aus Baldrianwurzeln. Sie riet ihm, mit dem Whiskey aufzuhören. Der macht müde, aber man wacht mitten in der Nacht auf und fühlt sich noch schlechter.«

»Hat es geholfen?«, fragte Kid.

»Ja«, sagte ich. »Aber der Mann …«

Ich zögerte. Ich war mir nicht sicher, wie ich Edward Carriers Leiden beschreiben sollte. Es war ein bisschen wie die Krankheit, die meine Mutter kurz nach Bees Geburt befallen hatte, nur dass Edward Carrier keine Mutter war und statt den ganzen Tag im Bett zu liegen nachts durchs Haus getigert war und seinen Kindern Angst eingejagt hatte.

»Dieser Mann war tief im Herzen krank«, sagte ich schließlich. »Nichts brachte ihm mehr Freude, nicht einmal sein neugeborener Sohn. Einmal erzählte er meiner Mutter, die Blumen, die seine Frau im Garten pflanzte, würden nach Kotze stinken.«

Ein Ausdruck huschte über Kids Gesicht, flüchtig, aber unverkennbar: Angst.

»Was ist mit dem Mann passiert?«

»Er war monatelang krank«, sagte ich. In Wirklichkeit hatte Edward über zwei Jahre gelitten, doch das musste Kid nicht wissen. »Dann ging es ihm langsam besser. Als ich die Stadt verließ, konnte er schon wieder schlafen und mit seinen Kindern spielen.«

Kid nickte und drehte sich zum Gehen um.

»Sag Agnes Rose, sie soll etwas Baldrianwurzel besorgen, wenn sie nächstes Mal beim Händler ist«, sagte Kid. »Und alle anderen Heilkräuter, die du in Zukunft vielleicht brauchst. Dir soll eine voll ausgestattete Apotheke zur Verfügung stehen.«

Die letzten Lehrstunden erteilte mir Lo. Im Lagerschuppen zwischen der Schlafbaracke und der Scheune stand ich in Arbeitshosen und oben ohne vor ihr, während sie ein Maßband erst oberhalb und dann auf meinen Brüsten anlegte.

»Gut, dass du so flach bist«, sagte sie. »Da musst du nicht viel binden.«

Der halbe Schuppen war mit Munition und Waffenzubehör vollgestellt: eine Kiste mit Patronen, eine mit

Schießpulver und eine dritte mit Bürsten und Lappen zur Waffenpflege. Die andere Hälfte war Los Reich. In einem aus unbehandeltem Kiefernholz zusammengezimmerten Kleiderschrank hingen mit Pelz gefütterte Jacken, ein Reifrock, Lederchaps, mehrere lange Damenmäntel und unzählige Kleider aus Musselin, Gingham oder Spitze. Dazwischen entdeckte ich Kids Anzug und Kids Frack. An Haken hingen Hüte jeder Art: Cowboyhüte mit breiter und schmaler Krempe und Kniffen im Cattleman- und Cutter-Stil, Wintermützen aus Biberfell, Damenhüte und Kopfschmuck mit Federn von Straußen und Pfauen. Aus den an der Wand aufgereihten Truhen hingen Hemden, Latzhosen und Spitzenunterwäsche. Lo durchwühlte eine davon und zog einen Streifen aus fester Baumwolle heraus, etwa handbreit und mehrere Fuß lang.

»Halt still«, sagte sie.

Sie wickelte mir den Stoff stramm um die Brust und steckte ihn dann unter meiner Achsel mit Sicherheitsnadeln fest.

»Kriegst du noch Luft?«, fragte sie.

Ich nickte.

»Gut«, sagte sie und schob einen Finger unter den Stoff, um den Sitz zu prüfen. »Zu locker, und es verrutscht – zu eng, und du kippst um.«

Ich zog mein Hemd wieder an und betrachtete mich im Spiegel an der Schranktür.

»Ich sehe aus wie ein kleines Mädchen«, sagte ich.

»Weil du dich wie ein kleines Mädchen benimmst«, sagte Lo. »Du musst lernen, dich wie ein Mann zu bewegen.«

Ich dachte an meinen Ehemann, und wie er sich erst

einen und dann den anderen Unterarm gekratzt hatte, wenn er nervös war. Wie er sich das Gesicht gewaschen und sich anschließend mit der nassen Hand durch die Haare gefahren war. Ich betrachtete mich erneut im Spiegel. Die Erinnerungen halfen mir anscheinend nicht weiter.

»Das Wichtigste zuerst«, erklärte Lo. »Steh auf beiden Beinen.«

»Ich stehe auf beiden Beinen«, sagte ich.

Lo trat blitzschnell gegen meine linke Ferse. Ich verlor das Gleichgewicht, stolperte vorwärts in den Schrank und musste mich an die Mäntel klammern, um nicht zu fallen.

»'tschuldigung, kleines Fohlen«, sagte Lo lachend. »Aber nun siehst du hoffentlich, was ich meine. Dein ganzes Gewicht lagert auf deinem rechten Fuß. Ein Mann verteilt das Gewicht auf beide Füße.«

Mit beiden Beinen fest am Boden fühlte ich mich zu schwer und zu lässig zugleich, wie ein großes, tollpatschiges Kind, das sich am liebsten den nächsten Abhang hinunterrollen würde.

»Fühlt sich fremd an«, sagte ich.

»Es soll sich fremd anfühlen«, sagte Lo und stellte sich hinter mich. »Und nun hake den linken Daumen in die Gürtelschlaufe.«

Ich machte es wie die Jungen und die Männer, die ich vor dem Tierfutterladen oder am Rand der Tanzfläche beobachtet hatte, plaudernd und lässig an die Wand gelehnt. Da spürte ich einen weiteren Tritt und stolperte abermals, diesmal rückwärts. Ich ruderte mit den Armen, bis ich mein Gleichgewicht wiederhatte.

»Du hast das Gewicht vom linken Fuß genommen«, sagte Lo.

»Habe ich nicht!«

»Doch, kleines Fohlen, sonst wärst du nicht hintenübergekippt. Los, versuch es noch einmal.«

Diesmal ging ich es langsam und bewusst an.

»Gut. Jetzt mit rechts.«

Ich versuchte, die neue, ungewohnte Position zu halten.

»Sehr gut. Jetzt mit beiden Daumen.«

Ein Tritt erschreckte mich.

»Aua!«, rief ich. »Hast du das mit den anderen auch so gemacht?«

»So habe ich es gelernt«, sagte Lo.

»Von wem?«, fragte ich. »Von Kid?«

Lo lachte. »Ich bitte dich«, sagte sie, »Kid und die anderen haben es von mir! Ein Wunder, dass sie nicht als Hexen gehängt wurden, bevor ich dazukam. Nein, ich habe von den Besten der Besten gelernt – von Naaman Theophilus Harrow und seiner fahrenden Schauspieltruppe.«

»Die waren mal in Fairchild, als ich zwölf war«, sagte ich. »Sie haben *Antigone* aufgeführt!«

»Eines meiner Lieblingsstücke«, sagte Lo, stellte sich neben mich und lächelte in den Spiegel. »Erkennst du mich wieder?«

Das Gastspiel einer fahrenden Truppe war immer eine Sensation in Fairchild – ein oder zwei Mal im Sommer schlugen Jongleure, Tänzer oder Schauspieler am Flussufer südlich von Coralton ihre Zelte auf, luden an ein oder zwei Tagen zur Vorstellung ein und zogen dann weiter. An diesen Tagen herrschte in der Stadt eine ausgelassene Feierstimmung wie sonst nur am Muttermontag. Vor der Show standen Edgar Winchell und seine Söhne John und Jonas draußen vor der Tanzhalle und verkauften Bier und süßen Wein, und später verschwanden torkelnde Pärchen im Wald. Im Frühling nach dem Gastspiel wurde mindestens ein vaterloses Kind geboren, und während es heranwuchs, lauerte seine Mutter auf Anzeichen für besondere Begabungen wie Pirouettendrehen oder Jonglieren.

Ich konnte mich noch gut an *Antigone* erinnern – ich hatte das Stück zweimal gesehen, einmal mit Ulla und einmal mit Janie und Jessamine, die sich schnell langweilten und mit einem am Boden gefundenen Zwirn ein Fadenspiel begannen. Antigone und Ismene wurden von zwei Frauen gespielt, die sich so ähnlich sahen wie echte Schwestern, beide groß und mit rabenschwarzem Haar und sehr begehrt bei den Jungen und Männern der Stadt, die sie mit Hilfe identisch aussehender Eheringe abwimmelten. Eurydike und die Amme wurden von älteren Frauen mit runzligem Gesicht gespielt.

Lo schien im Alter meiner Mutter zu sein, weder alt noch jung. Sie war einen Kopf kleiner als ich, hatte große Brüste, breite Hüften und blonde, kurze Locken.

Lo sah mir meine Verwirrung an. So schnell, als würde sie aus einem Mantel schlüpfen, änderte sie Schulterhaltung und Blickrichtung, beugte sich vor und sah über den Spiegel hinweg wie in weite Ferne.

»›Ihr Herren Thebens, gleichen Weges kommen wir, zwei, doch durch einen sehend‹«, sagte sie. »›Denn so legen Blinde den Weg zurück mit Hilfe eines Führers.‹«

Ich lachte laut. In der Vorführung hatte der alte Seher Teiresias einen langen weißen Bart getragen und war über die Bühne gehumpelt, eine Hand auf einen Gehstock gestützt und die andere auf einen eigens dazu auserwählten Fünftklässler aus meiner Schule. Eine lange, wallende Robe bedeckte seinen Körper, und ich wäre nie auf die Idee gekommen, darunter könnte sich eine Frau verbergen.

»Sie haben dich einen Mann spielen lassen?«, fragte ich.

»Die Männerrollen waren eben prestigeträchtiger«, sagte sie. »Nimm die Schultern zurück und schieb die Hüfte vor.«

Ich brachte beide Beine in Stellung, stand möglichst breit, hakte die Daumen in die Gürtelschlaufen und machte mich auf einen Tritt gefasst – der ausblieb.

»Und ich war die beste Schauspielerin von allen«, fuhr Lo fort.

»Warum hast du aufgehört?«, fragte ich.

Sie lächelte traurig. »Du weißt, warum ich aufgehört habe, kleines Fohlen.«

Ich hatte Mädchen gekannt, die Kinder von fahrenden Schauspielern bekamen, aber ich hatte nie darüber nachgedacht, die Schauspieler könnten selbst heiraten und Kinder bekommen, oder eben keine.

»Hat dein Ehemann dich weggeschickt?«, fragte ich.

Lo lachte leise. »Ich hatte keinen Mann«, sagte sie. »Keine von uns. Wir haben an die freie Liebe geglaubt, oder wenigstens glaubte Naaman daran. Mach eine Faust.«

Ich zeigte ihr meine geballte Faust.

Sie schüttelte den Kopf.

»Daumen nach draußen«, sagte sie. »Gut. Jetzt heb die Fäuste.«

Ich zögerte, weil ich ihre Geschichte hören wollte.

»Also dann hat Naaman …«

»Komm schon«, sagte sie. Ich nahm ein, was ich für eine Kampfposition hielt.

Sie kam näher, hob meine linke Faust etwas an, dann die rechte.

»Meine Mutter hat mich gewarnt, genau wie deine dich«, sagte sie. »Schlafe vor der Ehe nie zu oft mit demselben Mann. Doch ich war jung und dumm und hatte zu viel Ehrfurcht vor ihm. Schlag zu.«

»Was ist dann passiert?«, fragte ich.

»Komm schon«, sagte sie. »Box mir in den Bauch.«

»Ich will dir nicht wehtun«, sagte ich.

»Wirst du nicht, kleines Fohlen. Jetzt mach schon.«

Halbherzig und mit rechts boxte ich in Los rotes Holzfällerhemd. Sie fing meine Faust mit der Hand ab.

»Er sagte immer, ohne mich könne die Truppe nicht überleben«, fuhr sie fort. »›Du bist unsere Seele‹, sagte er. Doch als er genug von mir hatte, konnte er es mir nicht mal selber sagen. Er hat eines der neuen Mädchen vorgeschickt, sie hat mir meine Sachen gebracht. In einem alten Futtersack.«

Sie ließ meine Faust los. »Schlag mich noch mal«, befahl sie.

»Das tut mir leid«, sagte ich.

»Ich brauche kein Mitleid«, sagte sie. »Jetzt komm schon, schlag zu.«

Ich schlug mit der Linken. Sie packte meine Faust mit

einer Hand und boxte mir mit der anderen so hart in den Bauch, dass es mir den Atem verschlug.

Ich schnappte nach Luft und stolperte rückwärts, meine Augen füllten sich mit Tränen.

»Wofür war das denn?«, fragte ich.

»Das war deine erste Lektion im Kämpfen«, sagte Lo. »Höchstwahrscheinlich wird jedes Mal, wenn du in eine Schlägerei gerätst, ein Mann dein Gegner sein. Er wird größer sein als du und stärker. Wenn du fair kämpfst, wirst du immer verlieren. Also musst du alle schmutzigen Tricks kennen.«

Eine Woche später hatte ich gelernt, wie man Augen ausdrückt und jemandem in die Eier tritt; wie man einem Mann auf den Hals schlägt und seinen Adamsapfel zertrümmert; wie man jemandem mit dem Hinterkopf die Nase bricht.

Eine weitere Woche später zogen News und Texas los, um die Kühe zu stehlen. In den zwei Tagen ihrer Abwesenheit wollte mir niemand etwas verraten.

»Sie sind bei der Arbeit« war alles, was ich aus Lo herausbekam.

An dem Morgen wirkte sie zerstreut, wie alle. Als wir beim Frühstück ein Rascheln im Gebüsch neben der Feuerstelle hörten, sprang Kid auf, im Gesicht eine Mischung aus Aufregung und Angst. Ein Hase hoppelte über die rote Erde und verschwand auf der anderen Seite im Dickicht. Beim Abendessen hörte ich, wie Cassie und Kid über einen Suchtrupp berieten.

Und dann, gerade als die Sonne unterging, hörte ich Hufgetrappel. Wir rannten zur Straße, um sie zu begrüßen. Noch nie hatte ich Kühe so schön gefunden, doch da waren sie nun, rosig und golden im Licht der Abendsonne, mindestens ein Dutzend oder mehr. News saß in der Mitte der Herde hoch zu Ross, Texas bildete die Nachhut und hielt alle Tiere zusammen. Auf der oberen Weide stiegen sie ab, und wir bahnten uns einen Weg durch das grummelnde Vieh und umarmten sie. News hatte Tränen in den Augen.

»Alles in Ordnung?« Agnes Rose nahm ihr den Cowboyhut vom Kopf und tätschelte ihre Wange.

»Ich bin ja so froh, dass wir es geschafft haben«, sagte News und sah Kid an. Da war Freude in ihren Augen. »Du hast gesagt, wir würden es schaffen, und wir haben es geschafft.«

Kid nahm sie erneut in die Arme und wirbelte sie herum. Obwohl News größer und schwerer war, hob Kid sie hoch, als wöge sie überhaupt nichts.

»Natürlich habt ihr es geschafft. Es gibt nichts, was ihr nicht hinkriegen würdet, das weißt du doch.«

Kid schlang den anderen Arm um Texas und rief: »Meine Lieben, eure Kraft ist grenzenlos!«

Es war schon nach Mitternacht, als mich ein Stöhnen aus dem Schlaf riss. Ich hatte vergessen, wo ich war, und sprang aus dem Bett. Ich war überzeugt, dass meine Mutter oder eine meiner Schwestern sich verletzt hatte. Doch als ich mir blinzelnd die Augen rieb, sah ich nicht meine Mutter, wie sie sich die Hände in brühend heißem Wasser schrubbte, sondern Texas, die im Licht einer Petroleumlaterne an ihren Cowboystiefeln zerrte. Ich folgte ihr die Treppe hinunter und hinaus in die kühle Nacht.

Das Wehklagen einer Kuh, ein schreckliches, einsames Geräusch, hallte laut über die dunkle Weide. Die Ochsen hatten einen unruhigen Kreis um sie gebildet und muhten leise.

»Mist«, murmelte Texas.

»Was ist los?«

»Keine Ahnung«, sagte sie. »Ich bin eine gute Viehtreiberin, aber abgesehen davon habe ich von Kühen keine Ahnung.«

Sie legte ein Ohr an den Bauch der Kuh und lauschte auf den Herzschlag.

»Wäre sie ein Pferd, würde ich auf eine Kolik tippen«, sagte sie.

Die Kuh stöhnte erneut, lauter diesmal. Der Ton war mir allzu vertraut. Ich fiel auf die Knie und tastete vorsichtig nach dem Euter. Es war steinhart.

»Bring mir einen Eimer«, sagte ich.

Als ich versuchte, sie zu melken, fing die Kuh an zu brüllen. Wir erhitzten Wasser auf dem Herd in der Küchenhütte, weichten Lappen darin ein und legten sie an das geschwollene Euter. Nach einer Weile massierte ich die Zitzen vorsichtig von oben nach unten, und die Milch begann zu fließen.

»Habt ihr sie von ihrem Kalb getrennt?«, fragte ich, während der Strahl in den Eimer traf.

»Aus Versehen«, sagte Texas. »Ich habe weit und breit keine Kälber gesehen. Wir haben sie an einem Engpass in der Nähe von Douglas von der Herde isoliert. Wahrscheinlich war das Kalb vorausgelaufen.«

Für einen Moment schwiegen wir beide, nichts war zu hören als die Milch, die gegen das Metall prasselte.

»Muss es ohne sie sterben?«, fragte Texas.

»Vielleicht nicht«, sagte ich. »Vielleicht wird es von einer anderen Kuh aus der Herde gesäugt.«

Texas streichelte dem Tier über den Rücken. »Ich weiß, dass wir sie irgendwann zum Schlachten verkaufen«, sagte sie, »aber trotzdem will ich sie nicht leiden sehen.«

Ich musste an Sigrid Williamson denken, deren Kind zwei Wochen nach der Geburt an einem Fieber gestorben war. Wie sie geweint hatte und wie meine Mutter ihr das Kind der Nachbarn gebracht hatte, damit sie es stillte und ihre Brüste sich nicht entzündeten.

»Ich werde sie jeden Morgen melken, bis wir sie verkaufen«, sagte ich. »Es wird ihr bessergehen.«

Texas nickte und drehte sich um, um zur Schlafbaracke zurückzugehen. Ich drückte den Lappen ein letztes Mal gegen das Euter. Das Stöhnen war jetzt nur noch ein leises Muhen. Diese Kuh war mehr Frau, als ich es je sein würde.

»Texas«, sagte ich.

Sie blieb stehen.

»Was?«

Ich zögerte, dann platzte ich mit meiner Frage heraus. »Wünschst du dir manchmal, du wärst Mutter?«

Texas lachte. »Jesus Christus, Ada«, sagte sie.

»Tut mir leid«, sagte ich.

»Ist schon gut«, sagte sie. »Ja, früher. Aber heute denke ich kaum noch drüber nach.«

»Was hat sich geändert?«, fragte ich.

»Ich habe Kid getroffen«, antwortete sie.

Ich erinnerte mich, wie sich die zwei in die Arme gefallen waren, wie stolz Kid sie gelobt hatte.

»Und jetzt ist die Gang deine Familie?«, fragte ich.

»Irgendwie schon, ja«, sagte Texas. »Bevor ich herkam, war ich für eine Weile im Kloster, wie du. Dort war ich in Sicherheit, aber ich habe es gehasst. Von früh bis spät habe ich Schals gestrickt. Ich konnte das nicht mal besonders gut, und keiner hat mich bei meinem Namen genannt. Ich war immer nur Schwester Catherine. Ein Niemand.«

»Und jetzt?«, fragte ich.

Trotz der Dunkelheit sah ich, wie ihre kleine Gestalt sich zu voller Größe aufrichtete.

»Na ja, jetzt bin ich die Stallmeisterin der Hole-in-the-Wall-Gang.«

Später in derselben Woche ritten News und Kid zur Freien Stadt Casper und verkauften die Rinder einem skrupellosen Rancher. Unterwegs kundschafteten sie ein Gasthaus aus, und da erfuhr News von einem Wagen mit einem Kutscher und nur einem Wachmann, der den Monatslohn von vierzig Cowboys und Farmarbeitern in Gold und Silber von Jackson nach Casper bringen würde.

»Wenn wir früh genug losreiten, könnten wir uns in Sutton's Gulch auf die Lauer legen und sie überfallen, wenn sie vorbeifahren«, sagte News. »Das schaffen wir zu dritt – Tex, Elzy und ich.«

»Du und Texas habt eine Pause verdient«, sagte Kid. »Ich übernehme den Job. Wer von euch hat Lust auf ein bisschen Bewegung?«

»Ich«, sagte ich.

Alle drehten sich um und starrten mich an.

»Was meinst du, Lo?«, fragte Kid sichtlich amüsiert. »Ist unsere Ärztin bereit?«

»Wenn es nach mir ginge, sollte sie lieber noch ein paar Wochen warten«, sagte Lo. »Aber sie hat Grundkenntnisse.«

»Ich glaube, sie ist bereit«, sagte Texas.

Ich merkte, dass die anderen ihr glaubten, weil sie so selten sprach.

»Steh auf«, sagte Kid. »Lass dich ansehen.«

Ich erhob mich. Wieder richteten sich alle Augen auf mich, und ich fragte mich, was sie sahen: einen Eindringling, einen Grünschnabel, ein kleines Mädchen, in einem Fall vielleicht auch eine junge Frau, die ein bisschen Erfahrung mitbrachte und etwas aus sich machen würde? Ich reckte das Kinn und hielt Kids Blick stand. Kid lächelte.

»Agnes«, sagte Kid, »bevor wir aufbrechen, braucht sie einen Haarschnitt.«

Ein paar Tage später schnitt Agnes Rose mir die Haare. Sie saß oben auf der Treppe vor der Schlafbaracke, ich saß eine Stufe darunter und lehnte mich an ihre Knie. Ihre Berührungen erinnerten mich an meine Schwestern, die mir das Haar zu lustigen Hochsteckfrisuren mit viel zu vielen Bändern und Schleifen frisiert hatten, an ihr Gekicher und ihre kleinen Finger, die mir über den Kopf krabbelten.

Bei dieser Erinnerung tat sich in mir ein Abgrund der Angst auf. Ich sagte mir erneut, dass meine Familie in Sicherheit war, solange Sheriff Branch nach mir suchte. Gleichzeitig war mir klar, dass er mich nicht für immer suchen konnte. Und je länger er mich nicht fand, desto wahrscheinlicher wurde es, dass er die aufgebrachten Nachbarn auf andere Weise besänftigen musste. Ich spürte, wie sich meine Rückenmuskeln an Agnes Rose' Knien verspannten.

»Bist du nervös wegen morgen?«, fragte sie.

Sie löste meinen Zopf und machte sich daran, meine Haare zu schneiden. Lange Strähnen fielen zu Boden, helles Braun auf dunklem Rot.

»Ein bisschen«, sagte ich.

In Wahrheit hatte ich keine Vorstellung davon, was mich erwartete. Ich wusste, was ich wollte – ich wollte ebenso triumphierend nach Hole in the Wall zurückkehren wie News und Texas mit der Rinderherde. Über den Mut, den es brauchte, eine Kutsche mit vorgehaltenem Revolver zu stoppen, wusste ich zu wenig, um mich zu fürchten.

»Ich weiß wohl nicht, was mich erwartet«, fügte ich hinzu.

»Wusste ich beim ersten Mal auch nicht«, sagte Agnes Rose.

Ich konnte meine Haare jetzt an den Schultern spüren, und eine seltsame, neue Leichtigkeit am Hinterkopf, wo eben noch der Zopf gewesen war.

»Wie ist es gelaufen?«, fragte ich. »Beim ersten Mal?«

Ich spürte ihre Finger an meinem Ohr und dann den Luftzug im Nacken, wo sie das Haar gekürzt hatte.

»Es war ein Desaster«, sagte sie. »Ich sollte ein Pferd stehlen. Wir wollten es einem Händler verkaufen, den ich damals kannte. Das Geld hätte uns über den Winter gebracht. Der Stallarbeiter war ein Trinker, und News dachte, ich könnte mir nichts, dir nichts da reinlaufen und den Hengst mitnehmen. Ich setzte mir einen Cowboyhut auf und band mir die Brüste ab, und los ging's. ›Es ist ganz einfach‹, sagte News. ›Ein Kinderspiel.‹ Ehrlich gesagt war ich ziemlich aufgeregt. Ich dachte, ich würde mit einem Sack voll Geld zurückkommen und Kid und die anderen stolz machen.«

»Was ist dann passiert?«, fragte ich.

Ein weiterer Schnitt, und mein Nacken lag frei.

»Der Stallarbeiter hatte sich den Abstinenzlern angeschlossen«, sagte Agnes Rose. »Als ich ankam, saß er mit riesigen, blutunterlaufenen Augen und einer Schrotflinte draußen vor der Scheune. Ich musste ihn erschießen.«

Schnipp. Wiesenluft an beiden Ohren, Gänsehaut am Hals.

»Der Rancher hat den Schuss gehört«, fuhr sie fort. »Er kam aus dem Haus gerannt, mit seiner Schlafmütze auf dem Kopf und mit einem Schürhaken in der Hand.«

Agnes Rose schnitt mein Haar jetzt ganz dicht am Kopf. Ich spürte die Scherenklinge an der Kopfhaut.

»Das Pferd scheute und warf mich ab. Ehe ich mich's versah, rang der Rancher mich zu Boden und schlug mir die Waffe aus der Hand.«

Ich spannte den Kiefer an. Kaum auszudenken, was mit einer Frau passieren würde, die allein und in Männerkleidung ein Pferd von einer Ranch stehlen wollte und sich dabei erwischen ließ.

»Wie bist du entkommen?«, fragte ich.

Ich hörte das Lächeln in ihrer Stimme.

»Mit einem Trick gegen aufdringliche Männer, den ich von Miss Meacham gelernt habe«, sagte sie. »Du beißt dir in die Innenseite der Lippe, bis du Blut schmeckst, und dann hustest du es in die Hand. Ich habe es direkt auf das Nachthemd des Ranchers geschmiert und gekeucht und gestottert und ihm erzählt, ich würde Pferde stehlen, weil ich Geld fürs Sanatorium bräuchte.«

»Und das hat funktioniert?«, fragte ich. »Er hat dich gehen lassen?«

Das Lächeln verschwand.

»Natürlich nicht«, sagte sie. »Aber er hat ganz kurz die Fassung verloren. Ich habe meine Waffe gegriffen und ihm in den Bauch geschossen.«

»Heilige Mutter Maria«, sagte ich leise.

»Die war nicht dabei«, sagte Agnes Rose, »das garantiere ich dir. Zwei Tage später kam ich mit leeren Händen zurück. Cassie wollte mich loswerden. Ich glaube, das will sie immer noch.«

»Aber du bist noch da«, sagte ich.

»Kid ist in der Lage, die Fähigkeiten eines Menschen zu sehen, auch wenn sie sich nicht sofort zeigen. Vielleicht sogar besonders dann. Danach habe ich nie wieder versucht, ein Pferd zu stehlen. Inzwischen gehe ich die Sache subtiler an. Ich habe uns genug Geld für ein Dutzend Pferde verdient, und auch für die passenden Sättel.«

Sie zerzauste, was von meinem Haar noch übrig war, und blies mir in den Nacken. Ein paar Strähnen fielen in den Staub.

»Komm«, sagte sie und begleitete mich zu Los Schuppen.

Im zersprungenen Spiegel sah ich nun ganz anders aus – *hässlich*, war mein erster Gedanke. Jetzt, wo meine langen Haare es nicht mehr umrahmten, war die Zartheit aus meinem Gesicht verschwunden. Aber als Agnes Rose sagte, ich solle mich aufrichten und das Kinn heben, konnte ich plötzlich ganz vage etwas Neues erkennen, eine neue Art des Aussehens und des Seins.

»Gut siehst du aus«, sagte sie. »Keine Sorge. Verlass dich einfach auf dein Bauchgefühl. Du weißt mehr, als du glaubst.«

KAPITEL 4

Sutton's Gulch lag südwestlich vom Tal, doch am darauffolgenden Morgen führte Kid uns nach Süden.

»Wohin reiten wir?«, fragte ich.

»Zur Wand«, antwortete Kid fröhlich. »Ich will dir den Ausblick zeigen.«

Der Morgen war grau und kühl, ich konnte den Salbei unter den Pferdehufen riechen. Während wir gen Süden ritten, brannte die Sonne sich durch die Wolken und schien dann so hell, dass sie alle Farben aus der Landschaft zu bleichen schien. Ich hatte Staub in der Kehle, mein Hemd war schweißnass, und von allen Seiten dröhnte Grillenzirpen auf mich ein.

Am Fuß der roten Wand verwandelte sich der Reitweg in einen schmalen Trampelpfad. Etwas weiter oben, vielleicht eine halbe Gehstunde entfernt, entdeckte ich die Nische. *Hole in the Wall.* Kid stieg vom Pferd und band Grace an einen Pfahl, dessen Holz silbrig verwittert war. Elzy und ich taten dasselbe. Wir stiegen den steinigen Pfad empor, bis meine Oberschenkel brannten, und dann noch ein bisschen weiter. Der Pfad hatte viele scharfe Kurven und war viel länger, als er vom Tal aus gewirkt hatte, und außerdem viel holpriger. Irgendwann fragte ich mich, ob Hole in the Wall nur eine Illusion oder ein Trugbild war, das wir nie erreichen würden, oder ob Kid uns – als Strafe oder Prüfung – gen Himmel klettern ließ, bis unsere Beine nachgaben und wir uns in den roten Staub warfen und um Gnade flehten. Aber hinter der nächsten Biegung zeigte sich ein Geröllfeld. Wir überquerten es und fanden uns plötzlich in kühler Dunkelheit wieder. Zu beiden Seiten neigten sich Felswände herab und schlossen uns ein wie zwei Hände mit verschränkten Fingern. Wir sanken keuchend in den Staub.

»Schau es dir an, Doc«, sagte Kid und holte weit mit dem Arm aus. »Lass es auf dich wirken.«

Die Herrlichkeit des Tals zu unseren Füßen verschlug mir den Atem. Das Gras leuchtete silbergrün im Sonnenlicht. Dort, wo die Bäche flossen, verdunkelte es sich zu Aquamarin, und im trockenen Flachland, wo die rote Erde durchblitzte, zu einem tiefen Grau. Ich sah Birken und Espen im Wind zittern, und auch eine Herde Gabelböcke, die am herzförmigen Teich tranken. Wir waren so hoch oben, dass ich die kohleschwarzen Rücken der kreisenden Bussarde erkennen konnte.

»Weißt du, warum wir hier sind, Doc?«, fragte Kid.

»Weil wir von hier in jede Richtung schauen können«, sagte ich und freute mich wie ein Kind über meine richtige Antwort.

Und tatsächlich konnte ich in der Ferne die Feuerstelle sehen, eine schwarze Pocke im silbrigen Gras, und daneben die Schlafbaracke, die Scheune und die Weide. Darüber lagen der Pass und die Straße nach Norden, auf der ich ins Tal gekommen war.

»Das ist ein Grund«, sagte Kid, »aber nicht der einzige. Sieh genauer hin.«

Ich wollte unbedingt verstehen, was Kid meinte, und suchte die Landschaft nach geheimen Zeichen ab. Ich sah den Cowboyschuppen in der glitzernden Biegung des Bachs, und auch die rissige Weite aus roter Erde, wo Kojoten und Wüstenbussarde Präriehunde jagten. Direkt unter uns, so tief unten, dass mir beim Hinschauen schwindelig wurde, zog sich eine Kette von roten Felsen hin, von Wind und Wetter zu hohen Säulen geformt. Es sah aus, als bewachten sie die Wand.

»Es gibt viele gute Verstecke ...«, fing ich an.

Kids Stimme veränderte sich und nahm wieder den erhabenen Ton an wie an dem ersten Abend, als ich zur Gang gestoßen war.

»An dem Tage schloss der Herr einen Bund mit Abraham und sprach: ›Deinen Nachkommen gebe ich dies Land von dem Strom Ägyptens an bis an den großen Strom, den Euphrat: die Keniter, die Kenasiter, die Kadmoniter, die Hetiter, die Perisiter, die Refaïter, die Amoriter, die Kanaaniter, die Girgaschiter, die Jebusiter.‹«

Ich war verwirrt, doch mein Blick ruhte unverwandt auf Kids Gesicht mit den aufgeregt funkelnden Augen.

»Als ich Cassie traf, hatten wir nichts und niemanden. Wir klammerten uns aneinander wie Mann und Frau. Dreihundertachtundsiebzig Tage lang waren wir durchs Powder River Country geirrt auf der Suche nach einem Ort, an dem wir uns niederlassen und ohne Furcht und in Freiheit leben könnten. Und am dreihundertneunundsiebzigsten Tag standen wir vor der roten Felswand, und vor uns erstreckte sich ein Tal, ein Land zwischen zwei Flüssen, wie Gott es Abraham versprochen hatte. ›Und ich will dir und deinem Geschlecht nach dir das Land geben, darin du ein Fremdling bist, das ganze Land Kanaan, zu ewigem Besitz‹, sprach Gott. Und da wusste ich, dieses Land würde uns gehören, ein ewiger Besitz für Generationen.«

Auf einmal hatte ich denselben schalen, bitteren Geschmack von kaltem, über Nacht in der Tasse vergessenem Tee im Mund wie im Kloster, wenn die Oberin uns Psalm 127 vorlas. Sie ermahnte uns, die überlegene Heiligkeit jener zu respektieren und zu ehren, die Kinder bekommen konnten, selbst wenn wir selbst niemals welche haben würden.

»Verzeihung«, fragte ich dazwischen, »welche Generationen? Sind wir hier nicht alle der letzte Trieb am Stammbaum?«

Kids Augen strahlten nur noch heller.

»Hast du deinen Bibelunterricht vergessen, Doctor? Abram und seine Frau Sarai waren unfruchtbar. Doch Gott versprach Abram das Land Kanaan und gab ihm einen neuen Namen. ›Darum sollst du nicht mehr Abram heißen, sondern Abraham soll dein Name sein; denn ich habe dich gemacht zum Vater vieler Völker. Und ich will dich sehr fruchtbar machen und will aus dir Völker machen, und Könige sollen von dir kommen.‹«

»Amen«, sagte Elzy leise. Ehrfürchtig und voller Vertrauen blickte sie zu Kid auf, ganz so, wie man zu einem älteren, geliebten Geschwister aufsehen würde.

»Unser Leib mag zwar unfruchtbar sein, liebe Ärztin, doch wir werden Vater vieler Völker sein, Vater und Mutter gleichermaßen. Weißt du, als wir dieses Land fanden, wusste ich, dass es nicht nur uns versprochen war, sondern auch den Nachkommen unserer Gedanken und

Herzen, all jenen, die von zu Hause vertrieben und von ihren Familien verstoßen wurden. Jene, die verleumdet und verspottet, eingesperrt und misshandelt wurden – nicht wegen eines Verbrechens, sondern weil Gott entschied, ihnen keine Kinder in den Leib zu pflanzen. Ich wusste, wir würden ein Volk der Enteigneten gründen, und hier würden wir keine unfruchtbaren Frauen sein, sondern Könige.«

Kids Worte waren aufregend, ich wollte mich von ihnen mitreißen lassen. Doch ich erinnerte mich an die Macht in meinen Fingern, wenn ich einen besonders schweren Bruch gerichtet oder ein Kind kopfüber in die Welt geholt hatte. Diese Macht war mir genommen worden, und ich wusste nicht, wie ich sie je zurückgewinnen sollte.

»Ich möchte ja nicht unverschämt sein«, sagte ich, »aber wenn wir Gott so wichtig sind, warum lässt er uns keine Kinder bekommen? Dann hätten wir zu Hause bleiben können, bei unserer Familie.«

Kid musterte mich schweigend. Ich merkte, wie Elzy die Schultern anspannte, und ich fragte mich, ob ich zu weit gegangen war.

Aber dann lächelte Kid und sprach mich mit einem Wohlwollen und einem Mitgefühl an, wie ich es seit meinem Fortgang von zu Hause nicht mehr gespürt hatte.

»Du glaubst, Gott hätte dich verlassen, Ada. Ist es so?«

»Ja«, sagte ich. »Falls es einen Gott gibt.«

»Du armes Ding. Wir alle haben uns anfangs so gefühlt. Nicht wahr, Elzy?«

»Als ich herkam, hatte ich meinen Glauben verloren«, sagte Elzy.

»Selbst ich war manchmal der Verzweiflung nah«, sagte Kid. »Aber dann wurde mir eines klar: Man hat uns Lügen erzählt über das, was Gott ist und was Er von uns will.«

»Was will Er denn von uns?«, fragte ich.

Kid beugte sich vor, bis unsere Stirnen fast aneinanderstießen.

»Er wird dich zum Vater vieler Völker machen, Ada«, sagte Kid. »Wart's nur ab.«

Wenige Stunden nach Einbruch der Dunkelheit erreichten wir die Schlucht. Wir schlugen unser Lager zwischen den Felswänden auf und tränkten die Pferde an einem kümmerlichen Bachlauf. Ich war erschöpft vom steilen Aufstieg und vom langem Ritt, trotzdem schlief ich unruhig, träumte schlecht und wachte immer wieder auf. Und jedes Mal sah ich, dass Kid ebenfalls wach war und in der Bibel las, Whiskey trank oder einfach nur die kalte Asche der Feuerstelle umrundete.

Der Morgen war kühl und bewölkt. Elzy war gerade dabei, in einer Pfanne über dem Feuer Bohnen mit Pemmikan aufzuwärmen.

»Wo ist Kid?«, fragte ich.

»Kundschaftet die Straße aus«, sagte Elzy. »Wenn News recht hat, sollte der Wagen erst am Vormittag vorbeikommen. Aber wir wollen sie nicht verpassen, falls sie früh dran sind.«

Sie tauchte einen Zinnbecher ins Essen und reichte ihn mir.

»Eine Gabel gibt es nicht«, sagte sie. »Lass es etwas abkühlen, und dann schlürf es.«

Elzy und ich schwiegen und pusteten auf den heißen Brei. Ich erinnerte mich an die Liebe und den Respekt in ihren Augen, als sie in der Nische gesessen und zu Kid aufgesehen hatte. Ich wollte fühlen, was sie fühlte, oder wenigstens wollte ich es verstehen.

»Glaubst du, das Jesuskind hat uns dieses Land versprochen?«, fragte ich.

Elzy zuckte mit den Achseln. »Ich bin weder mit dem Jesuskind aufgewachsen noch mit Gott oder sonst irgendwem. Mein Vater war kein frommer Mann. Ich glaube an Kid.«

»Aber wenn du nicht an das glaubst, was Kid über Gott und so weiter sagt, was bleibt dann übrig?«, fragte ich. »Ist es dann nicht einfach nur Gerede?«

Elzy stellte den Becher ab. Sie wirkte verärgert.

»Ich habe nie gesagt, ich würde nicht dran glauben. Ich nehme es nur nicht wörtlich. Wenn Kid davon spricht, ein neues Volk zu gründen, glaube ich wohl kaum, wir könnten die Vereinigten Staaten von Amerika wiederauferstehen lassen. Nein, selbstverständlich nicht. Ich würde das nicht wollen, nicht mal, wenn ich könnte.«

»Was bedeutet es dann?«, fragte ich.

»Es geht darum, uns Mut zu machen«, sagte Elzy. »Kid will uns daran erinnern, wer wir sind.«

»Und wer sind wir?«

Wir hörten fernes Hufgetrappel.

Kid erschien in der Schlucht, Nase und Mund von einem lila Seidentuch bedeckt. Elzy lächelte mich an und zog ein kariertes Halstuch aus der Tasche.

»Hast du denn nicht zugehört?«, fragte sie. »Wir sind Könige.«

Wir ritten nach Süden, und nach wenigen Minuten erreichten wir einen Aussichtspunkt mit meilenweitem Blick auf eine Straße. Zunächst sah ich nichts, und dann in weiter Ferne einen Fleck.

Während wir warteten, wuchs der Fleck, und nach einer Weile erkannten wir zwei Männer auf einem Wagenbock, einer mit einem Gewehr so lang wie mein Arm. Wir trieben die Pferde den Abhang hinunter und an die Straße. Ich nahm wahr, woran ich mich später noch lange erinnern sollte: zwei springende Gabelböcke, einen Sonnenstrahl, der im Nordosten durch die Wolken schnitt. Der Kutscher sagte etwas zum Wachmann, der Wachmann lachte.

Und dann nahmen wir sie ins Visier. Kid sagte: »Sir, Waffe fallen lassen«, und damit begann der Überfall.

Der Wachmann war mittleren Alters, breit und klein, und unter seinem Hut ragte graumeliertes, lockiges Haar hervor. Er kletterte vom Kutschbock herunter, legte sein Gewehr auf den Boden und nickte dem Kutscher zu, einem jungen, großen, gutaussehenden Kerl mit schwarzen Locken, die ihm in die Stirn fielen. Kid nahm das Gewehr an sich und gab es mir. Meine Aufgabe war es, zur Wagenrückseite zu gehen und nach dem Geld zu suchen. Elzy und Kid kümmerten sich derweil um die Männer.

Sobald ich hinter dem Wagen war, wagte ich einen Blick zurück. Die Männer reckten die Arme in die Höhe. Der Kutscher rührte sich nicht vom Fleck, aber der ältere Mann, der Wachmann, war aufgebracht. Er trat von einem Bein aufs andere und hackte seinen Stiefelabsatz in den Staub.

»Wie könnt ihr euch selbst ertragen?«, rief er und sah

mich und Kid an. »Ihr stehlt von ehrlichen Christen, die euch nichts getan haben! Ihr seid dreckige Parasiten.«

Elzy und Kid verzogen keine Miene. Ich konnte ihre Blicke nicht deuten. Hinten im Wagen fand ich ordentlich gestapelte, in blauer Tinte mit dem Namen der Ranch beschriftete Sackleinenbeutel: N Bar G. Jeder einzelne war so schwer, dass ich ihn kaum heben konnte. Ich machte mich daran, die Pferde zu beladen.

»Er ist Familienvater«, sagte der Wachmann und zeigte auf den Kutscher. »Zwei Jungs und ein Mädchen, drei, fünf und neun Jahre alt. Wie willst du denen erklären, dass ihr Vater diesen Monat nicht bezahlt wurde? Warum er seinen Job verloren hat?«

»Lass gut sein«, sagte der Kutscher.

Der Wachmann ignorierte ihn. Er trat einen Schritt auf Elzy und Kid zu. Auf einmal waren meine Achseln schweißnass. Der Wachmann schien keine Angst vor Kid und Elzy zu haben, wer wusste, was er als Nächstes tun würde. Meine einzige Aufgabe bestand darin, mich um das Gold und das Silber zu kümmern – Kid hatte sich diesbezüglich sehr klar ausgedrückt. Aber Kid hatte mir nicht gesagt, was ich tun sollte, falls die Situation entgleiste. Ich versuchte, auf mein Bauchgefühl zu hören, doch mein Bauch, auf derlei Situationen nicht vorbereitet, blieb stumm.

»Jede Wette, wenn eure Mütter euch jetzt sehen könnten, würden sie vor Scham weinen«, sagte der Wachmann. »Jede Wette, sie würden den Tag verfluchen, an dem sie euch zur Welt gebracht haben.«

»Beruhig dich«, flehte der Kutscher. Da war etwas zwischen ihnen, und es gab dem Wachmann seine Kraft.

Zwei der Pferde waren mit dem beladen, was sie tragen konnten. Nun war Amity an der Reihe. Der Wachmann ging einen Schritt auf Elzy zu. Kid rührte sich nicht. Mein Herz raste, mein Mund war staubtrocken.

»Stopp«, sagte Elzy.

Der Wachmann lachte.

»Stopp«, höhnte er mit hoher, schriller Stimme. »Sonst was? Willst du mich erschießen, du Wallach? Das würd ich gern sehen.«

»Leg es nicht drauf an, alter Mann«, sagte Kid, möglicherweise mit einem Seitenblick auf mich, ich war mir nicht sicher.

»Zwei Wallache!«, rief der Wachmann. »Ich mache mir in die Hose vor Angst! Mir zittern die Knie!«

Er war jetzt nur noch wenige Schritte von Elzy entfernt. Ich war keine gute Schützin. Wenn er sich auf sie stürzte, würde er ihre Waffe ergreifen, noch bevor ich zielen und schießen konnte. Hätte ich doch nur einen weiteren Tag üben können, dachte ich, nur noch einen oder zwei Tage Training mit Lo, dann wüsste ich jetzt, was zu tun wäre, ob ich still und stumm dastehen oder schreien oder schießen sollte, mitten in den Rücken des alten Mannes, um die Situation zu klären.

Ich tat nichts dergleichen.

»Stopp!«, rief ich und hörte dabei selbst die Angst in meiner Stimme.

Der Wachmann fuhr herum. Panik ergriff mich. Ich drückte den Abzug und schoss ihm in den Oberschenkel.

Und dann ging alles blitzschnell, auch wenn es sich in meiner Erinnerung so langsam abspielt wie ein Tanz. Der Kutscher griff in seinen Stiefel und zog einen Revolver heraus, von dem niemand etwas geahnt hatte. Er gab einen einzigen Schuss ab, und dann traf Elzy ihn mitten in die Brust. Ich sah sein Gesicht, als er zu Boden ging: reines Erschrecken, als könnte er nicht glauben, dass sein Leben so jäh endete. Der Wachmann – ich werde es nie vergessen – heulte auf wie ein Sturmwind und kniete sich über den Kutscher. Als ihre Köpfe so dicht beieinander waren, konnte ich es endlich sehen, und vielleicht hatte ich es schon geahnt: Sie waren Vater und Sohn. Wir sprangen auf die Pferde und ritten los.

Nach einer knappen Meile begann Elzy, im Sattel zu schwanken.

»Es geht mir gut«, sagte sie zu Kid, doch als ich zu ihr aufschloss, sah ich dunkles Blut an ihrem Ärmel.

Sie war schlaff wie eine Puppe. Wir setzten sie zu Kid aufs Pferd. Kid musste sie den ganzen Weg bis Hole in the Wall festhalten.

Bei unserer Rückkehr war Mitternacht längst vorbei, aber die Hufschläge der Pferde weckten die anderen auf. Der volle Mond schien hell, und ich konnte ihre Gesichter sehen, als sie nacheinander aus der Schlafbaracke kamen: News und Lo, Texas und Agnes Rose, erst glücklich und erwartungsvoll, und dann besorgt. Cassie trat als Letzte ins Freie. News half Kid, Elzy vom Pferd zu heben. Cassie lief zu ihr, presste ihre Stirn an Elzys und flüsterte etwas, das ich nicht hören konnte. Dann sagte sie zu mir: »Was hast du getan?«

Ich konnte mich nicht einmal entschuldigen, so wertlos erschienen mir die Worte. Cassie wandte sich an Kid.

»Ich hatte dir gesagt, dass so etwas passieren würde. Du nimmst Streuner auf, und jetzt ...«

Elzys Knie gaben nach. News versuchte, sie aufrecht zu halten, aber ihr Kopf kippte nach vorn, und sie erschlaffte. Blut tropfte aus ihrem Ärmel in den Staub.

Ich dachte an die schlimmste Verletzung, die ich bei der Arbeit mit meiner Mutter gesehen hatte, ein fünfundzwanzig Zentimeter langer Schnitt in Luella Masons linkem Oberschenkel. Eine Säge war abgerutscht und hatte sich tief in ihr Fleisch gefressen. Ich erinnerte mich an die Arzneimittel, die ich damals aus der Vorratskammer geholt und eingepackt hatte, ganz vorsichtig, damit die Fläschchen nicht zerbrachen.

»Wir brauchen Jod«, sagte ich, »und mindestens einen Meter dünne, saubere Baumwolle. Und eine Pinzette, für die Kugel.«

»Jod haben wir nicht«, sagte Texas. »Und schon gar keine Pinzette.«

»Dann eben Whiskey oder irgendeinen anderen starken Alkohol, dazu sauberes Wasser und ein Gefäß, um beides zu mischen, außerdem das kleinste Messer, das ihr habt.«

Texas und Lo gingen los und suchten, was ich brauchte. News und ich trugen Elzy in die Schlafbaracke, Cassie und Kid folgten uns. Nun hatte ich das Sagen, und einen Moment lang konnte ich fast vergessen, dass nur meinetwegen Elzy verwundet und der Kutscher tot war. Der Moment dauerte an, bis ich Elzys Hemd aufknöpfte und die Wunde an ihrem Oberarm sah: klein, aber tief, und gefüllt mit schwarzem Blut, das aus der Mitte hervorquoll.

Ich hatte keine Angst vor Blut. Ich hatte genug davon gesehen – Blut aus einem Schnitt, Blut aus einer Nase,

Blut bei einer Geburt, dazu blutige Bettlaken, Handtücher, Beine und Vulven und jede Menge Neugeborene, die blutverschmiert ihren ersten Atemzug taten. Ich hatte keine Angst vor Schmerz – wenn die Frauen schreiend in die Mutterschaft eintraten, hatten sie sich meistens an mich geklammert. Nicht einmal den Tod fürchtete ich. Ich hatte am Abend nach ihrer Todesnacht den Leichnam einer alten Frau gewaschen und ein Totgeborenes ins Leichentuch gewickelt. Doch jetzt war ich für den Schmerz verantwortlich und zudem die Einzige, die ihn stoppen konnte, und das machte mir Angst.

Texas brachte mir eine Flasche Whiskey, einen Krug voll Wasser, einen Suppentopf und eine Kelle. Lo brachte mir ein weißes Nachthemd mit hellblauem Blümchenmuster. Ich kippte die halbe Flasche Whiskey und das ganze Wasser in den Topf, rührte um, riss einen schmalen Stoffstreifen vom Nachthemd ab, tränkte ihn und säuberte mir die Hände. Dann säuberte ich das Messer. Es war das Erste, was ich von meiner Mutter gelernt hatte: Alles, was mit der Patientin in Kontakt kommt, muss absolut sauber sein.

Jemand hatte alle Petroleumlaternen in der Schlafbaracke angezündet, aber in der Mitte von Elzys Wunde war nichts zu erkennen. Ich riss einen weiteren Stoffstreifen ab und tunkte ihn ins Whiskeywasser, dann gab ich Elzy einen Schluck aus der Flasche.

»Das wird jetzt brennen«, sagte ich und fing an, das alte Blut aus der Wunde zu wischen.

Elzy schrie schrill auf, ein fast tierischer Laut, aber nun war die Wunde sauber, und ich konnte tief im Fleisch das Blei schimmern sehen. Ich wusste, zwischen Schulter und Ellenbogen verläuft eine Arterie. Wenn das Messer verrutschte, würde ich sie treffen, und Elzy würde sterben. Langsam drückte ich die Messerspitze auf das Metall. Ich konnte spüren, wie die Kugel sich bewegte, doch da schrie Elzy erneut und zuckte zurück, und das Messer schlitzte ihren Oberarm auf. Ich hielt die Luft an, doch aus dem Schnitt tröpfelte nur wenig Blut. Die Arterie war unverletzt.

»Haltet sie fest«, sagte ich zu wem auch immer, und Agnes Rose kam heran und ergriff Elzys Arm.

Ich säuberte die Wunde noch einmal und versuchte erneut, die Kugel herauszuschneiden. Elzy brüllte, doch Agnes Rose hielt sie fest. Ich spürte, wie die Kugel nachgab, sich aber nicht löste, und als ich fester drückte, rutschte die Messerspitze ab und ins Fleisch. Elzys Schrei spürte ich bis tief in den Bauch.

Ich gab Agnes Rose das Messer und reinigte mir mit dem Whiskeywasser die Hände.

»Ich werde es mit den Fingern probieren«, sagte ich mehr zu mir selbst als zu den anderen.

Meine Hände zitterten. Ich wusste, Elzy mit dem Versuch zu retten war ebenso wahrscheinlich, wie sie damit umzubringen. Dann hätte ich zwei Tote auf dem Gewissen, zwei an einem einzigen Tag. Ich schluckte angestrengt und erinnerte mich an das, was meine Mutter getan hätte.

Ich stellte mir den Kutscher vor. Er stand neben mir, ich sah den Blutfleck mitten auf seiner Brust und die Trauer und die Angst in seinen Augen. Ich nickte, und dann schob ich die Finger um die Kugel und zog.

Sie rutschte mir durch die Finger. Sie rutschte hin und

her, ich bekam sie erneut zu fassen. Elzy jaulte auf, ihr Blut bedeckte meine Hand.

In Gedanken sagte ich mir auf, was Schwester Rose jeden Abend vor dem Schlafengehen geflüstert hatte: »Mutter Maria, beschütze uns und liebe uns mehr, als wir es verdient haben.«

Ich spürte etwas nachgeben, und da ließ das Fleisch das Blei mit einem lauten Schmatzen los, und frisches, dunkles Blut füllte die Wunde. Es sammelte sich, aber pulsierte nicht – Venenblut. Ich spülte es ab.

Elzy schrie noch immer, aber nun, da die Kugel heraus war, spürte ich eine neue Energiewelle. Jemand hatte bereits ein weiteres Stück Baumwolle abgerissen. Ich säuberte die Wunde damit und verband sie dann unter vielen strammen Schichten. Elzys Gesicht war nass von Tränen, und die Erleichterung im Raum grenzte an Euphorie. Sie hielt an, bis ich mich schlafen legte, aber als ich dann im Bett war, fiel mir wieder ein, wie der Vater des Kutschers seinen Sohn im Arm gehalten hatte, wahrscheinlich genau so wie am Tag seiner Geburt.

KAPITEL 5

Nach meinem Versagen bei Sutton's Gulch waren die anderen mir gegenüber kühl oder schlichtweg feindselig. Nachts hörte ich, wie Cassie Kid dazu überreden wollte, mich wegzuschicken. Doch ich wurde noch gebraucht, denn ich musste Elzys Wunde versorgen. Wir hatten Glück – viel Hamamelis und ein täglicher Verbandwechsel sorgten dafür, dass die Wunde sich schloss. Die rötliche Entzündung der Ränder, die ich so gefürchtet hatte, blieb aus. Bei den Untersuchungen weigerte Elzy sich, mich anzusehen, und sie sprach nur, wenn ihr etwas wehtat.

Sieben Tage nachdem Elzy meinetwegen angeschossen worden war, besuchte mich Agnes Rose frühmorgens im Obstgarten. Ich verbrachte fast meine ganze Zeit dort, weil die anderen mir klargemacht hatten, dass ich an der Feuerstelle nicht mehr willkommen war, und auch die Schlafbaracke betrat ich nur noch zum Schlafen oder um nach Elzy zu sehen. Als Agnes Rose den Pfad heraufkam, war ich gerade dabei, Mrs Schaeffers Buch noch einmal zu lesen. Ich war beim Kapitel über Totgeburten und ihre möglichen Ursachen.

»Was weißt du über Schlaftränke?«, fragte Agnes Rose.

Die Frage machte mich nervös. Ich wollte Kids Vertrauen nicht enttäuschen.

»Hast du Probleme mit dem Einschlafen?«, fragte ich.
Agnes Rose verdrehte die Augen.

»Es ist für einen Job«, erklärte sie. »Du hast mal gesagt, du könnest etwas anmischen, das einen Mann einschlafen lässt. Oder war das nur so dahingesagt?«

Die Frau, die in jener Nacht so selbstbewusst von ihren Fähigkeiten gesprochen hatte, kam mir plötzlich wie eine Fremde vor. Doch ich erinnerte mich an mein Wissen.

»Nein«, sagte ich. »Ich brauche dazu nur etwas Laudanum.«

Der nordwestlich von Hole in the Wall gelegene Handelsposten am Lourdes Creek war zwei Tagesritte entfernt. Weil das Grasland zu den Jagdgründen der Arapaho gehörte, gab es dort keine Gasthäuser. Wir übernachteten an einem kleinen Fluss, wo wir die Spuren älterer Camps entdeckten: Eierschalen, kalte Asche und nachlässig mit roter Erde bedeckte Fäkalien.

Weil Agnes Rose keine Männerkleidung trug – »Das ist nichts für mich« –, reisten wir als Mann und Frau. Die Eheringe waren aus Kupfer und färbten unsere Finger grün. Dem Händler brauchten wir nichts vorzumachen, er schien Agnes Rose gut zu kennen. Sie begrüßte ihn auf Arapaho.

»Deine Aussprache wird immer besser«, antwortete er.

»Ich weiß, dass du lügst, aber danke für das Kompliment«, sagte sie. »News lässt schön grüßen, es tut ihr leid, dass sie nicht mitkommen konnte. Aber ich möchte, dass du unsere neue Rekrutin kennenlernst. Doc ist ausgebildete Hebamme.«

Der Händler beäugte mich neugierig. Er war schmächtig und älter als ich, aber jünger als meine Mutter, und trug eine dicke Brille und himmelblaue Glasperlen an den Ohren. In den Regalen hinter und neben ihm lagen Wertsachen, die seine Kunden als Pfand hinterlegt oder eingetauscht hatten: ein vergoldetes Taschenmesser, ein Revolver, ein Wams aus Hirschleder mit Holzperlen und Fransen, ein mit Straußenfedern geschmückter Damenhut. Es gab sogar eine Standuhr aus Mahagoni mit vergoldetem Ziffernblatt und einen wie mitten im Gebrüll erstarrten ausgestopften Pumakopf.

»Was hat dich dazu bewegt, dich diesen Taugenichtsen anzuschließen?«, fragte der Händler und zeigte dabei auf Agnes Rose. »Ich dachte, die Amerikaner kümmern sich gut um ihre Hebammen?«

»Nicht, wenn sie unfruchtbar sind«, sagte ich.

Er schüttelte den Kopf und sagte etwas auf Arapaho. In der Schule hatte Mrs Spencer behauptet, die Ureinwohner würden Kinder nicht so wertschätzen, wie Christen es taten. Aber hier, weit weg vom Schulhaus, wurde mir klar, dass Mrs Spencer wahrscheinlich noch nie in ihrem Leben mit einem Ureinwohner gesprochen hatte. Ich war selbst nur wenigen begegnet, meistens Frauen aus Lakota Country, die für eine Behandlung bei meiner Mutter angereist waren. Ich wusste nicht, wie sie über unfruchtbare Frauen dachten oder was der Händler von mir hielt, doch mich beschlich eine Ahnung, er könnte die Sache anders sehen als die Frauen von Fairchild. Vielleicht wurden unfruchtbare Ehefrauen nicht überall als Hexen gehängt.

»Wir sind gekommen, um Laudanum zu kaufen«, sagte Agnes Rose. »Wie viel brauchen wir, Doc?«

»Hundert Tropfen sollten genügen«, sagte ich. »Wenn es stark ist.«

Der Händler sah Agnes Rose fragend an.

»Und wie wollt ihr das bezahlen?«

Agnes Rose holte einen kleinen Beutel aus ihrer Tasche, vermutlich Gold.

»Wir hatten einen guten Sommer«, sagte sie. »Das sollte reichen.«

Der Händler warf einen Blick in den Beutel und wog ihn in der Hand ab.

»Agnes«, fragte er, »weißt du, was Laudanum ist?«

Sie sah mich an, aber ich wusste keine Antwort. Ich wusste nur, dass Laudanum selten und teuer war. Meine Mutter bekam es von Dr. Carlisle und verwendete es nur im Notfall – wenn sie einen Tumor aus einer Brust oder eine Zyste aus einem Eierstock schneiden musste. Ich hatte keine Ahnung, wo Dr. Carlisle es herbekam.

»Es kommt aus China«, erklärte der Händler. »Die wenigen Kaufleute, die noch den Pazifik überqueren, verkaufen es an Händler in San Francisco oder The Dalles, und die wiederum geben es an Händler weiter, die es Hunderte Meilen weit über Land transportieren, und viele Wochen oder Monate später kommt etwas davon hier an. Ich wäre bereit, dir einen Preisnachlass zu geben, Agnes, wir kennen uns schon so lange. Aber ich bräuchte ungefähr das Doppelte von dem, was hier drin ist.«

»Komm schon, Nótkon«, sagte Agnes Rose. »Wir wissen beide, dass es nicht so teuer ist. Ich könnte noch zwanzig Silberstücke drauflegen.«

Sie klang nervös. Darauf war sie nicht vorbereitet gewesen. Nótkon schüttelte den Kopf.

»Ich würde Verlust machen«, sagte er. »Wenn du allerdings noch ein paar Wertsachen von deinem letzten Job dazugibst, würde ich es mir überlegen. Die Kette, die du letztes Mal mitgebracht hast, hat die Kosten für die Hochzeit meines Sohnes gedeckt.«

»Wie wäre es mit ein paar Hutnadeln?«, fragte Agnes Rose, aber ich wusste, dass sie ihn nur hinhielt. Nótkon war wenig beeindruckt. Ich sah mich um und betrachtete seine Ware. Ein Hut mit schimmerndem Rubin, ein glänzendes Paar Schlangenlederstiefel. Eine in Leder gebundene Bibel aus der Zeit vor der Grippe, mit Goldschnitt und scharlachrotem Lesebändchen. Ich hatte eine Idee.

»Ich habe etwas, das Ihnen gefallen könnte«, sagte ich. »Ein medizinisches Handbuch.«

Nótkon wirkte amüsiert.

»Ich möchte nicht unhöflich sein«, sagte er, »aber mit amerikanischer Medizin kann ich nicht viel anfangen. Ich erinnere mich da vage an eine gewisse Grippe ...«

»Ich spreche von neuer Medizin«, sagte ich. »Mrs Alice Schaeffer betreibt eine Praxis unten im Rocky Mountain Country, wo sie jedes Jahr Hunderte Frauen behandelt. Sie kann Krankheiten heilen, an denen viele Kinder und Frauen in meiner Stadt gestorben sind. Sie weiß, wie man ein Baby aus dem Mutterleib schneidet und die Wunde so vernäht, dass beide überleben.«

Nótkon wollte es sich nicht anmerken lassen, aber ich sah, dass sein Interesse geweckt war. Ich zog das Buch aus der Tasche und legte es vor ihm auf den Tresen. Die aufgeschlagene Seite zeigte das Schaubild eines geöffneten Frauenkörpers mit Baby darin. Der Händler wich zurück, dann beugte er sich darüber und blätterte die Seiten um.

Der Minutenzeiger der Standuhr ruckte einmal, dann zweimal vor.

Agnes Rose nahm das Buch weg.

»Wir können dich die ganzen Geheimnisse nicht lesen lassen, wenn du nicht dafür zahlst«, sagte sie.

Nótkon sah erst mich an, dann Agnes Rose, dann wieder mich.

Den ganzen Weg zurück nach Hole in the Wall sagte ich mir leise Mrs Schaeffers Methoden auf, um sie nicht zu vergessen. In meiner Tasche, dort, wo zuvor das Buch gewesen war, lag ein kleines, leichtes Fläschchen Laudanum.

Die Fiddleback Ranch war der größte Viehbetrieb zwischen Casper und den Bighorns. Sie war so groß, dass drum herum eine ganze Stadt entstanden war, wo Cowboys und Landarbeiter in Bungalows und Pensionen lebten, Kaffee und Zucker im Gemischtwarenladen kauften und abends im Saloon oder in Veronicas Gasthaus tranken. Der Eigentümer der Ranch war ein Mann namens Roger McBride, jüngster Sohn eines armen Weizenfarmers aus dem Osten. McBride war mit nichts als einem Pferd und einem guten Riecher fürs Geschäft ins Powder River Valley gekommen. Heute gehörte ihm nicht nur die Ranch, sondern auch der Bürgermeister der Freien Stadt Fiddleback, der Gerüchten zufolge auf seiner »Gehaltsliste« stand, der Sheriff (ähnliche Gerüchte), die Hälfte aller Häuser (am ersten Samstag des Monats kassierte sein Verwalter die Mieten ein und warf jene, die nicht bezahlen konnten, sofort hinaus) und eine wilde Gang aus Kopfgeldjägern, angeblich Dutzende, die Viehdiebe fingen und ganz generell McBrides Besitz im Powder Country beschützten.

News hatte sich als durchreisender Cowboy auf Arbeitssuche ausgegeben, sich umgehört und die Fiddleback Ranch einen Monat lang ausgespäht. Sie hatte herausgefunden, dass McBride jeden Freitag einen Vertrauten zur Farmers' and Merchants' Bank von Fiddleback schickte – sie gehörte dem einzigen Mann der Stadt, der so reich war wie McBride, einem Schweden namens Karl Nystrom. Der Kurier zahlte den Erlös aus Rinderverkäufen, Pferdezucht und anderen Unternehmungen ein und hob kleine Münzen ab, mit denen die vielen Angestellten bezahlt wurden. Den Mann mit vorgehaltener Pistole auszurauben war so gut wie unmöglich, denn er war fast immer von zahlreichen Getreuen umgeben. Aber wenn wir es klug anstellten, könnten wir an ihn herankommen.

Auch Agnes Rose hatte einige Wochen in Fiddleback verbracht und die ganze Zeit mit dem Geldboten geflirtet, einem gewissen Alexander Bixby. Er glaubte, sie wäre eine Jungfrau aus armen Verhältnissen, die von ihrem Verlobten, der zudem eine andere geschwängert hatte, sitzengelassen worden war. Nun war sie für ihre Tugendhaftigkeit bestraft – ihre Mutter hatte ihr eingeschärft, sich für die Hochzeitsnacht aufzusparen –, weit weg von zu Hause und zu Akkordarbeit in einer Damenpension am Crooked Creek gezwungen. Nach Fiddleback kam sie angeblich nur, um ihre Steppdecken und Spitzendeckchen zu verkaufen. Bixby war sehr ergriffen von ihrer traurigen Geschichte, und auch davon, wie tief beeindruckt sie von seiner wichtigen Aufgabe war. Auf dem Rückweg von der Bank kehrte er oft für einen Drink bei Veronica ein, und diesmal hatte Agnes Rose angedeutet, dass sie, wenn er sie auf ein Zimmer mitnehmen wollte, die Warnung ihrer Mutter vielleicht für einen Nachmittag vergessen würde.

Wir müssten so viel Laudanum in Bixbys Getränk mischen, dass er, sobald er oben im Zimmer war, in einen tiefen Schlaf fiel. Agnes Rose könnte seine Tasche an sich nehmen und aus dem Hinterfenster klettern, und wenn er aufwachte, wären wir schon einen halben Tagesritt entfernt.

Als wir aufbrachen, hatte sich der erste Herbstfrost auf die Weide gelegt. Agnes Rose trug eine blonde Perücke mit Schläfenlocken, einen langen Mantel mit Ellenbogenflicken (Lo hatte sie in letzter Minute aufgenäht, um Agnes' Armut und ihre praktische Art zu unterstreichen) und ein abgewetztes rosa Reisekleid mit tiefem Ausschnitt. News und ich trugen falsche Schnurrbärte, die Lo uns mit Mastix angeklebt hatte – mit News hatte sie währenddessen ungezwungen geplaudert, doch als ich an der Reihe war, war sie verstummt. Am Lagerfeuer hatte es eine kurze Diskussion darüber gegeben, ob ich die anderen überhaupt begleiten sollte, doch Agnes Rose war der Ansicht, dass sie mich brauchen würde, um dem Mann das Laudanum im richtigen Moment zu verabreichen und mit weiteren Tropfen zu helfen, sollte die erste Dosis nicht wirken. Kid ließ sich überreden, unter einer Bedingung: Bevor wir loszogen, musste ich meine Waffe abgeben. Ich würde als Ärztin reisen, nicht als Gesetzlose.

Fiddleback war etwas mehr als einen Tagesritt nach Süden entfernt und lag im riesigen Überschwemmungsgebiet des Powder River. Unser Weg führte über eine flache Ebene. Das Gras war gelbbraun geworden und die Luft kühl. Während wir ritten, veränderte sich der Himmel schneller als die Landschaft. Wolkenmassen schoben sich vor das Blau, besprizten uns mit Regen und türmten sich dann im Osten zu hohen grauen Bergen auf. Der Regen verschlämmte den Staub am Boden und erfüllte die Luft mit Salbeigeruch. Obwohl ich mich im Powder Country noch immer fremd und allein fühlte, wurde mir der Duft allmählich so vertraut wie der vom Maisbrot meiner Mutter oder dem Haar meiner Schwestern.

Als die Sonne hoch am Himmel stand und die Luft sich so weit erwärmt hatte, dass man sich fast einreden konnte, es wäre noch immer Sommer, hörte ich ein fernes Grollen. Zuerst hielt ich es für Donner – das Vorgebirge im Osten lag unter einem grauen Regenschleier –, doch anstatt sich zu entfernen, wurde es stetig lauter, und zuletzt fing der Boden unter Amitys Hufen an zu beben.

»Mist«, sagte News.

»Was machen wir jetzt?«, fragte Agnes Rose.

»Wir suchen die höchste Stelle, die wir finden können.«

»Was ist denn los?«, fragte ich, aber beide ignorierten mich.

News führte uns nach Nordwesten, zurück in die Richtung, aus der wir gekommen waren. Auf einem kleinen Hügel, nur ein oder zwei Meter höher als das Grasland, wuchs ein Felsenbirnenbaum.

»Der wird reichen müssen«, sagte sie.

»Was ist denn los?«, fragte ich erneut.

Und da sah ich dunkle, langsam anschwellende Schemen im Nordosten. Zuerst dachte ich an einen Heuschreckenschwarm, doch schon bald konnte ich in der Dunkelheit einzelne riesige, zottelige Umrisse erkennen – Büffel.

»Halt die Zügel kurz«, sagte News. »Falls Amity scheut, werdet ihr beide zertrampelt.«

Ich hielt die Zügel fest umklammert. Amitys Ohren zitterten wie Laub.

»Ganz ruhig, Baby«, sagte ich und tätschelte mit zitternden Fingern ihren Hals.

Als ich aufsah, hatte die Herde uns schon fast erreicht. In der roten Staubwolke sah ich die gewaltigen Köpfe der Büffel. Nie zuvor hatte ich erlebt, wie sich etwas so Schweres so schnell bewegte. Sie waren wie die Riesen aus den Märchen, die meine Mutter uns früher erzählt hatte, wie Wesen aus einer längst vergangenen Zeit.

Und dann schlossen sie uns ein. Der Staub erschwerte das Atmen. Die Herde erzeugte ihr eigenes Wetter. Ich sah, wie News den Mund öffnete, doch das Donnern der Hufe übertönte ihre Stimme. Prudence, Agnes Rose' Pferd, fing an zu trampeln und zu buckeln. Selbst durch den Staub konnte ich die Furcht in Agnes' Gesicht sehen. Ihr Körper war wie erstarrt. Prudence bäumte sich auf und erhob ihren glänzenden schwarzen Körper über die Herde. Agnes Rose klammerte sich an und schaffte es mit Mühe, im Sattel zu bleiben. Die Büffel waren so nah, dass Agnes, falls sie den Halt verlor, mit Sicherheit zertrampelt würde. Die Tiere strömten um uns herum, ihre Hufschläge ließen meine Zähne klappern, und kein Ende war in Sicht. Doch etwas bewegte sich nicht: Unter mir spürte ich Amitys Ruhe wie eine menschliche Hand, die meine hielt. Ich erinnerte mich an Texas' Worte – mein

Pferd kannte das Land besser als ich. Vielleicht wusste es auch jetzt, was zu tun war.

Ich lockerte die Zügel, um Amity Bewegungsfreiheit zu geben. Sie tat langsame Schritte, bis sie dicht neben Prudence stand. Prudence' Augen waren weit aufgerissen, und sie hatte Schaum vorm Maul, und ich wusste, sie konnte mich oder Amity mit nur einem Tritt bewusstlos schlagen. Doch Amity stolperte nicht und scheute auch nicht zurück. Stattdessen rieb sie die Nüstern an Prudence' Maul und Hals. Die Geste war so zärtlich, dass ich mich plötzlich nach meinen Schwestern sehnte, nach dem Gefühl ihrer flatternden Wimpern an meiner Wange. Ich tat es Amity gleich, streckte eine Hand aus und legte sie Agnes Rose auf die Schulter, wie um Amitys und mein stabilisierendes Gewicht auf ihren Körper zu übertragen.

Ich spürte die Veränderung in Agnes Rose, noch bevor ich sie sehen konnte. Ihre Schultern senkten sich und gaben die Ohren frei, ihre Muskeln, die nur noch gezittert hatten, gehorchten ihr wieder. Sie nahm die Zügel kurz und zog Prudence' Kopf hoch, um sie vom Buckeln abzuhalten. Das Pferd schnaubte und zuckte und beruhigte sich langsam.

Ich hörte einen Schuss, und dann einen zweiten. Die Herde stob auseinander, und ich sah zwei Tiere am Boden, und darüber sechs Jäger der Arapaho auf ihren Pferden. Einer stieg ab, zog ein langes Sägemesser aus der Satteltasche und versenkte es im dicken Pelz der Büffelkehle. Dunkles Blut floss in den Staub.

News sah zu dem Mann hinüber, der den Büffel zerlegte, dann zu mir und Agnes Rose. Ihr Gesicht war jetzt schon wieder entspannt, als würden wir lediglich ein paar Männern bei der Arbeit zuschauen.

»Wollen wir?«, fragte sie, und wir ritten weiter.

Wir schlugen unser Nachtlager an einem kleinen See etwa eine Meile außerhalb von Fiddleback auf. News tränkte die Pferde, während Agnes Rose und ich Feuerholz sammelten.

»Danke für deine Hilfe eben«, sagte Agnes Rose. »Du bist eine gute Reiterin.«

Das Kompliment lief an mir hinunter wie warmes Wasser. Seit Tagen hatte niemand etwas Nettes zu mir gesagt.

»Warum hilfst du mir?«, fragte ich. »Du hättest dich nicht dafür einsetzen müssen, dass ich mitkomme. Warum hast du das getan?«

»Es ist, wie ich schon zu Kid sagte. Wir brauchen dich für die Dosierung des Laudanum.«

»Ich hätte dir etwas abmessen können«, sagte ich. »Das wäre ganz einfach gewesen.«

Wir durchstöberten gerade ein halb verkokeltes Pappelwäldchen, in das vor einiger Zeit der Blitz eingeschlagen hatte. Agnes Rose hob einen geschwärzten Ast vom Boden auf, begutachtete ihn und ließ ihn wieder fallen.

»Weißt du, was ich vor Hole in the Wall gemacht habe?«

»Angeblich warst du im Gefängnis«, sagte ich.

Sie lächelte. »Nur für kurze Zeit. Ich habe mit fünfzehn geheiratet, und an meinem siebzehnten Geburtstag hat die Familie meines Mannes mich rausgeschmissen. Ich bin in einem Bordell in Telluride gelandet, aber die

Arbeit war hart, und die Madame behielt den Großteil des Geldes für sich. Nach zwei Jahren habe ich mich selbstständig gemacht.«

»Wie?«, fragte ich. Ich hatte noch nie von einer unfruchtbaren Frau gehört, die sich selbstständig gemacht hatte.

»Du suchst dir einen Mann, der dich beschützt«, sagte sie. »Manchmal ist er dein Verbündeter, manchmal ist er dein Opfer. Wenn du es schlau anstellst und nicht zu lange mit demselben Mann in derselben Stadt bleibst, kannst du überleben. Du kannst sogar erfolgreich sein. Bei meiner Verhaftung war ich eine wohlhabende Frau.«

»Warum wurdest du verhaftet?«, fragte ich.

Agnes Rose legte einen letzten Ast auf ihren Stapel, feuervernarbt und trotzdem mit ein paar Blättern daran.

»Wegen Bigamie«, sagte sie. »Aber das ist eine andere Geschichte. Die Sache ist die: Wenn man lebt, wie ich es getan habe, erkennt man irgendwann, warum manche Leute schwimmen und andere untergehen. Es gibt da eine Eigenschaft ... Ich weiß nicht, wie ich sie nennen soll ... manchmal sieht sie aus wie Glück, manchmal wie Kompetenz, und manchmal wie keins von beidem. Aber du hast sie, das habe ich sofort gesehen. Du hast viel falsch gemacht, aber es sieht gut aus für dich. Du wirst schwimmen.«

Langsam erhob sich Fiddleback aus der grasigen Landschaft. Zuerst die Viehweiden, abgezäunt mit Stacheldraht, und jede Meile ein mit McBrides Brandzeichen markierter Pfosten. Die Kühe – rötlich grau, schwarz oder schmutzig weiß – grasten in friedlichen Gruppen, und alle paar Meilen stand ein einzelner Bulle dazwischen, massig und breit, und wachte über seine Herde. Dann kamen Kornfelder, deren Frühjahrssaat in zarten Sprossen wenige Zentimeter aus der Erde ragte. Später folgten die bescheidenen, mit Holzschindeln verkleideten Häuser von Ladenbesitzern und Landarbeitern, und um eine gut bewässerte Grünanlage herum Pensionen, in denen die durchreisenden Cowboys schliefen. Die wohlhabenden Städter wohnten auf einem kleinen Hügel in Häusern mit kannelierten Säulen, Spitzdächern und Giebelfenstern – Villen aus der Zeit vor der Großen Grippe. Am Fuß des Hügels verlief die Hauptstraße mit einer Bank und einer Fleischerei, ein paar Bekleidungsgeschäften für Herren und Damen und dem Gemischtwarenladen. Den Abschluss bildete das große Gasthaus, besser bekannt als *Veronica's*.

Das *Veronica's* war voller Pfützen, Gerüche und Gedränge und der belebteste Ort, an dem ich seit einem Jahr gewesen war. Um an die Bar zu kommen, mussten wir mehr Cowboys aus dem Weg schieben, als ich zählen konnte, und auch drei Frauen, ähnlich gekleidet wie Agnes Rose, nur provokanter, mit hochgeschnürten Brüsten und tiefem Dekolleté. Der Raum war groß und die Decke niedrig. Vor der Bar mussten die größeren Männer den Kopf einziehen.

Agnes Rose bestellte ein Getränk und setzte sich dann an den Tresen, um auf den Mann zu warten. Nach einer Weile folgte News ihr. Ich war die Letzte, doch als ich mir einen Weg durch die Männer gebahnt und meine Ellenbogen auf das klebrige Holz gestützt hatte, wartete News noch immer.

»Was darf es sein?«, fragte Veronica prompt.

Sie war eine imposante Frau undefinierbaren Alters mit kastanienbrauner, mindestens dreißig Zentimeter hoher Perücke und einer dicken Schicht Make-up im Gesicht. Während sie mich lächelnd von oben bis unten musterte, schienen ihre Augen und ihr Mund sich unabhängig voneinander zu bewegen.

Ich bestellte mit möglichst männlicher Stimme einen Whiskey, und Veronica schenkte mir ein und stellte das Glas vor mich hin. Dann erst – und auch erst, nachdem sie die Bar nach anderen Gästen abgesucht hatte – wandte Veronica sich News zu, als hätte sie sie gerade erst entdeckt, und ohne das Lächeln, das sie für mich aufgesetzt hatte. Ich war verwirrt – News hatte diese Bar schon oft besucht. Dann sah ich mich um und merkte, dass es hier außer ihr nur zwei andere schwarze Cowboys gab.

News und ich trugen unsere Getränke zu einem Tisch in der Mitte des Raumes, von dem wir einen guten Blick auf die Bar hatten.

»Tut mir leid«, sagte ich.

»Was tut dir leid?«, fragte News scheinbar unbekümmert, trotzdem klang es wie eine Warnung.

Wir tranken und beobachteten die Cowboys. Die meisten sahen ganz gewöhnlich aus, wie Männer, die ich vielleicht in Fairchild kennengelernt hätte, wäre ich lange genug dort geblieben, um mich unter Erwachsenen zu bewegen. Ein paar trugen prahlerische Hüte, Sporen und riesige Gürtelschnallen, und einer einen langen Rauschebart in leuchtendem Orange, über den er sich beim Reden theatralisch strich. Doch keiner fesselte meine Aufmerksamkeit, bis ich zwei Tische weiter einen wunderschönen

Mann entdeckte. Er hatte ein schmales, glattes Gesicht, dichte Augenbrauen und volle Lippen, die ihm, selbst wenn er lachte, einen ernsten Ausdruck verliehen. Seit ich das Haus meines Ehemannes verlassen hatte, war mir kein Mann mehr so schön erschienen, und seine bloße Anwesenheit im Raum wärmte die Haut in meinem Gesicht und zwischen meinen Beinen. Fast ärgerte ich mich, ihm in einem Moment begegnet zu sein, in dem ich es mir auf keinen Fall leisten konnte, irgendwen oder irgendwas attraktiv zu finden, und so kehrte ich ihm schnell den Rücken zu, selbst wenn ich mich dafür verdrehen musste und nicht genau wusste, ob das besonders männlich war.

Bixby verspätete sich. Wir hatten das *Veronica's* eine halbe Stunde vor seiner üblichen Zeit betreten, aber dann verstrich die halbe Stunde, und anschließend weitere fünfzehn Minuten. Ich konnte sehen, dass News nervös war, dennoch plauderte sie tapfer über die Pferde, die wir angeblich in der Stadt kaufen wollten. Agnes Rose machte sich ebenfalls Sorgen, auch wenn sie lachte und mit den Männern an der Bar flirtete. Wie so oft in den letzten Wochen dachte ich, dass ich vielleicht besser im Kloster geblieben wäre. Dort hätte ich mich wenigstens nützlich machen können. Ich hätte möglichst viel in der Bibliothek gelernt und niemandem Schaden zugefügt.

Noch während ich mit meinem Bedauern beschäftigt war, stand der Mann, dem ich den Rücken zugekehrt hatte, von seinem Platz auf. Ich konnte nicht anders, als hinzusehen. Er war groß, bewegte sich aber nicht mit der Selbstverständlichkeit eines großen und gutaussehenden Menschen. Er hatte etwas Zögerliches an sich. Als er und sein Freund – einer der schwarzen Cowboys, klein und breit und mit herzlichem Lächeln, doch wachsamem Blick – ihr Bier zu unserem Tisch herübertrugen, verspürte ich Freude und Panik zugleich.

»Nate«, sagte der schwarze Cowboy und klopfte News auf die Schulter. »Wie schön, dich zu sehen. Wer ist der Neue?«

»Das ist Adam«, sagte News. »Diese Saison arbeiten wir zusammen, oben im Norden. Ich versuche gerade, ihm das Trinken beizubringen.«

»Du hättest keinen besseren Lehrer finden können«, sagte der Cowboy und reichte mir die Hand. »Ich bin Henry, und das ist Lark. Freut mich, dich kennenzulernen.«

Henrys Händedruck war fest und freundlich, Larks dagegen beinahe schroff, ein schnelles Zudrücken und Loslassen. Seit meinem Ehemann hatte mich kein Mann mehr berührt. Ich hatte die Größe ihrer Hände vergessen und wie die Schwielen auf der Haut kratzten.

»Lark«, sagte News. »Hat deine Mama dir den Namen gegeben?«

Das Lächeln des Mannes war schüchtern, fast resigniert.

»Den hab ich als Junge bei der Arbeit im Idaho Country bekommen«, sagte er. »Ich war immer schon ein Frühaufsteher. Die anderen haben mir das Leben schwer gemacht, weil ich draußen bei der Arbeit war, wenn sie noch im Bett lagen. ›Der steht mit den Lerchen auf‹, haben sie gesagt.«

Dabei sah er mich an, nicht News. Anscheinend war er neugierig. Ich wusste, Neugier war gefährlich – mein Schauspiel war nicht gut genug, um einer genaueren

Überprüfung standzuhalten. Und trotzdem blickte ich ihm in die Augen, wenn auch nur kurz. Sie waren hellbraun, fast gelblich, wie die einer Katze, und hatten grüne Sprenkel.

»Schön, dass du deinen Freund mitgebracht hast«, sagte Henry und setzte sich zu uns. »Ich habe einen Vorschlag für euch.«

»Und der lautet?«, fragte ich und merkte im selben Moment, dass ich über das Leben der Cowboys, jener Menschen also, die ich imitieren sollte, praktisch nichts wusste.

»Die Angestellten der Farmers' and Merchants' Bank drüben an der Hauptstraße trinken hier gern mal einen Whiskey«, sagte Henry. »Sie sind zu acht. Normalerweise teilen vier sich eine Schicht – drei sind vorn an den Schaltern, einer bleibt hinten und bewacht den Tresorraum. Aber ihr Boss, der Bankdirektor, ist gerade in Wichita, um seinen Enkelsohn zu besuchen. Er kommt erst nächstes Jahr im Juni zurück. Und jetzt teilen die Angestellten der Farmers' and Merchants' Bank sich ihre Schichten selber ein – zwei sitzen am Schalter, die anderen sechs trinken, faulenzen oder tun was auch immer. Vier Leute mit Unternehmergeist – fünf, wenn wir ganz sichergehen wollen – könnten einfach da reinspazieren und die Kassen leeren, jederzeit zwischen jetzt und dem nächsten Mittsommer.«

Ich fragte mich, was News Henry über sich erzählt hatte. Offensichtlich wusste er, dass News eine Diebin war, oder zumindest bereit, eine zu werden, falls sich die Gelegenheit bot.

»Leider hat Henry unterschlagen«, sagte Lark mit einem schiefen Lächeln, »dass der Sheriff von Fiddleback nicht nur für seine Treffsicherheit bekannt ist, sondern auch für seine Angewohnheit, unangekündigt bei der Bank vorbeizuschauen und mit den Angestellten zu plaudern.«

»Kein Risiko – keine Belohnung«, sagte Henry. »In den Kassen der Farmers' and Merchants' Bank liegen mindestens zehntausend Golden Eagle. Durch fünf geteilt wäre das immer noch genug, damit ein Mann für ein Jahr auf großem Fuß leben kann, oder für drei Jahre auf kleinem. Adam, bist du interessiert?«

»Oh, nein«, sagte News, »zieh ihn da nicht mit rein. Er fängt gerade erst an. Er sollte sich sein Geld auf ehrliche Weise verdienen, statt mit euch Halunken auf Beutezug zu gehen.«

»Jaja, du hast recht«, sagte Henry. »Was er braucht, ist ein zweiter Whiskey. Ich gebe eine Runde aus.«

Als Henry sich erhob, kam ein dünner, gepflegter Mann mit finsterem Blick herein. Sobald er Agnes Rose sah, fing er an zu lächeln. Sie stand auf und begrüßte ihn, und ihre Gesten waren vollkommen anders als in Hole in the Wall. Ihre Bewegungen wirkten leicht und mädchenhaft, sie wippte sogar auf den Fersen auf und nieder. Der Mann stellte eine schwere, ochsenblutrote Ledertasche ab und küsste sie keusch auf die Wange. Ich sah News an, sie reagierte mit einem fast unmerklichen Nicken.

»Und, warum hast du Dakota verlassen?«, fragte Lark.

Mein Herz machte einen Sprung. Plötzlich war ich überzeugt, dass er mich durchschaut hatte, dass er für Sheriff Branch oder meine Schwiegerfamilie arbeitete und mich den ganzen Weg hierher verfolgt hatte. Doch als ich zu News hinüberspähte, wirkte sie nicht allzu besorgt. Sie zog eine Augenbraue hoch und wartete auf meine Antwort.

»Woher weißt du, dass ich aus Dakota bin?«, fragte ich und versuchte dabei, wie News zu klingen – ruhig, entspannt, leicht spöttisch.

»Ich kann es hören«, sagte er. »Ich stamme aus Mobridge am Missouri.«

Ich fühlte mich ertappt. Wenn er Fairchild aus meiner Stimme heraushörte – was konnte er dann sonst noch hören? Gleichzeitig trieb mir die Tatsache, dass er mir so genau zugehört hatte und anscheinend meine Nähe suchte, die Röte ins Gesicht. Ich hob mir das leere Whiskeyglas an die Lippen, um mich zu verstecken und Zeit zum Nachdenken zu gewinnen.

»Warum hast du Mobridge verlassen?«, fragte ich zurück.

Er sah mich unverwandt an, doch ich hielt seinen Blick nur für wenige Sekunden aus und starrte dann schnell wieder in mein Whiskeyglas. Mit meinem Ehemann wäre mir das nie passiert. Allerdings hatte ich meinen Ehemann mein Leben lang gekannt. Als er um mich warb, fand ich die Aussicht auf Sex und Romantik sehr aufregend, doch er als Mensch war mir durch und durch vertraut. Ich konnte ihn damit aufziehen, dass Andy Nicholas ihm in der ersten Klasse die Hose heruntergezogen hatte oder dass er sich nach der Geburt seines kleinen Bruders versteckt hatte aus Angst vor der Nabelschnur, die wie ein Schwanz aus dem kleinen Bauchnabel hing. Aber nun saß mir ein Mann gegenüber, über den ich absolut nichts wusste.

»Es war an der Zeit für mich zu heiraten«, sagte er, »aber ich wollte nicht. Mir ist nichts Besseres eingefallen, als mich aus dem Staub zu machen.«

Zunächst verstand ich nicht. Ich hatte mich nie gefragt, ob ich heiraten wollte. Ich hatte nur gewusst, dass es sein musste.

»Warum wolltest du nicht heiraten?«, fragte ich.

News wandte sich im Sitzen ab und tat so, als würde sie Henry zuschauen, der gerade versuchte, die Aufmerksamkeit der Barfrau auf sich zu lenken. In Wirklichkeit beobachtete sie Bixby und Agnes Rose. Entweder hatte Agnes ihm das Laudanum noch nicht verabreicht oder ich hatte den entscheidenden Moment verpasst. Letzteres wäre vielleicht sogar besser, denn wenn ich vom anderen Ende des Raumes aus sehen konnte, wie sie sein Getränk mit dem Mittel versetzte, würden andere es auch können. Aber wie sollte ich jetzt wissen, wann Bixby anfangen würde zu schwanken, oder ob ich eingreifen musste, weil es nicht lief wie geplant?

»Ich war verliebt«, sagte Lark, und obwohl ich wusste, dass ich die Bar im Auge behalten sollte, wandte ich mich ihm zu. »Sie war älter und bereits verheiratet, Mutter von vier Kindern. Ihr Gatte war ein einflussreicher Mann aus einer großen Familie. Ich wusste, dass ich sie niemals haben könnte. Aber ich war zu verliebt in sie, um irgendein anderes Mädchen zu umwerben. Die anderen Mädchen interessierten mich nicht. Also sparte ich, bis ich genug für ein Pferd zusammenhatte, und dann verschwand ich.«

Ich versuchte mir vorzustellen, wie es wäre, seine Heimat zu verlassen – freiwillig, nicht, weil man es musste – und ein anderes Leben zu wählen. Es überstieg meine Vorstellungskraft. Ich spürte, wie mein erhitzter Körper sich abkühlte und sich zwischen Lark und mir ein Abstand breitmachte. An der Bar war Agnes Rose dabei, Bixbys Arm zu streicheln, so verführerisch wie eine Geliebte und so zärtlich wie eine Mutter. Er wirkte jetzt sehr betrunken, gestikulierte mit der freien Hand und beugte sich weit zu Agnes vor, bevor ein Schluckauf ihn in die Höhe riss. Entweder hatte er binnen Minuten drei Whiskey gekippt, oder das Laudanum entfaltete seine Wirkung.

Als ich mich Lark zuwandte, hatte ich mich wieder im Griff. Dennoch war ich neugierig. Ich wollte verstehen, wie es war, ein Mensch wie er zu sein.

»Woher wusstest du, wohin du gehen solltest?«, fragte ich.

»Wusste ich nicht«, sagte er. »Ich bin einfach nach Südwesten geritten, weil ich gehört hatte, dass dort die großen Städte sind. Als ich in Medicine Bow ankam, hielt ich es zunächst für Telluride.«

Ich lächelte. Sogar ich wusste, dass Telluride zwei Tagesritte südlich von Medicine Bow entfernt war und außerdem zehnmal so groß.

»Was ist mit dir?«, fragte Lark. »Du siehst aus wie jemand, der weit von zu Hause weg ist.«

Ich merkte, wie News auf ihrem Stuhl herumrutschte, und folgte ihrem Blick. Bixby hatte sich leicht schwankend erhoben. Agnes Rose lachte, schlang den Arm um ihn und stützte ihn unauffällig. Sie führte ihn von der Bar weg und zu einer Tür, durch die man zu den Zimmern im Obergeschoss gelangte.

News zog eine zerkratzte Taschenuhr aus ihrer Latzhose.

»Wir müssen los, stimmt's, Adam?«

Ich dachte an Bixbys taumelnden Gang. Ich fragte mich, wie viele Tropfen Agnes Rose ihm gegeben hatte und wie lange es dauern würde, bis er schlief.

»Zehn Minuten noch«, sagte ich. »Kein Grund, das Bier stehen zu lassen.«

Ich wandte mich wieder Lark zu.

»Ich bin auf dem Weg nach Pagosa Springs«, sagte ich. »Ich werde dort bei einem berühmten Arzt studieren. Als Cowboy arbeite ich nur, um die Reise zu finanzieren.«

News warf mir einen warnenden Blick zu, aber das war mir egal. Ich fühlte mich so stark wie seit Wochen nicht. Lark lächelte schief, und dann kam Henry mit den Getränken zurück.

»Veronica hat heute wohl Blei in den Adern«, sagte er.

Er und News tauschten einen Blick.

»Leider müssen wir jetzt gehen«, sagte News.

Sie nahm einen großen Schluck von dem Bier, das Henry ihr mitgebracht hatte.

»Nächstes Mal bezahlen wir«, sagte sie, dann hob sie ihr Glas: »Auf die Farmers' and Merchants' Bank von Fiddleback.«

»Auf die Farmers' and Merchants' Bank«, wiederholte Henry. »Auf dass sie uns reich und dich neidisch macht.«

Lark hob sein Glas als Letzter.

»Auf Pagosa Springs«, sagte er und sah mir dabei in die Augen.

Die Zimmertür war abgeschlossen. Ich konnte die Besorgnis in News' Gesicht sehen. Je länger wir im Flur herumstanden, desto größer wurde das Risiko, einem der

Liebespärchen zu begegnen, die sich für den Nachmittag ein Zimmer genommen hatten und sich wunderten, warum zwei Cowboys hier herumlungerten, statt unten in der Bar zu trinken. Und je länger die Tür verschlossen blieb, desto wahrscheinlicher wurde es, dass das Laudanum nicht gewirkt hatte. Agnes Rose würde mit Bixby schlafen müssen, und wir würden geschlagen nach Hause reiten.

Während ich auf weitere Anweisungen von News wartete, hörte ich schwere Schritte auf der Treppe, und die staubigen Radierungen von Milchmädchen und Schäferinnen an den Wänden fingen an zu klappern. News zeigte den Flur hinunter, ich eilte zu einer anderen Tür und tat so, als klemmte der Knauf.

»Ich bin nicht betrunken«, hörte ich einen Mann lallen. »Ich muss mich nur für fünf Minuten hinlegen, und danach nehme ich es mit jedem Einzelnen von euch auf...«

Ein großer Mann mit dickem Bauch und rotem Gesicht erschien am Kopf der Treppe. Er stolperte an News vorbei, die noch immer vor Bixbys und Agnes Rose' Zimmer stand, lehnte sich an die Wand und hangelte sich weiter bis zu mir.

»Das ist mein Zimmer«, grölte er mir ins Gesicht. Sein Atem stank nach schalem Bier. »Brichst du in mein Zimmer ein?«

»Tut mir leid«, sagte ich. »Ich habe mich wohl vertan.«

Ich wollte mich an ihm vorbeischieben, doch er stemmte die fleischigen Hände rechts und links an die Wand und versperrte mir den Weg.

»Alle denken immer, sie könnten mich reinlegen«, lallte er. »Oh, Porter ist betrunken, du kannst sein Silber stehlen, du kannst seiner Frau schöne Augen machen, du kannst dich in sein verdammtes Bett legen. Aber ich habe eure Tricks und eure Streiche durchschaut ...«

»Es war doch nur ein Missverständnis«, erklärte ich und versuchte, ruhig zu klingen. »Ich werde einfach auf mein Zimmer gehen und Sie nicht weiter stören.«

Über seine massige Schulter hinweg sah ich, wie sich am Ende des Flurs eine Tür öffnete. News winkte mir zu.

»Schlangen seid ihr!«, rief der Mann. »Ronnie! Ronnie! Komm mal rauf! Da ist eine Schlange in meinem Zimmer!«

Unten in der Bar war es laut, doch es wäre nur eine Frage der Zeit, bis Veronica den betrunkenen Mann hörte. Lo hatte mir beigebracht, wie man gegen einen Mann kämpft, nicht aber, wie man mit einem streitlustigen Säufer fertigwird, der einem den Weg versperrt. Ich dachte an den Wachmann, an den Kutscher in seinen Armen. Wenn ich wieder so planlos handelte, würde ich bestimmt das Falsche tun. Ich warf News einen flehentlichen Blick zu. Sie verdrehte die Augen.

»Guter Mann«, rief sie und kam langsam auf uns zu. »Warum sollte mein armer Freund versuchen, in Ihr Zimmer einzubrechen? Sehen Sie ihn sich doch an, Sie könnten ihn zu Brei schlagen. Alle hier fürchten sich vor Ihnen!«

»Völlig zu recht«, sagte er. »Alle sollten Angst vor mir haben, aber sie denken ... sie denken ...«

»Glauben Sie mir«, sagte News, »als wir heute hier ankamen, rieten uns drei verschiedene Leute, uns vor Ihnen in Acht zu nehmen. ›Der Mann dort könnte euch mit einem Fußtritt ins nächste Country befördern‹, haben sie gesagt, und ich habe Sie gesehen und wusste gleich, dass es stimmt.«

»Ja«, sagte er. »Es stimmt. Ich könnte es mit jedem da unten aufnehmen!«

Er mimte einen Schlag und taumelte nach rechts gegen die Wand. Der Weg war frei, ich huschte an ihm vorüber.

»Hey«, rief er. »Ich rede mit euch!«

Aber News und ich rannten durch den Flur und in Agnes Rose' Zimmer.

Bixby lag mit geschlossenen Augen und offenem Mund auf der karierten Tagesdecke. Aus dem halb aufgeknöpften Hemd ragte spärliches schwarzes Brusthaar. Die Tasche stand neben dem Bett.

Agnes Rose versuchte vergeblich, das Fenster zu öffnen.

»Mit seinem Gebrüll wird der Kerl noch Veronica anlocken«, sagte ich im Flüsterton, um Bixby nicht zu wecken.

»Alles klar«, sagte News. »Los geht's.«

Sie packte den Stuhl aus Ahornholz, der neben dem Bett stand, wirbelte herum und schlug in derselben Bewegung die untere der beiden Fensterscheiben ein. Agnes Rose nahm die Tasche, wickelte sich den Mantel um die freie Hand, hieb die zurückgebliebenen Glaszacken aus dem Rahmen und kroch aufs Dach.

»So tief ist es gar nicht«, sagte sie.

Im nächsten Augenblick war sie verschwunden.

»Du bist die Nächste«, sagte News. »Nicht, dass du noch kalte Füße bekommst.«

Trotz Agnes Rose' Bemühungen glitzerten im Fensterrahmen immer noch viele kleine Glasscherben. Das Dach dahinter fiel steil ab – ich konnte nicht sehen, wie tief es an der Kante abwärts ging, aber sicherlich tiefer, als ich springen wollte. Ich hielt nach einem Regenrohr oder etwas anderem Ausschau, an dem Agnes Rose vielleicht hinuntergeklettert war, doch da waren nur die hölzernen Dachschindeln, rissig und ausgeblichen von Wind, Sonne und Schnee.

»Nun mach schon«, zischte News hinter mir.

Mir wurde schwindelig. Ich atmete tief ein, lehnte mich aus dem Fenster und stützte die rechte Hand und den rechten Fuß auf das Dach. Als ich jedoch das linke Bein nachziehen wollte, verlor ich den Halt, rutschte über die Schindeln und landete rücklings auf einem Haufen Pferdefuttersäcke.

»Steh auf«, sagte Agnes Rose und reichte mir die Hand. »Alles in Ordnung.«

Wir ritten fast bis Sonnenuntergang, nur um sicherzugehen, dass uns niemand verfolgte. Ich war erschöpft und atemlos, aber immer noch aufgekratzt von unserem Abenteuer. Auch News und Agnes Rose wirkten ausgelassen, und sobald wir die menschenleere rote Felslandschaft erreicht hatten, lachten und erzählten wir pausenlos.

»Wo hast du die Futtersäcke gefunden?«, fragte ich Agnes Rose.

»Die lagen neben der Pferdetränke«, antwortete sie. »Ronnies Stalljunge ist wirklich faul. Aber du wärst auch ohne ausgekommen. Du hast doch die niedrige Decke in der Bar gesehen – du bist keine zwei Meter tief gefallen.«

Der Abend war klar und ungewöhnlich warm für die Jahreszeit. In der Ferne machten zwei Bussarde Jagd auf Präriehunde. Das ganze Rudel kreischte panisch, wenn einer der kreisenden Vögel herunterschoss.

»Ich werde Ronnie vermissen«, sagte Agnes Rose. »Ich hatte gerade angefangen, es dort zu mögen.«

»Ich nicht«, sagte News. »Aber immerhin hat Doc einen neuen Freund kennengelernt.«

Ihre Worte überraschten mich. Ich errötete. Natürlich hatte News mich und Lark belauscht, während sie Agnes Rose und Bixby beobachtete.

»Einen Freund würde ich ihn nicht nennen«, sagte ich.

»Vielleicht mehr als das?«, sagte News neckisch.

Ich verdrehte die Augen und errötete noch mehr.

»Als Cowboy werde ich wohl nicht gerade vielen Männern den Kopf verdrehen«, seufzte ich.

News und Agnes sahen einander an, als hätte ich etwas wirklich Lustiges gesagt.

»Aber einigen Männern umso mehr«, sagte Agnes. »Magst du Männer, Doc?«

Ich hatte eigentlich noch nie über die Frage nachgedacht. Beim Anblick von Cassie und Elzy hatte ich mich natürlich gefragt, ob ich mich eines Tages vielleicht in eine Frau verlieben würde, aber weil ich mich zu keiner der Frauen der Gang besonders hingezogen fühlte – und abgesehen davon keine meine Gefühle erwidert hätte –, hatte ich über das Thema nicht weiter nachgedacht. Die Frage, ob ich Männer mochte oder nicht, hatte sich einfach nie gestellt, da Männer nicht zu mögen mir nie als eine Option erschienen war.

Ich erinnerte mich daran, wie sehr ich meinen Mann

zu Beginn unserer Ehe begehrt hatte – manchmal so sehr, dass ich ein Ziehen zwischen den Beinen verspürte. Von manchen Jungen in der Schule – und ehrlich gesagt auch von Lark – hatte ich die Augen nicht abwenden können. Bis heute konnte ich ihre Gesichter, Rücken und muskulösen Beine sehen, wenn ich die Augen schloss.

»Kann sein«, sagte ich und starrte auf Amitys Rücken nieder.

»Zu schade«, sagte News. »Frauen sind viel ungefährlicher.«

Der Himmel wurde an den Rändern lila, das Gestrüpp unter den Pferdehufen dichter. Ein Hase hoppelte davon, kräftig, aber schlank vom Sommergras.

»Der sicherste Weg, einen Mann kennenzulernen«, erklärte Agnes Rose, »besteht darin, sich rauszuputzen und vorzugeben, man wäre eine junge, verwaiste Frau auf der Suche nach einem Ehemann. Ein paarmal im Jahr reiten wir runter nach Telluride oder Casper. Die Bars sind ein bisschen gepflegter als das *Veronica's*, und normalerweise trifft man immer irgendwen, mit dem man Spaß haben kann.«

»Aber News lebt natürlich lieber wild und gefährlich«, ergänzte Agnes Rose und lenkte Prudence von einem trockenen Flussbett weg.

»Ich mag es einfach nicht, mich in Schale zu werfen«, sagte News. »Außerdem hast du gut reden. Wann hast du zum letzten Mal Hosen getragen?«

Agnes Rose schüttelte lächelnd den Kopf.

»Viele Cowboys stehen auf Cowboys«, fuhr News fort. »Aber Vorsicht, Doc – wenn du sie wissen lässt, dass du in Wirklichkeit eine Frau bist, weißt du nie, wie sie reagieren werden. Mein Rat: Tu, was du willst, aber die Kleidung bleibt an. Beim Trinken kannst du einen schrecklichen, lange zurückliegenden Unfall erwähnen. Du wurdest von einem Stier aufgespießt oder was auch immer. Das erklärt dann, was sie an deinem Körper spüren, oder eben auch nicht.«

»Die gute Nachricht ist, dass Männer ziemlich dumm sind«, sagte Agnes Rose. »Und sehr leichtgläubig. Sie wollen glauben, was du ihnen erzählst.«

Bei Sonnenuntergang schlugen wir unser Lager in einer kleinen Schlucht auf, durch die ein schmales Rinnsal lief. Wir tränkten die Pferde. Hoch oben riefen die Nachtschwalben, die Fledermäuse kamen zum Jagen heraus und flatterten im Zickzack durch die Dämmerung. Wir fachten ein Lagerfeuer an und scharten uns um die Tasche wie um eine heilige Krippe.

»Doc sollte das machen«, sagte Agnes. »Sie ist diejenige, die Bixby umgehauen hat.«

»Ich habe bloß das Laudanum abgemessen«, widersprach ich.

Aber dann griff ich trotzdem zu. Nach vielen beschämenden Wochen hatte ich endlich etwas richtig gemacht. Ich war meiner Mutter dankbar, die mir den Umgang mit der Pipette gezeigt hatte und mich sogar die Tabelle mit den richtigen Dosierungen auswendig lernen ließ.

Das Leder war schwer und roch leicht süßlich. Ich musste an teure Kleidung und feine Möbel denken, an das Bürgermeisterhaus in Fairchild oder das Hinterzimmer einer Bank, wo reiche Farmer Geschäfte machen. Ich öffnete die Schnalle.

Zunächst dachte ich, das Gold müsse unter den Flaschen sein. Sie waren vorsichtig verpackt und einzeln in Wachstücher eingeschlagen, damit sie beim Galopp nicht zerbrachen. Ich öffnete eine und roch stinkenden, eher schwachen Whiskey. Anscheinend arbeitete Bixby nebenher als Auslieferer für irgendeinen mittelmäßigen Schwarzbrenner. Und er hatte überhaupt kein Geld. Ich stülpte die Tasche sogar um, um ganz sicher zu sein. Nur ein dünner, versiegelter Briefumschlag fiel heraus. Ich schob einen Finger unter das Siegel und brach es.

»Am einundzwanzigsten September achtzehnhundertvierundneunzig«, las ich laut vor, »erhöht sich die Summe, die Roger McBride von der Fiddleback Ranch der Farmers' and Merchants' Bank schuldet, um zweihundert Golden Eagle. Die Gesamtsumme der Schulden beträgt sechsundfünfzigtausend Münzen in Gold, oder zweihundertvierundzwanzigtausend in Silber. Die Farmers' and Merchants' Bank bleibt Eigentümerin der als Sicherheit hinterlegten Fiddleback Ranch und aller umliegenden Ländereien und behält sich das Recht vor, diese jederzeit zu veräußern.«

Für einen Moment saßen wir da wie erstarrt. Dann schleuderte Agnes Rose eine Whiskeyflasche gegen die Felswand, wo sie in aberhunderte kleine, im Feuerschein glitzernde Scherben zerbrach. Die Pferde wieherten, die Fledermäuse zerstreuten sich. News sah zu den Sternen auf und dann in mein Gesicht.

»Ich weiß auch nicht, Doc«, sagte sie. »Vielleicht bist du verflucht.«

KAPITEL 6

Unvermittelt brach der Winter über Hole in the Wall herein. An einem Nachmittag fuhr ein warmer Wind durch den Obstgarten, am nächsten lag die Feuerstelle unter einer dicken Schneedecke. Wir hatten kein Geld mehr – Kid und Cassie hatten fest mit dem Inhalt von Bixbys Tasche gerechnet und den Großteil der Beute vom Kutschenüberfall für neue Hufeisen und Sättel ausgegeben. Nun musste Cassie das Essen streng rationieren: zum Frühstück eine Kelle Maisgrütze, Bohnen zum Mittagessen, und Speck nur sonntags. Ich dachte ständig ans Essen. Wenn ich im Bett lag und nicht einschlafen konnte, stellte mir vor, wie Butter auf Brot zerschmolz.

Am allerschlimmsten war, dass Elzy nicht mehr schießen konnte. Eines Morgens sah ich, wie sie im eisigen Obstgarten mit links auf Schneebälle zielte und jede zweite Kugel danebenging. Ab dem Moment beobachtete ich sie genauer. Sie aß, trank und striegelte ihr Pferd mit links, aber obwohl sie beim Reden noch immer mit rechts gestikulierte, konnte sie beim Stiefelanziehen kaum das Leder halten. Ich brachte es nicht übers Herz, sie zu fragen, ob ich sie untersuchen dürfe, doch ich wusste, was passiert war. In Schwester Toms Bibliothek hatte ich ein Buch mit vielen Schaubildern von Nerven gesehen, die den menschlichen Körper durchziehen wie Fäden. Ich wusste, die Kugel hatte die empfindlichen Fasern zerrissen, und nun konnte Elzy ihre Hand nicht mehr spüren.

Elzy war nicht nur unsere beste Scharfschützin gewesen, sondern auch unsere beste Jägerin. Cassie, Texas und Kid zogen los, um unsere Vorräte aufzustocken, doch anders als Elzy früher schafften sie es nicht, einen der scheuen Gabelböcke zu erlegen. Stattdessen schossen sie nur ein paar vom Winter mager gehungerte Truthühner. Das sehnige Fleisch verlieh dem wässrigen Eintopf kaum Geschmack. Als wir ihn am Abend aßen, spürte ich alle Blicke auf mir.

Zunächst versuchte ich es mit neuen Plänen.

»Der Pferdemarkt in Sweetwater«, sagte ich eines Morgens zu News, als die Temperaturen unter den Gefrierpunkt gefallen waren und wir uns um den Holzofen in der Küchenhütte drängelten. Die Kälte machte den Hunger noch schlimmer. »Sicher ist da viel Geld im Umlauf. Wir könnten uns jemanden suchen, der einen großen Erlös erzielt hat, und ihn auf dem Rückweg nach Hause ausrauben.«

Texas und Lo verdrehten die Augen, News seufzte. Es war schon die dritte Idee, die ich an dem Morgen vorgeschlagen hatte.

»Geh und sattle Amity«, sagte News. »Ich muss dir etwas zeigen.«

Ich zog mir die Fellmütze tief in die Stirn und einen Wollschal über Mund und Nase. Draußen im gleißenden Weiß des Tages fing der Streifen Haut dazwischen sofort an zu brennen. Der gefrorene Schnee quietschte unter meinen Stiefeln. Die Pferde standen schnaubend, aber zufrieden in der Eiseskälte, ihr Winterfell war lang und dicht. Die Sonne stand hinter einer dünnen Wolkenschicht und leuchtete so gelb und schwach, als könnte sie jeden Moment erlöschen.

Schweigend ritten wir gen Süden und dann den Pfad hinauf und aus dem Tal. Die Pferdehufe hinterließen eine deutliche Spur im frischen Schnee. Wir waren erst ein paar Minuten geritten, als ich sah, was News mir zeigen wollte: Der Weg vor uns war nicht nur zugeschneit, sondern verschwunden. Wo wir früher zwischen zwei Hügeln durchgeritten waren, erstreckte sich nun ein einziges ungeteiltes Schneefeld von Bergkuppe zu Bergkuppe, viele Male höher als die Schlafbaracke.

»Können wir da durch?«, fragte ich.

»Klar«, sagte News, »wenn du willst, dass Amity im Schnee steckenbleibt und stirbt.«

Ich beugte mich beschämt vor und streichelte Amitys Hals mit meiner behandschuhten Hand.

»Das bleibt mindestens bis März so, vielleicht sogar bis April«, sagte News. »Vorerst wird es keine Überfälle geben.«

Nur Kid machte die winterliche Ödnis glücklich. Wenn die anderen schliefen oder ihre Hungerattacken mit Fencheltee bekämpften – mein bislang einziger Beitrag zum Winter, aufgebrüht aus zerstoßenen Fenchelsamen aus Cassies Speisekammer –, saß Kid in einer Ecke der Schlafbaracke zwischen Karten und Papieren und stand nur auf, um sich die Beine zu vertreten oder aus dem Fenster zu starren. Eines Morgens wurden wir im Morgengrauen geweckt. Kid schlug mit einem Löffel gegen den Kochtopf und rief:

»Wacht auf, meine Schönen, meine Heldinnen, wacht auf!«

Als wir im großen Raum zusammensaßen, dick vermummt in Jacken, Laken und Lumpen, sah ich hohle Wangen und dunkle Augenringe – wir alle hatten seit Wintereinbruch viel an Gewicht verloren. Der Verlauf einer Unterernährung war mir bekannt. Bald würden sich die ersten Zähne aus dem schwammigen Zahnfleisch lösen und die ersten Nagelbetten anfangen zu bluten.

»Bevor ich euch verrate, warum ich euch heute Morgen hier versammelt habe«, begann Kid, »möchte ich jeder Einzelnen von euch danken für all das, was ihr gegeben habt. Elzy, du hast die Stärke deiner rechten Hand geopfert. Wir alle fühlen uns durch deine Gabe zutiefst geehrt.«

Elzy sah mit einem düsteren Gesichtsausdruck aus dem Fenster.

»News und Agnes, ihr habt euch Woche für Woche und ohne unsere Unterstützung unter Fremde gewagt. Ich weiß, wie schnell das Leben unter falschem Namen den Speicher des Herzens leert. Ich weiß, was ihr für uns gegeben habt, und ich danke euch dafür.«

Agnes lächelte. News lächelte nicht, aber sie sah Kid mit einer Hingabe an, wie ich sie noch nie zuvor gesehen hatte.

»Und Doc – ich weiß, manche von euch sind noch immer wütend auf sie. Aber erinnert euch an Matthäus: ›Denn wenn ihr den Menschen ihre Verfehlungen vergebt, so wird euch euer himmlischer Vater auch vergeben.‹«

»Dann wird sich der himmlische Vater wohl noch eine ganze Weile über mich ärgern«, sagte Cassie.

»Denkt dran«, fuhr Kid fort und ignorierte sie, »ohne die Ärztin wäre es uns gar nicht möglich gewesen, den Job in Fiddleback durchzuziehen.«

»Na und?«, fragte Cassie. »Ich möchte News und Agnes gegenüber nicht respektlos sein, aber Fiddleback hätte uns den Winter über versorgen sollen. Bis der Pass wieder frei ist, haben wir nichts.«

»Nicht nichts«, sagte Kid. »Wir haben das hier.«

Ich erkannte den Umschlag aus Bixbys Tasche wieder. Kid öffnete ihn und las den Brief laut vor.

»Den kennen wir schon«, sagte Cassie. »McBride ist also verschuldet. Wenn wir das gewusst hätten, dann hätten wir gar nicht erst versucht, ihn auszurauben.«

»Stimmt genau«, sagte Kid. »Wir hätten nicht versucht, McBride auszurauben.«

»Ich weiß nicht, wie …«, begann Cassie.

»Fiddleback gehört nicht McBride«, sagte Kid, »sondern der Bank.«

Agnes Rose verstand als Erste. »Wir werden die Farmers' and Merchants' Bank überfallen?«, fragte sie.

Kid lächelte. »Wir werden sie *kaufen*.«

Kids Plan bestand aus vielen einzelnen Schritten. Zunächst würden wir die Bank tatsächlich überfallen. Dank Henry wussten wir, dass wir nur mit zwei Männern fertigwerden mussten statt mit den üblichen vier. Doch die Kassen zu leeren wäre nicht genug – wir würden alle Reserven ausräumen, also den Tresorraum. Das würde Zeit kosten – schließlich müssten wir nicht nur den Tresor öffnen, sondern auch das Gold heraustragen. Für die

Satteltaschen der Pferde wäre es zu schwer. Wir würden einen Planwagen brauchen, was wiederum ein Ablenkungsmanöver erforderlich machte. Wir würden eines der benachbarten Geschäfte anzünden, noch bevor wir die Bank überhaupt betraten, entweder einen Schlachter oder einen Laden für Damenwäsche. Wenigstens war es auf Kids Karte so nachzulesen.

Inmitten des vom Feuer ausgelösten Tumults würden wir durch den Hintereingang in die Bank eindringen und den Tresor mit Dynamit aufsprengen – das sei, sagte Kid, schneller und sicherer, als jemanden mit vorgehaltener Waffe dazu zu zwingen, ihn aufzuschließen. Während wir das Gold in den Wagen luden, würden ein paar von uns im vorderen Teil der Bank die Angestellten in Schach halten und die Kassen ausräumen. Sobald wir die Räumlichkeiten nach jedem Geldschein, jeder Münze und jedem Goldbarren abgesucht hätten, würden wir davonreiten und für sieben Tage untertauchen.

In der Woche, sagte Kid, würden die Rancher in Casper nicht in der Lage sein, ihre Cowboys zu bezahlen. Die Ladenbesitzer könnten kein Geld abheben, um Baumwolle, Schaufeln oder Zucker zu kaufen. Jede Großmutter, die Geld vom Sparbuch abheben wollte, würde feststellen, dass nichts mehr da war. Panik würde sich breitmachen.

Die Eigentümer der Bank würden sich nicht mehr auf die Straße trauen, und wenn sie sich bis an die Zähne bewaffnet in der Bank verschanzt hätten, nicht um ihr Geld, sondern ihr Leben zu retten, würde eine von uns dort auftauchen und sich als wohlhabender Landbesitzer aus Chicago ausgeben. Der reiche Fremde würde anbieten, die

Bank mitsamt aller verbliebenen Einlagen und Verträge zu kaufen, darunter auch die als Sicherheit hinterlegten Ländereien und Betriebe im Powder River Country, und das Angebot wäre halb so hoch wie die geraubte Summe. Der Fremde würde verhandeln – selbst drei Viertel wären akzeptabel –, und in ihrer Verzweiflung würden die Bankbesitzer irgendwann einwilligen. Die Farmers' and Merchants' Bank von Fiddleback würde uns gehören.

»Und mit ihr ganz Fiddleback«, schloss Kid, »bis hin zum letzten Korn in den Silos und dem Vieh auf den Weiden. Es wird uns gehören, wie Gott Abraham Kanaan gab, und wir werden es nutzen, um unser Volk zu gründen.«

In der nun folgenden Stille hörte ich den Schnee gegen das Fenster ticken. Lo sah verwirrt aus. News und Agnes Rose wirkten interessiert. Elzy drehte sich zu Cassie um, öffnete den Mund, und schloss ihn wieder.

Texas, deren zierliche Gestalt in eine Patchworkdecke eingewickelt war, sprach als Erste.

»Ich dachte, das hier wäre Kanaan«, sagte sie.

Kids Stimme wurde kalt. »Was hast du gesagt?«

Texas hielt Kids Blick stand, ihre grauen Augen waren ganz ruhig.

»Du hast mich gehört«, sagte sie. »Ich dachte, das hier wäre Kanaan, Kid. Das verheißene Land. Und jetzt redest du von Fiddleback?«

Kid hielt inne, überlegte und lächelte dann.

»Kanaan war groß, liebe Texas. Erinnere dich an das, was Gott Moses versprochen hat: ›Und sich von Azmon ziehen an den Bach Ägyptens, und ihr Ende sei an dem Meer.‹«

»Ich habe mir nicht gemerkt, was Gott Moses versprochen hat«, sagte Texas. »Aber dieser Plan klingt ganz danach, als würde er uns umbringen. Und ich verstehe einfach nicht, wofür.«

»Wie lange leben wir schon in diesem Tal?«, fragte Kid.

Texas überlegte.

»Ich bin seit sieben Jahren hier«, sagte sie. »So wie ich es verstanden habe, waren du und Cassie mindestens fünf Jahre früher da. Also ungefähr dreizehn Jahre.«

»Und was«, fragte Kid, »haben uns unsere Raubzüge in diesen dreizehn Jahren eingebracht?«

Texas drehte sich zu Lo um, die mit den Achseln zuckte. News und Agnes Rose tuschelten.

»Na ja«, sagte Texas, »wir haben zehn Pferde, wobei du vermutlich eins oder zwei mitgebracht hast. Wir haben die Schlafbaracke, die Hütten, die Scheune, die ich selbst gebaut habe, Töpfe und Pfannen und andere Sachen ...«

»Seht ihr«, sagte Kid zu uns anderen. »Seit dreizehn Jahren überfallen wir Leute und rauben sie aus, und unser Lohn sind zehn Pferde und ein Dach über dem Kopf. Mehr nicht. Wenn wir so weitermachen wie bisher, werden wir nie in der Lage sein, anderen eine Zuflucht zu bieten und zu wachsen. Und das Wenige, das wir besitzen, können wir kaum beisammenhalten. Wir müssen nach Höherem streben. Wir müssen uns nehmen, was uns gehört.«

»Selbst wenn wir den Überfall überleben«, ging Elzy dazwischen, »und es uns irgendwie gelingt, die Bank an uns zu bringen – glaubst du, die braven Bürger von Fiddleback empfangen uns mit offenen Armen? Werden sie jubeln, wenn sich ihr neuer Vermieter als eine Gang unfruchtbarer Frauen entpuppt?«

»Du hast recht«, sagte Kid. »Die Bank zu kaufen ist nur der Anfang.«

Kids Augen leuchteten vor nervöser Energie, als wäre das alles furchtbar aufregend.

»Jeden Monat hat die Bank von Hannibal den halben Lohn meines Vaters eingestrichen«, sagte Lo. »Zum Schluss den ganzen, und dann unser Haus. Ist das unser Plan?«

News antwortete an Kids Stelle. »In meiner Stadt wurde die Bank von gewöhnlichen Leuten geführt«, sagte sie. »Es gab einen Vorstand und jedes Jahr Wahlen. Für ein Jahr war mein Vater im Amt. In dem Jahr wurde jedem Einwohner der Stadt eine Dividende ausgezahlt. Wir haben unsere in neue Fensterläden investiert.«

Lo verdrehte die Augen. »Bestimmt waren die sehr hübsch«, sagte sie. »Hoffentlich haben sie euch warm und trocken gehalten, während meine Familie an der Blackwater River Road gebettelt hat.«

»Du weißt, was mit meiner Familie passiert ist, Lois Ann«, giftete News zurück. »Tu nicht so, als wärst du die Einzige hier, die einen Verlust erlitten hat.«

Kid unterbrach sie. »Cassie, ich will deine Meinung hören.«

Cassie drückte Elzys Hand und ließ dann los. Sie atmete tief ein.

»Du weißt, dass mir die Idee, neue Leute herzubringen, von Anfang an nicht gefallen hat. Aber ich hab auf dich gehört, ich habe auf deine Karten geschaut und alle versorgt, während du deine Pläne geschmiedet hast. Ich habe es aus Respekt getan und aus Liebe. Und jetzt das ...«

Sie hielt inne, um die richtigen Worte zu finden. Elzy sah sie an.

»Wann immer mich in den vergangenen dreizehn Jahren die Verzweiflung packte, hat deine Energie mich gestärkt. Du hast an diesen Ort geglaubt, wenn ich es nicht konnte. Du hast ihn entworfen, in deinem Kopf, und jetzt lebst du hier. Aber das, Kid, das ist ein Luftschloss. Es hat kein Fundament.«

Kid nickte knapp. »Nun gut, du hast deine Bedenken angemeldet. Seid ihr anderen ebenso unwillig, das Risiko einzugehen?«

Agnes Rose übertönte Elzy, Lo schrie News an, Texas versuchte, Lo zu beruhigen, beschimpfte News dann aber irgendwann selbst.

»Doc«, sagte Kid durch das Stimmengewirr, »du hast deine Meinung für dich behalten. Wirst du dich uns anschließen, wenn wir uns das versprochene Land nehmen?«

»Oh, nein!«, rief Cassie. Bis jetzt war sie ruhig gewesen, doch nun grollte ihre Stimme vor Wut. »Versuch jetzt nicht, sie auf deine Seite zu ziehen.«

»Die Ärztin ist ein gleichberechtigtes Mitglied unserer Gruppe«, sagte Kid gelassen.

Cassie schüttelte den Kopf. »So langsam verstehe ich, warum du noch mehr Leute hier anschleppen willst.«

Ich schämte mich. Selbst jetzt rieb Elzy sich die verletzte Hand und bewegte den Daumen vor und zurück, als könnte sie die Nerven aufwecken. Ich wusste, niemand hier schuldete mir Freundlichkeit, aber ich war wütend. Monatelang hatte ich mich mit der kleinsten Schüssel Grütze und dem schleimigen Bodensatz der Kaffeekanne zufriedengegeben. Ich hatte geschwiegen, wenn Cassie am Lagerfeuer den Whisky direkt vor meiner Nase an Lo weitergab und Texas den Mist der anderen Pferde in Amitys Stall schaufelte, den ich dann saubermachen musste. Ich hatte versucht, meinen Fehler wiedergutzumachen, und im Gegenzug nichts verlangt, nicht einmal Respekt oder Rücksicht. Ich war es leid, nichts zu verlangen.

»Willst du, dass ich verschwinde, Cassie?«, fragte ich. »Wenn du willst, dass ich gehe, sag es einfach.«

Cassie sah mich nicht an. Sie redete immer noch mit Kid.

»Vielleicht willst du dich lieber mit Leuten umgeben, die sich kontrollieren lassen«, sagte sie.

»Freundin meines Herzens«, sagte Kid, »du solltest nichts aussprechen, was du später bereust.«

»Du führst uns in die Irre, Kid«, sagte Cassie leise. Sie hatte Tränen in den Augen. »Und ich glaube, du weißt es.«

Die beiden starrten einander durch den großen Raum hinweg an. Für einen Moment erlosch das Leuchten in Kids Augen.

Dann wandte Kid sich von Cassie ab und sah mich, Agnes Rose und News an. »Anscheinend wollen manche von uns den Himmel nicht mit anderen teilen«, sagte Kid. »Manche von uns glauben, wir könnten jetzt, da wir halbwegs sicher und geborgen sind, das Leid anderer Menschen ignorieren.«

»Kid, das ist nicht ...«, begann Cassie.

Kid redete einfach weiter.

»Doch bestimmt gibt es andere unter uns, die großzügiger sind und es besser machen wollen. Sicher wollen einige von uns jenen helfen, die leiden, wie wir gelitten haben. Wir könnten scheitern, aber das entbindet uns nicht von der Pflicht, es wenigstens zu versuchen.«

Cassie erhob sich von ihrem Schlafplatz.

»Ich werde Grütze für uns alle kochen«, sagte sie. »Macht ruhig weiter und entscheidet ohne mich. Ihr interessiert euch ja sowieso nicht für meine Meinung.«

Sie ließ die Tür hinter sich offen stehen, so dass Lo aufspringen und sie schließen musste. Schon hatte sich eine Handbreit Schnee auf dem Boden angesammelt.

Cassies Worte klingelten in meinen Ohren. Während ich mich in der Runde umsah, konnte ich beobachten, wie die anderen sich voneinander und von Kid distanzierten. Angst stieg in meiner Kehle auf. Was sollte aus mir werden, wenn es zu einer Meuterei kam und die Gang auseinanderbrach?

»Wir alle brauchen wohl Zeit zum Nachdenken«, sagte Kid. »Lasst uns eine Pause einlegen und nach dem Frühstück weiterreden.«

Eine gewisse Mattigkeit senkte sich auf die Schlafbaracke. Lo zog sich die Bettdecke ans Kinn und schlief wieder ein. Agnes Rose zupfte an einem Wollfaden, bis sich die ganze Socke aufribbelte. Elzy ballte ihre verletzte Hand zur Faust, wieder und wieder, und mir wurde allein vom Hinsehen schlecht.

Der Schnee färbte die Fenster weiß. Zehn Minuten verstrichen, und nichts passierte. Texas stand auf, um nach Cassie zu sehen, aber Elzy schüttelte den Kopf. »Gib ihr etwas Zeit«, sagte sie.

Der Hunger durchbohrte mich. Lo griff unter ihr Bett, zog die mit Glöckchen verzierte Hirschlederjacke hervor und begann, an den Fransen zu lutschen, was die anderen taktvoll ignorierten. Ich war ein bisschen neidisch. Ich steckte mir einen Finger in den Mund, nur um das Salz meiner Haut zu schmecken.

Endlich stand Elzy vom Bett auf und zog sich die Stiefel an.

»Sag ihr ...«, begann Kid.

»Ich entscheide selbst, was ich ihr sage«, antwortete Elzy.

Elzy verschwand, der Tag zog sich weiter dahin. Schon bald konnte ich nicht mehr sagen, wie lange sie schon weg war – fünf Minuten, zehn Minuten, eine Stunde? Als der Wind besonders laut heulte, stand Texas auf und sah hinaus. Ich tat es ihr gleich. Der Schnee fiel jetzt so dicht, dass ich die Küchenhütte nicht mehr sehen konnte.

»Ich gehe ihr nach«, sagte Texas und zog sich die Stiefel an.

Die Eisblumen an den Fenstern und der bittere Wind, der durch die Ritzen pfiff, verrieten mir, dass die Temperatur am Nullpunkt war. Falls Cassie und Elzy den Weg zur Küchenhütte und zurück aus irgendeinem Grund nicht geschafft hatten und im Schnee steckengeblieben waren, blieb uns nicht mehr viel Zeit. Ich hatte noch nie zuvor eine Unterkühlung behandelt, aber ich war mir sicher, ich wusste mehr darüber als alle anderen hier.

»Du bleibst hier«, sagte ich zu Texas. »Ich gehe.«

Der Schnee war mittlerweile so hoch, dass ich es kaum aus der Tür schaffte. Ich folgte Elzys Fußstapfen, die jetzt schon unter frischen Flocken verschwanden. Vermutlich herrschten draußen um die minus fünfzehn Grad – alles darunter wäre zu kalt für Schnee. Jeder Windstoß brannte im Gesicht und verschlug mir den Atem. Ich sah meine Hand vor Augen nicht und fand den Weg zur Küchenhütte nur, indem ich Elzys Fußspuren folgte.

Drinnen war es schrecklich kalt, kaum wärmer als draußen im Schneegestöber. Die Hütte war dunkel, und zunächst dachte ich, sie wäre leer. Dann entdeckte ich Elzy und Cassie, die in einer Ecke zusammengerutscht waren. Elzy weinte. Sie blickte zu mir auf, und da sah ich sie, wie sie damals wahrscheinlich nach Hole in the Wall gekommen war, einsam und verschreckt.

»Ich wusste nicht, was ich tun sollte«, jammerte sie. »Ich konnte sie doch nicht zurücklassen.«

Ich ging in die Hocke. Cassies Kopf lag auf ihrer Brust. Ich hob ihr Kinn an. Ihre Haut war kalt und alle Muskeln erschlafft. Doch als ich meine Finger unter ihren Schal schob und an ihre Kehle presste, fühlte ich einen schwachen Puls.

»Nein«, sagte ich. »Sie lebt noch.«

Ich schloss die Augen, wie meine Mutter früher, wenn sie sich etwas überlegen musste. Zusammen könnten wir Cassie in die Schlafbaracke tragen, wo es warm war. Doch das würde Zeit kosten, und auf dem Weg durch Schnee und Wind würde Cassies Körpertemperatur noch weiter sinken.

»Du musst ein Feuer machen«, sagte ich zu Elzy.

Der gusseiserne Herd war kalt – Cassie hatte nicht einmal versucht, Grütze zu kochen. Wahrscheinlich war sie in die Hütte gekommen, um zu schmollen, und dann hatte die Kälte sie überwältigt.

An einem besonders kalten Wintertag hatte meine Mutter mir erklärt, wie sich die Kälte anschleicht – dass man nach einer Weile nicht mehr zittert und sich fast warm fühlt, warm und ruhig, wie unter einer dicken Decke. »In dem Moment ist man in höchster Gefahr«, hatte sie gesagt.

Falls wir draußen im Schnee spielten und eine meiner Schwestern nicht mehr zitterte, falls ihre Lippen blau anliefen oder ihre Worte keinen Sinn mehr ergaben, sollte ich sie umgehend nach Hause bringen. Falls wir zu weit weg wären, sollte ich irgendeinen warmen Ort finden wie beispielsweise das Haus eines Nachbarn. Sogar ein Pferdestall würde reichen. Dann sollte ich meine Schwester ausziehen, halb oder ganz nackt, und mich selbst auch, und eine dritte Person sollte uns eng zusammenbinden, uns pucken wie ein Baby, so dass die Wärme meines Körpers in ihren eindringen und sie von außen nach innen wärmen konnte.

Ich zog den Schal von Cassies Hals. Ich spürte etwas Warmes am Handgelenk und merkte, dass es sich um ihren Atem handelte. Ich öffnete die Knöpfe ihrer Jacke.

»Was tust du da?«, schrie Elzy. Sie stand am Herd und hatte etwas Kleinholz entzündet. Es knisterte, doch ich konnte noch keine Wärme spüren.

»Sie braucht Wärme auf der Haut«, sagte ich. »Ich muss sie ausziehen.«

»Das darfst du nicht«, rief Elzy, »dann wird sie mit Sicherheit erfrieren! Willst du sie umbringen?«

Meine Mutter hatte mir erklärt, wie der Körper unterkühlt und dann alle Funktionen versagen.

»Ihr Körper hat keine Wärme mehr«, sagte ich. »Wir müssen ihr neue zuführen. Bis dahin können ihr auch die warmen Kleider nicht helfen.«

Elzy schüttelte den Kopf.

»Geh«, sagte sie. »Ich kümmere mich um sie. Ich brauche dich nicht.«

Cassies Lippen waren jetzt lila, fast wie ein Hämatom. Ein Schauder lief mir über Rücken, wie früher bei einer schwierigen Geburt – eine Ahnung, dass der Tod nicht nur mit im Raum war, sondern zum Greifen nah.

Ich sah zu Elzy auf.

»Ich weiß, du vertraust mir nicht«, sagte ich. »Ich weiß, es ist meine Schuld, dass du dich verletzt hast, und es tut mir leid. Aber wenn ich jetzt gehe, wird Cassie sterben.« Dann gab ich ein Versprechen von der Art, wie meine Mutter es niemals gab.

»Wenn ich bleibe«, sagte ich, »wird sie überleben.«

Elzy starrte mir ins Gesicht. Ich sah ihre Furcht. Ich sah, dass meine Worte wirkten.

»Hör zu«, sagte ich sanft. »Ich kümmere mich um das Feuer. Du ziehst dich aus, am besten ganz, und dann wickle ich euch zusammen ein. Du wirst ihr deine Wärme spenden.«

Elzy nickte und knöpfte sich mit der linken Hand die Jacke auf. Ich legte trockenes Holz ins Feuer. Dünne Flammen züngelten an den Scheiten hoch.

Als Elzy nur noch ihre handgesponnene Unterwäsche trug – ihre Winterhaut war bleich wie Knochen, die Narbe an der Schulter deutlich zu erkennen –, half ich ihr dabei, Cassie Jacke, Pullover und Hose auszuziehen. Eine Schicht war kälter als die andere. Elzy zog Cassie mit der gesunden Hand das Unterhemd über den Kopf, so zärtlich, dass ich die Einsamkeit in meiner Brust spürte wie einen Stich.

Ich breitete Cassies Jacke auf dem Boden aus, und zusammen rollten wir Cassie darauf. Dann legte sich Elzy dazu und schmiegte ihren langen Körper an den von Cassie. Cassie war eigentlich kurvig und kräftig, doch jetzt wirkte sie beinahe zierlich. Ich deckte die beiden mit Elzys Jacke zu, wickelte sie so fest es ging ein und legte die Pullover obendrauf. Elzy zog Cassies Kopf an ihre Brust und schloss die Augen.

Ich wusste nicht, wie lang sie dort lagen, während der Raum sich allmählich erwärmte. Draußen legte sich der Wind, doch es schneite unentwegt. Alles war weich, gedämpft und weiß. Ich hatte Angst, Cassie könnte sterben und ich mein Versprechen brechen. Die Angst nahm weder ab noch zu, sie war scheinbar endlos und ergriff mein gesamtes Leben, von der Vergangenheit bis in die Zukunft. Erinnerungen spielten sich in meinem Kopf ab, als passierten sie jetzt, in diesem Moment. Ich dachte an einen Wintertag in Bees erstem Lebensjahr, als meine Mutter immer noch krank war und das Bett nicht verlassen konnte. Ullas Mutter und die anderen Frauen kamen manchmal vorbei, um mir mit Bee zu helfen, aber an dem Tag hatte es stundenlang geschneit, und niemand wagte sich vor die Tür. Janie und Jessamine hatten Grippe und lagen im Bett, um das Fieber auszuschwitzen. Bee war sechs Wochen alt. Ihre verträumten Tage als Neugeborenes waren vorbei, und nun erlebte sie den vollen Horror des Lebens.

Als ich an dem Morgen versuchte, sie mit der Flasche zu füttern, riss sie die Augen auf, sah mich und fing an zu schreien. Nichts konnte sie beruhigen. Sie spuckte den Sauger der Flasche aus und schrie, während ich mit ihr durch den Raum ging, sie wiegte, ihr vorsang und alle Namen der wichtigsten Knochen im menschlichen Körper aufzählte, was sie in der Vergangenheit immer beruhigt hatte. Schon bald hatte ich mich an das Geschrei gewöhnt, als wäre es der neue Zustand meines Lebens. Ich würde sie immer halten, sie würde immer schreien, niemand würde uns helfen, und wir würden für immer allein sein. Ich fühlte mich einsam, aber auch friedlich. Irgendwann wurde sie still und trank aus der Flasche, es hörte auf zu schneien, der Frühling kam, meine Mutter verließ das Bett, ich wurde erwachsen, heiratete und wurde aus meinem Zuhause vertrieben. Aber dort in der eingeschneiten Hütte kam es mir vor, als hätte ich den Raum damals nie verlassen, diese Zeit der Angst und der Ruhe zugleich, das Kind, das mich brauchte und sich trotzdem nicht beruhigen ließ.

Was mich in die Gegenwart zurückholte, war eine neue, veränderte Stille. Meine Mutter hatte die Geschichten über den bösen Blick, wie sie die alten Frauen von Fairchild erzählten, immer als dummen Unsinn abgetan, und ich wusste, sie hatte recht. Ich glaube nicht daran, dass man den Blick einer Person spüren kann – aber man kann ihn hören. Wenn schlafende Patienten die Augen öffnen, verändert sich ihre Atmung, und ihr Körper regt sich, selbst wenn sie sehr krank oder sehr müde sind und sich kaum bewegen können. Diese Veränderung hörte ich an dem Tag in der Hütte, und deswegen wusste ich noch vor Elzy, vielleicht sogar vor Cassie selbst, dass Cassie aufgewacht war.

Während der nächsten Tage sprach niemand mehr von Kids neuem Plan. Alle waren damit beschäftigt, sich um Cassie zu kümmern. Texas übernahm das Kochen und fütterte sie mit warmer Grütze. Lo kämmte ihr das Haar und wickelte sie in Decken ein. Elzy hielt ihre Hand. Kid umkreiste sie mit einer völlig untypischen Unruhe und fragte mich ständig, ob sie wieder gesund werden würde.

»Ja«, sagte ich.

Cassie war bei Bewusstsein und konnte sprechen, und obwohl ihre Zehen durch den Frost geschädigt waren, glaubte ich nicht, dass sie welche verlieren würde. Ich badete ihre Füße in warmem Wasser und Mutterkraut, welches das Stechen lindern sollte, wenn das Blut in die von der Kälte verbrannte Haut schoss, anschließend umwickelte ich ihre Füße locker mit sauberen Baumwollstreifen. Sie redete nicht mit mir und antwortete mit einem knappen Ja oder Nein, wenn ich fragte, ob etwas wehtat, und selbst da weigerte sie sich, mir in die Augen zu sehen. Aber die anderen, vor allem Texas und Kid, behandelten mich mit einer neuen Ehrfurcht. Sie fragten mich, womit sie Cassie füttern sollten, und ob wir mehr von unserem kostbaren Feuerholz aufbrauchen sollten, um die Schlafbaracke zusätzlich zu heizen. Ich versuchte, nicht daran zu denken, was passiert wäre, wenn Cassie in der Küchenhütte in Elzys Armen gestorben wäre, obwohl ich doch versprochen hatte, sie zu retten.

Am vierten Tag ihrer Genesung konnte Cassie schon wieder laufen. Die Sonne zeigte sich über dem Tal. Wir schaufelten Pfade von der Schlafbaracke zur Küchenhütte und zum Stall. Ich besuchte Amity, streichelte ihr wachsames Gesicht und fütterte sie mit einer verschrumpelten Karotte, die Texas für sie aufgespart hatte. An dem Tag meldete sich ganz leise die Freude zurück – Cassie lachte über etwas, das Kid ihr ins Ohr geflüstert hatte; News holte zum ersten Mal seit Wochen die Geige heraus und spielte »My Pretty Jane« und »Shinbone Alley«, und beim Schneeschippen bewarfen Texas und Lo einander mit Schneebällen und attackierten dann mich, als hätten sie sich abgesprochen.

Nach dem von Texas zubereiteten Abendessen aus leicht angebrannten Bohnen erhob sich Kid und wandte sich an Cassie.

»Cass, Freundin meines Herzens, viele Jahre lang gab es hier in Hole in the Wall nur uns beide. Es waren gesegnete Tage. Alles, was wir heute ernten, haben wir damals gesät. Unsere Gruppe wurde größer, ganz allmählich – News, du bist zu uns gestoßen, und dann Elzy, Texas, Lo und Agnes Rose. Und zuletzt die gute Ärztin, die, wie ich meine, eine Entschuldigung verdient hat. Für die Skepsis, mit der wir ihr begegnet sind.«

News applaudierte, und die anderen fielen ein. Ich fühlte eine plötzliche Wärme in meiner Brust. Es war so lange her, dass ich unter Menschen war, die mich mochten. Nur Cassie applaudierte nicht. Stattdessen starrte sie auf ihre einbandagierten Füße hinunter.

»Als wir wenige waren, waren wir uns selten uneinig«, fuhr Kid fort. News und Agnes Rose wechselten einen amüsierten Blick.

»Doch je mehr wir werden, desto häufiger wird es zu Meinungsverschiedenheiten kommen. Und deshalb schlage ich für meinen Plan bezüglich der Farmers' and Merchants' Bank und für alle künftigen Fragen, die sie sich als kontrovers erweisen, das folgende Verfahren vor: Nehmt euch drei Tage Zeit. Redet miteinander. Ich verspreche, euch nicht weiter zu beeinflussen. Wenn nach Ablauf der Frist eine Mehrheit gegen meinen Vorschlag ist, werde ich die Entscheidung akzeptieren und nicht versuchen, euch umzustimmen. Aber sollte die Mehrheit den Vorschlag unterstützen, werden wir unverzüglich mit den Vorbereitungen beginnen. Und ich werde alles daransetzen, euer Vertrauen in mich nicht zu enttäuschen.«

Am nächsten Tag gingen uns die Bohnen aus, also zerlegten News und ich eine lederne Reithose. Ich breitete sie flach auf einer sauberen Decke aus, und News trennte die Nähte auf, und dann nahmen wir uns die Hosenbeine vor und schnitten sie in dünne Streifen.

»Das koche ich nicht«, sagte Cassie, also trugen wir den Lederhaufen zur Küchenhütte und setzten selbst einen Topf mit Wasser auf.

Wir waren fahrig und aufgeregt vor Hunger.

»Sollten wir Terpentin dazugießen?«, fragte News. »Sieh mal, hier sind ein paar Dachnägel.«

»Wenn wir lang genug warten«, sagte ich, »könnten wir vielleicht ein paar Mäuse fangen und untermischen.«

»Das ist nicht witzig«, sagte News und rührte die Streifen ins Wasser. »1889 haben wir Mäuse gegessen. Lo wollte nicht, sie meinte, dass Mäuse Krankheiten übertragen. Also hat Kid die erste probiert. Nichts ist passiert, wir haben zugelangt und den Winter überlebt.«

Der Geruch von Schweiß waberte aus dem Topf. Es war widerlich, aber mein Hunger wurde nur noch größer.

»Was hältst du von Kids Plan?«, fragte ich.

News lachte. »Absurd.« Sie durchwühlte Schachteln und Gläser in Cassies Gewürzregal, fand etwas Oregano und gab ihn ins kochende Wasser.

»Dann wiederum ... Stell dir nur vor, es funktioniert. Eine ganze Stadt! Kid könnte den Bürgermeister ersetzen und ich den Sheriff. Wir könnten draußen in der Welt in Freiheit leben. Kein Versteckspiel mehr, kein Davonlaufen.«

»Ich weiß nicht so recht«, sagte ich. »In meiner Stadt waren sie nicht so nett zu mir. Ich bin mir nicht sicher, ob ich unbedingt in eine zurückwill.«

»Ich wünschte, ich könnte nach Gamaliel zurück«, sagte News. »Ich vermisse es jeden Tag.«

»Obwohl sie dich vertrieben haben?«, fragte ich.

News untersuchte ein angestaubtes Glas voll getrockneter Pilze. »Wer sagt, dass sie mich vertrieben haben?«, fragte sie. »Der Sheriff kam jeden zweiten Sonntag zum Abendessen vorbei. Er wusste, dass ich unfruchtbar war. Jeder wusste das, und es hat niemanden gestört. Ich habe auf die Kinder meiner Schwägerin aufgepasst, und alle waren glücklich.«

Ich nahm News das Glas ab, schnupperte am Inhalt

und stellte es zurück ins Regal. »Besser nicht«, sagte ich. »Also, was ist passiert?«

Ihre Stimme wurde schneidend.

»Dr. Lively ist passiert.«

Ich erinnerte mich an das Buch aus der Klosterbibliothek. Das über die vermischten Blutlinien.

»Er kam in deine Stadt?«

»Das war gar nicht nötig. Der Bürgermeister wurde einer seiner Anhänger. Seit Generationen hatten Schwarze und Weiße in Gamaliel zusammengelebt. Die Stadt wurde lange vor der Großen Grippe von Abolitionisten gegründet – unseren Vorfahren. Aber dann war Bürgermeister Miller plötzlich der Meinung, dass Mischehen zu Unfruchtbarkeit führen. Erst hat er ein Dutzend Ehen annulliert. Eines Nachts ist er dann vorm Haus meiner Eltern aufgetaucht und hat meine Mutter gezwungen, es zu verlassen. Und ich, das Kind meiner Eltern und unfruchtbar noch dazu, wurde zum Versuchskaninchen des Bürgermeisters. Er wollte mich überall vorzeigen, um auch andere Bürgermeister von Livelys Ideen zu überzeugen.«

News streute ordentlich viel Pfeffer in die Suppe.

»Lange Zeit dachte ich, nach Bürgermeister Millers Tod könnte ich vielleicht zurück nach Hause. Aber dann hörte ich, dass sein Sohn das Amt übernommen hat, und da gab ich es auf. Doch jetzt ...« Sie probierte die Ledersuppe, verzog das Gesicht und gab mehr Oregano dazu. »Ich weiß, es klingt verrückt«, sagte sie. »Wir werden ganz bestimmt umkommen. Aber falls nicht, könnte es vielleicht wieder wie früher sein. Ich muss immerzu daran denken.«

»Weißt du noch, was du mir oben in der Felsspalte erzählt hast?«, fragte ich Elzy.

Sie saß im Schneidersitz auf ihrem Bett auf der Schlafgalerie und putzte und ölte die Jagdgewehre. Sie hatte eine Methode entwickelt, den Lauf in der rechten Hand zu halten und Bürste und Lappen in der linken. Wenn man nicht wusste, was los war – sie beobachtete jede Bewegung ihrer rechten Hand genau und benutzte manchmal die linke, um einen Finger hierhin oder dorthin zu schieben –, wäre man nie darauf gekommen, dass sie verwundet worden war.

»Was denn?«, fragte Elzy. »Ich hatte seither zu viel anderes im Kopf.«

»Du hast mir erzählt, Kid hätte das mit dem verheißenen Land nicht wortwörtlich gemeint. Du hast gesagt, es wäre nur eine Art, uns Mut zu machen.«

Elzy blickte nicht von der Arbeit auf. »Ja, das klingt nach mir«, sagte sie.

Ich kniete mich neben die Waffenteile, die auf dem Laken ausgebreitet lagen. »Und was sagst du jetzt dazu?«

Elzy legte den Gewehrlauf hin. Sie fuhr sich mit der guten Hand durchs Haar, bemerkte das Öl darauf und schlang sich beide Arme um die Knie. Sie sah niedlich und schmal aus, wie ein Junge aus der neunten oder zehnten Klasse, der noch nicht zum Mann geworden ist.

»Vielleicht habe ich mich geirrt«, sagte sie. »Vielleicht meinte Kid es die ganze Zeit ernst, und ich habe einfach nicht richtig zugehört. Oder vielleicht hat sich etwas verändert. Keine Ahnung.«

Elzy schüttelte den Kopf und fuhr wieder damit fort, den Gewehrlauf zu ölen. »Aber weißt du, in einem Punkt lag ich richtig: Das hochtrabende Gerede hat uns tatsächlich Mut gemacht und uns zusammengehalten. Dieser Traum von dem, was wir sein können. Auch wenn wir eigentlich nicht dran geglaubt haben.«

»Und jetzt?«, fragte ich.

»Na ja, jetzt kostet uns der Traum vielleicht das Leben.«

Nach eineinhalb Tagen wusste ich ungefähr, wie die Gang zu Kids Plan stand: Agnes Rose und News waren trotz einiger Vorbehalte dafür, Cassie, Elzy und Lo waren dagegen. Nur bei Texas war ich mir nicht sicher. Als sie einen Tag vor der Abstimmung ausreiten und Birkenholz sammeln wollte, meldete ich mich freiwillig als Begleitung.

Der Himmel war bewölkt, Weiß auf Weiß, das Land darunter gedämpft. Wir durchquerten die Ebene, wo im Sommer die Gabelböcke umhersprangen und die Lerchenstärlinge sangen. Jetzt waren unsere Pferde das Einzige, was sich bewegte.

In einem Birkenwäldchen banden wir Faith und Amity an. Texas trat an einen Stamm, stieß ihr Messer hinein, entfernte die harte Borke und schnitt die weiße Schicht heraus, die wir kauten, um unseren Hunger zu stillen. Mit großer Geschicklichkeit trennte sie einen langen, schmalen Streifen ab, rollte ihn auf und verstaute ihn in der Jackentasche.

»Hast du das auf der Farm gelernt?«, fragte ich sie.

Sie sah mich an, als wäre ich zu dumm.

»Mein Vater war der größte Pferdezüchter zwischen Abilene und Cheyenne. Wir mussten uns nie von Birkenrinde ernähren.«

»Tut mir leid«, sagte ich. »Ich hab mich nur gefragt, woher du das so gut kannst.«

»Bevor ich ins Kloster fand, war ich einen Winter lang auf mich allein gestellt«, sagte sie. »Ich war es nicht gewohnt, für mich selbst zu sorgen, aber ich musste es schnell lernen.«

Ich hackte in den nächstbesten Baum und versuchte, einen Streifen herauszuschneiden, stellte mich in den dicken Handschuhen aber zu ungeschickt an, und dann rutschte mir das Messer aus der Hand und fiel in den tiefen Schnee.

»Meinst du, Cassie hat recht?«, fragte ich, während ich danach suchte.

»Dass Kid verrückt geworden ist? Ich weiß nicht«, sagte sie. »Aber es macht keinen Unterschied. Recht oder unrecht, Kid träumt von etwas Größerem als diesem Ort, und enden wird es mit Krieg.«

»Also stimmst du dagegen?«, fragte ich. Ich fand das Messer, setzte es an die Baumrinde an und ließ es wieder fallen.

»Ich stimme dafür«, sagte sie.

Ich hatte Texas nicht als lebensmüden Menschen eingestuft.

»Warum?«, fragte ich.

Sie zog einen weiteren glatten Streifen vom Baum ab – ihr dritter, seit ich versuchte, meinen ersten herauszuschneiden.

»Wegen des Sheriffs, der meine Familie gehängt hat«, sagte sie. »Ich habe mir geschworen, eines Tages zurückzukehren und ihn zu töten. Aber ich kann das nicht allein. Ich brauche jemanden, der mit mir nach Amarillo reitet, Schmiere steht und hilft, falls irgendwas schiefläuft.«

Texas griff in den Schnee, fischte mein Messer heraus und steckte es ein. Beschämt blickte ich auf meine Stiefel.

»Ich habe Kid gesagt, dass ich seinen Plan unterstützen werde. Falls es funktioniert, wird Kid mir mit dem Sheriff helfen.«

»Und falls nicht?«

»Dann muss ich es anders versuchen.«

Sie klang vollkommen ruhig.

»Elzy glaubt, wir werden alle sterben«, sagte ich.

»Tja, ich habe nicht vor zu sterben«, sagte sie. »Und wenn doch, dann ist es eben so. Wenigstens habe ich mein Bestes gegeben.«

Am nächsten Tag blies ein warmer Südwind, und die Temperaturen stiegen – zwar nur minimal, aber nach so vielen Tagen unter null Grad fühlte es sich für uns wie Frühling an. Wir vergaßen sogar den Hunger und stürzten ins Freie, um wie Welpen im Schnee zu toben. Kid gesellte sich dazu, ruderte einen Engel in den Schnee vor der Schlafbaracke, schob dann aber die Hände in die Taschen und verschwand in Richtung Pferdeweide. Ich lief hinterher.

»Wir haben keinen Baldrian mehr«, sagte Kid und drehte sich um.

Ich war überrumpelt.

»Tut mir leid«, sagte ich. »Wir werden Nachschub holen, sobald der Pass wieder offen ist.«

»Gibt es etwas anderes, was ähnlich wirkt?«

»Kamille«, sagte ich. »Nicht ganz so gut, aber besser als

nichts. Ich glaube, Cassie hat noch getrocknete Blüten in der Küchenhütte.«

Kid nickte, kehrte mir den Rücken zu und blickte über die Weide auf die rote, jetzt schneeweiße Wand.

»Der Mann, den deine Mutter behandelt hat«, sprach Kid nach einer Weile weiter. »Der, der nicht schlafen konnte. Hat er auch an Ängsten gelitten?«

»Tut mir leid«, sagte ich, »ich weiß nicht, was du meinst.«

Kid klang ungeduldig. »Hatte er Albträume? Ängste, die er nicht benennen konnte? Hat er aus dem Augenwinkel Schemen gesehen, Phantome, die verschwinden, sobald man den Blick darauf richtet?«

»Nein«, sagte ich. »So etwas hat er nie erwähnt.«

Kid setzte sich in Bewegung und lief über die Weide. Sogar im warmen Wind sah sie verlassen aus – keine Pferde oder Hufabdrücke, nur der flache Schnee, der sich bis zu den Zäunen erstreckte und dann weiter ins Tal. Kid, sonst so forsch und führungssicher und voller Tatendrang, war nur noch eine einsame Gestalt mit hochgezogenen Schultern und gesenktem Blick. Ich dachte kurz an Elzys Worte, aber es war zu spät – ich hatte meine Entscheidung getroffen. Ich holte Kid ein.

»Doch, da ist noch etwas«, sagte ich. »Das Laudanum, das ich Bixby verabreicht habe. Ich habe immer noch etwas davon übrig, im Koffer unter meinem Bett. Ein einziger Tropfen kann helfen, besser zu schlafen. Mehr wäre zu gefährlich. Und man darf den Tropfen nur nehmen, wenn man ihn wirklich braucht – zu viele Nächte hintereinander, und man müsste die Dosis erhöhen. Man wäre … es macht abhängig.«

»Sollte jemand das Mittel brauchen«, sagte Kid, »werde ich es vorsichtig dosieren.«

Ich hatte ein schlechtes Gewissen, Kid ausgerechnet jetzt um etwas zu bitten, doch ich wusste auch, dass die Gelegenheit günstig war. Ich war verschwiegen, und Kid war mir etwas schuldig.

»Da gibt es etwas, was ich tun muss«, sagte ich. »Ich plane es, seit ich bei den Schwestern im Kloster war. In Pagosa Springs lebt eine erfahrene Hebamme, die mehr über Unfruchtbarkeit und Geburten weiß als jede andere. Ich will dorthin und für sie arbeiten. Ich glaube, ich kann ihr helfen.«

Ich hatte das so noch nie ausgesprochen, aber zu meiner Überraschung glaubte ich es selbst.

»Jede von uns ist der Gang freiwillig beigetreten«, sagte Kid, »und jeder steht es frei, sie zu verlassen. Das weißt du.«

»Ich schaffe es nicht allein«, sagte ich. »Ich brauche ein Pferd und Geld, und jemanden, der mit mir reitet, damit ich unterwegs nicht umkomme. Außerdem glaube ich ...« Ich hielt inne. So unverfroren war ich normalerweise nicht. »Ich glaube, du brauchst meine Stimme, wenn du die Bank in Fiddleback überfallen willst.«

Kid lächelte freudlos.

»Du hast mit Texas geredet.«

Ich schwieg.

»Tja, dann ist es wohl so. Dein Plan ließe sich problemlos umsetzen, wenn uns Fiddleback erst gehört. Aber bis dahin musst du mir Treue schwören. Kannst du versprechen, dass du für unsere Sache kämpfen wirst, egal, was passiert?«

»Ich verspreche es«, sagte ich.

Kid streckte die Hand aus, und ich schlug ein. Durch die dicken Handschuhe fühlte die Geste sich seltsam an, als wäre Kid weit weg.

»Danke«, sagte ich.

»Eines Tages werde ich deinen Dank annehmen«, sagte Kid. »Noch habe ich ihn nicht verdient.«

An dem Abend stand die Abstimmung bevor. News, Texas und ich waren draußen und bewunderten die Sterne. News und ich kannten die einfachen Konstellationen – den Großen Wagen, Orion –, doch Texas konnte uns Fische, Krebs und Jungfrau zeigen, und sogar Sterne, die statt weiß rot oder blau leuchteten. Sie fuhr gerade das Sternbild des Zwillings mit dem Finger nach, als Lo uns in die Schlafbaracke rief. Drinnen hielt Kid eine Rede.

»Kameradinnen«, sagte Kid, »ich will euch nicht beleidigen, indem ich mich wiederhole. Aber vergesst nicht: ›So ist auch der Glaube, wenn er nicht Werk hat, tot in sich selber.‹ Jetzt ist die Zeit für unser Werk gekommen, meine Schönen, meine Heldinnen. Jetzt ist die Zeit für Gerechtigkeit auf Erden.«

Für einen Moment schwiegen alle. Ich dachte an die Schwesternschaft vom Heiligen Kinde und wie die Oberin uns mit ihrer Sonntagspredigt gefesselt hatte.

»Wer dafür ist, die Farmers' and Merchants' Bank von Fiddleback zu kaufen, hebe die Hand.«

News und Agnes stimmten sofort dafür. Texas wartete kurz und schloss sich ihnen dann an. Lo starrte geradeaus, beide Hände in den Taschen. Elzy und Cassie hielten Händchen und rührten sich nicht. Ich sah Kid an und wartete auf ein Zeichen, auf die Bestätigung unserer Abmachung, doch Kid war nicht mehr derselbe Mensch wie auf der verlassenen Weide: gerade Schultern, erhobener Kopf, dröhnende Stimme. Ich hob die Hand. Ich musste das Risiko wohl eingehen.

KAPITEL 7

Anfang April ritten Agnes Rose und ich aus dem Tal hinaus. Der Schnee war dabei zu schmelzen. Wenn man genau lauschte, hörte man ihn in den Boden sickern. Der Geruch der feuchten Erde war nach den vielen unfruchtbaren Monaten fast süßlich, und die mageren Gabelböcke und Hasen schienen von der Sonne so überrascht, als hätten sie ihre Existenz vergessen.

Unser erster Stopp war Nótkons Handelsposten, doch was wir wollten, hatte er nicht im Angebot.

»Wer würde bei mir schon Dynamit kaufen?«, fragte er und schob die Patronen und Gewürze – etwas Wertvolleres war uns nach dem langen Winter nicht geblieben – zurück über den Tresen. »Höchstens ein Verrückter. Ich habe dich nie für verrückt gehalten, Agnes Rose.«

»Vielleicht kann einer deiner Lieferanten ein paar Stangen auftreiben?«, fragte Agnes. »Wir könnten in zwei Wochen oder einem Monat mit Gold wiederkommen ...«

Nótkon schüttelte den Kopf.

»Wenn ich dir eine Waffe verkaufe und du jemanden damit erschießt, wird niemand sie zu mir zurückverfolgen, denn Waffen verkaufen alle. Aber niemand verkauft Dynamit. Wenn ich es euch also beschaffe und ihr etwas in die Luft jagt, würden der Sheriff und seine Truppe ziemlich schnell hier aufkreuzen – nachdem sie euch erledigt haben, natürlich.«

»Das verstehen wir«, sagte Agnes Rose und sammelte die bunt zusammengewürfelten Opfergaben wieder ein. »Danke trotzdem.«

Aber ich war noch nicht fertig. »Was, wenn ich Dynamit selbst herstellen will?«, fragte ich. »Wäre das möglich?«

Nótkon sah mich an wie bei unserer ersten Begegnung, als ich ihm von Mrs Alice Schaeffer erzählte, beeindruckt und leicht verstört zugleich.

»Dynamit? Nein«, sagte er. »Aber einen Sprengstoff mit ähnlicher Wirkung.«

»Was brauche ich dafür?«, fragte ich.

»Das ist leider nicht mein Fachgebiet«, sagte er. »Aber du scheinst mir ganz patent zu sein. Ich bin sicher, du wirst die Informationen kriegen, die du brauchst.«

In einem Gasthaus in Pine Country, einen Tagesritt westlich vom Tal entfernt, trafen wir den Buchhändler. Das *Veronica's* war ein Palast im Vergleich zu dieser Absteige. Sie war in der Ruine eines Hauses untergebracht, das vermutlich aus der Zeit vor der Großen Grippe stammte und in späteren Jahren, als viele Gebäude leer standen, von Leuten auf der Suche nach Feuerholz fast völlig demontiert worden war. Nur die Küche und ein einziges Zimmer waren übrig. Die Wirtin, eine erschöpft aussehende Frau namens Wilma, hatte auf der alten Anrichte neben dem Ofen eine Bar aufgebaut und schenkte uns vom Holzfeuer gewärmten Whiskey ein.

Der Buchhändler wirkte so nervös wie immer. Über den Winter hatte er sich einen dunkelblonden Schnurrbart stehen lassen, und nun nippte er an seinem Drink und sah sich verstohlen im Raum um. Wir saßen zusammen mit zehn oder zwölf Männern an einem langen Holztisch, ein ehemals prächtiges Stück, aber morsch vom langen Nichtgebrauch und voller Pfützen und Schlieren von der neuerlichen Nutzung. Mindestens zehn weitere Gäste standen oder lehnten an den Wänden. Die Kundschaft hier war älter und ruppiger als bei Veronica – Fallensteller und Händler aus den Wäldern, die manchmal wochenlang allein waren und keiner Menschenseele begegneten. Jetzt, in Gesellschaft, waren manche so stumm und reglos, als hätten sie das Sprechen verlernt oder als wollten sie es um jeden Preis vermeiden. Andere stürzten sich nach überstandener Einsamkeit in Übermut und Streitlust und machten das Schweigen der ersten mehr als wett, so dass wir uns ungestört unterhalten konnten.

»Ich habe, was ihr braucht«, sagte der Buchhändler. »Ein Handbuch der Bürgerwehr von St. Louis. Darin steht alles, was ihr über selbst gemachten Sprengstoff wissen müsst, dazu gibt es Anleitungen zum Kampf, zur Tarnung und wie man in der Wildnis dreißig Tage lang ohne Verpflegung und Wasser überlebt. Ich kann es euch für fünfzig Silberstücke überlassen.«

»Kommen Sie schon«, sagte ich. »Glauben Sie, ich hätte vergessen, was Bücher kosten? Wir geben Ihnen eine Schachtel mit guter Munition, und Agnes Rose hat noch etwas Schmuck, den sie drauflegen kann.«

Agnes Rose öffnete ihre lederne Reisetasche und zeigte ein paar Broschen und Ohrringe vor.

»Alles, und die Tasche«, sagte der Buchhändler. »Und ihr bekommt die billigere Ausgabe, die ohne Bilder.«

Ich sah Agnes Rose an. Sie nickte.

»Wir brauchen keine Bilder«, sagte ich und hob mein Glas. »Abgemacht.«

Der Buchhändler stieß sein Glas an meins, ohne mir dabei in die Augen zu sehen, kippte den warmen Whiskey und schob seinen Stuhl zurück.

»Bevor Sie gehen ...«, sagte ich und machte mich innerlich auf die Antwort gefasst. »Haben Sie irgendwelche Neuigkeiten von Sheriff Branch?«

Er schüttelte den Kopf.

»Ich wusste, dass du mich angelogen hast. Ich hätte noch viel mehr von euch verlangen sollen, allein weil du mich in Gefahr gebracht hast. Hätte er dich in meinem Wagen entdeckt ...«

»Hat er aber nicht«, sagte ich. »Und wo ich jetzt bin, weiß er nicht, da bin ich mir sicher.« (Ich war mir nicht sicher.) »Ich würde nur zu gern wissen, ob er immer noch nach mir Ausschau hält.«

»Auf dich ist immer noch ein Kopfgeld ausgesetzt, falls du das meinst«, sagte der Buchhändler. »Dieses Jahr haben mich schon zwei Kopfgeldjäger nach dir gefragt. Anscheinend wirst du in Fairchild gesucht, weil du einen jungen Mann unter Vorspiegelung falscher Tatsachen zur Ehe genötigt hast. Außerdem bist du für eine Totgeburt in der Nachbarschaft verantwortlich und für die Hasenscharte eines anderen Babys, weil du mit der Mutter Wein getrunken hast.«

Agnes Rose schob ihr Getränk von sich. »Sie glauben doch nicht an diesen Schwachsinn, oder?«, fragte sie. »Ein gebildeter Mann wie Sie?«

Der Buchhändler zuckte mit den Achseln. »Was ich

glaube, ist egal. Aber eins sage ich euch.« Er lehnte sich über die Tischplatte und dämpfte die Stimme. »Ich habe Branch vor ein paar Monaten getroffen. In Rapid City, kurz vor Wintereinbruch. Er hat einer Familie beim Viehtrieb geholfen, weil der Vater krank war. Ein freundlicher Mann, sehr intelligent. Und da dachte ich: Wahrscheinlich hätte diese Ada vernünftig mit ihm reden können. Hätte sie sich mit ihm an einen Tisch gesetzt, dann wären sie zu einer Einigung gekommen. Und jetzt seid ihr hier und redet von Sprengstoff – manchmal glaube ich wirklich, ihr Frauen aus dem Tal wollt einfach nur Unruhe stiften.«

Ich sah, wie Agnes Rose' Hand zur Geheimtasche ihres Kleides wanderte, wo ein Revolver steckte. Ich griff ebenfalls nach der Waffe in meinem Holster.

»Keine Sorge«, fuhr der Buchhändler fort. »Ich habe ihm nichts erzählt. Ich kenne Kid schon seit Jahren, und du hattest recht, die Geschäfte laufen gut. Aber vielleicht solltet ihr mal versuchen, ab und zu mit den Leuten euer Brot zu brechen, statt sie immer nur zu bekriegen. Das wäre viel weniger riskant.«

Zehn Minuten später, als der Buchhändler in seinem Wagen nach der nicht illustrierten Ausgabe des Handbuchs suchte, flüsterte Agnes Rose mir zu, wir sollten ihn töten.

»Ich weiß nicht, ob wir ihm jetzt noch trauen können«, fügte sie an.

»Alle haben uns zusammen gesehen«, flüsterte ich zurück. »Wenn wir ihn hier umbringen, werden sie wissen, dass wir es waren.«

»Vielleicht könnten wir ihn bitten, uns mitzunehmen

und irgendwo abzusetzen«, sagte Agnes. »Wir könnten so tun, als hätten unsere Pferde ein Hufeisen verloren.«

»Alle beide?«, fragte ich. »Das würde er durchschauen.«

In Wahrheit wollte ich den Buchhändler nicht kaltblütig ermorden. Manchmal lag ich nachts immer noch wach und sah das Gesicht des jungen Kutschers vor mir, und den hatte ich nicht einmal gekannt. Mit dem Buchhändler hatte ich viele Tage verbracht – ich wusste, dass er summte, wenn er sich unbeobachtet glaubte, und dass er sich manchmal die Nägel blutig kaute, erst an der linken und dann an der rechten Hand. Ich mochte ihn nicht, und Agnes hatte recht, ihm war nicht zu trauen. Aber ich war mir nicht sicher, ob ich ihn einfach so ermorden könnte.

»Ich habe eine andere Idee«, sagte ich.

Ich redete gerade laut genug, damit der Buchhändler im Wagen mich hören konnte.

»Wir müssen es testen«, sagte ich. »Wir wollen doch nicht den ganzen Weg nach Casper reiten und dann merken, dass es Blindgänger sind.«

»Nach Casper?«, fragte Agnes Rose.

Ich warf ihr einen Blick zu, und sie verstand.

»Wir sollten alles Nötige besorgen und es dann im Badger Hollow testen«, sagte Agnes. »Außerdem müssen wir dann nicht mit Satteltaschen voller Sprengstoff vom Tal bis nach Casper reiten.«

Der Buchhändler kletterte aus dem Wagen, das Buch in der Hand.

»Ihr werdet nicht viel besorgen müssen«, sagte er. »Wenn ich mich recht erinnere, ist die Hauptzutat Pferdemist.«

Der Buchhändler hatte recht. Im Jahre 1857, als das Handbuch veröffentlicht wurde, empfahl Frederick Blunt, der Schriftführer der Bürgerwehr, eine Mischung aus fünf Pfund Pferdedung und einem halben Pfund Salpeter sowie eine lange Zündschnur.

»Diese Materialien, richtig zusammengefügt, ergeben eine Bombe, die stark genug ist, um eine kleine Kutsche oder Hütte zu sprengen«, schrieb Blunt. »Zwei Bomben machen ein Holzhaus dem Boden gleich. Mit vieren konnte die Bürgerwehr ein von den Vinegar Boys besetztes Fort zerstören und damit ihre Stellung an der Mündung von Illinois und Missouri absichern. Wir hofften, dort einen Regierungssitz zu errichten.«

Ich fing mit einer einzelnen Bombe an – Salpeter und geschätzte fünf Pfund Pferdemist aus dem Stall in einem Futtersack, daran ein Schnürsenkel als Zündschnur. Ich testete sie weit weg von der Schlafbaracke im halb geschmolzenen Schnee, nur falls es zu einem Brand käme. Die Sumpfdotterblumen hatten gerade erst begonnen, ihre gelben Blüten zu öffnen, alles roch erdig und grün. Ich dachte an den Garten meiner Mutter. Bald würden dort Ringelblumen und Sonnenhut blühen.

Der Buchhändler hatte recht. Auf seine Art war Sheriff Branch freundlich und intelligent. Ich sagte mir immer wieder, dass er meiner Familie niemals etwas zuleide tun und sich vielleicht mit der Suche nach mir zufriedengeben würde. Dass sie tatsächlich nicht wussten, wo ich mich versteckte, diente möglicherweise sogar ihrem Schutz. Niemand wusste es – niemand aus Fairchild wusste, dass ich jetzt eine Gesetzlose war und mit einem brennenden Streichholz in der Hand vor einer selbstgebauten Bombe kniete in der Absicht, eine Bank auszurauben und eine Stadt zu kaufen. Ein einsames, aber auch sehr aufregendes Gefühl.

Die Bombe war eine Enttäuschung. Die Flamme kroch gehorsam den Schnürsenkel hinauf und entzündete den Futtersack, der fröhlich auf der feuchten Erde knisterte, aber eine Explosion konnte man das wirklich nicht nennen. Wir warteten eine, zwei, fünf Minuten ab.

»Steht im Handbuch, wie lange es dauert?«, fragte Agnes.

»Nein«, sagte ich, »aber das ist viel zu langsam und bringt uns nichts. Irgendjemandem wird es auffallen, wenn da ein Haufen brennender Scheiße vorm Tresorraum liegt.«

Beim nächsten Mal breitete ich den Dung aus und ließ ihn den ganzen Tag über trocken. Als er hart war und einen schwarzen Teppich aus Fliegen angelockt hatte, schaufelte ich ihn in einen Futtersack und versuchte es noch einmal. Diesmal beobachteten nicht nur Agnes und News das Experiment, sondern auch Lo. Es schlug fehl.

»Wenn die Bombe nicht explodiert«, sagte Lo möglichst beiläufig, »müssen wir den Plan wohl aufgeben.«

»Sie wird explodieren«, sagte ich, wusste aber nicht, wie.

Ich probierte es mit mehr und dann mit weniger Salpeter, mit mehr und weniger Dung. Ich probierte es mit längeren und kürzeren Lunten, offenen und fest verschnürten Säcken. Einmal zündete ich aus reiner Verzweiflung den Sack an, ohne vorher eine Lunte angebracht zu haben. Zum Glück scheiterte der Versuch genau wie alle anderen.

Ich gab niemandem mehr Bescheid, wenn ich eine Bombe testete, aber die anderen fanden es auch so heraus, und als ich bei dem zündschnurlosen Versuch angekommen war, standen alle außer Cassie und Kid draußen und schauten zu. Die Konkurrenz zwischen jenen, die wollten, dass der Test gelang, und jenen, die mich scheitern sehen wollten, war offensichtlich. Oberflächlich betrachtet wirkte sie spielerisch, doch sie hatte einen ernsten Kern. Nachdem ich die Flämmchen ausgetrampelt und die Menge sich zerstreut hatte, sprach Elzy mich an.

»Wie lange willst du das noch machen?«, fragte sie.

»Bis es klappt«, antwortete ich, obwohl ich am Ende meiner Weisheit war.

»Sieht nicht so aus, als würdest du der Lösung näherkommen«, sagte sie. »Warum sagst du Kid nicht einfach, dass es sich nicht machen lässt?«

»Weil es nicht stimmt«, sagte ich.

Elzy seufzte und wischte sich mit der gesunden Hand den Schweiß von der Stirn. Es war fast Mai und die Sonne warm, nur der Schatten barg noch eine Erinnerung an den Winter.

»Ich bin mir sicher, dass du deine Gründe hast, Kids Plan zu unterstützen«, sagte sie. »Bestimmt hältst du ihn für gut. Aber wir wissen beide, wie gefährlich er ist. Vielleicht wäre jetzt die Gelegenheit, deine Meinung zu überdenken. Wenn du Kid sagst, dass der Sprengstoff nicht funktioniert, müssen wir die Sache abblasen. Denk drüber nach«, sagte sie, und dann fuhr sie sich mit der tauben Hand absichtlich unbeholfen durchs Haar. »Vielleicht würdest du uns allen damit das Leben retten.«

Einen Moment lang sagte ich nichts. Seit der Abstimmung fühlte ich mich der Gang auf eine neue, unerwartete Weise zugehörig. Morgens half ich Texas beim Füttern und Tränken der Pferde, und obwohl wir wenig sprachen, überkam mich in ihrer Nähe eine Ruhe, wie ich sie nicht mehr empfunden hatte, seit ich mit Susie zur Schule gelaufen war, jene Minuten, bevor die laute Ulla dazustieß und uns mit Späßen und Klatsch unterhielt. Abends unterrichtete Lo mich im Nahkampf, und ich erklärte ihr alles über Heilkräuter und Gifte: welche wir von Händlern kaufen mussten und welche wir im Umkreis unseres Camps sammeln konnten, welche Blätter sich trocknen und als Tee oder Öl anwenden ließen, um Husten oder Fieber zu lindern und die Haut zu desinfizieren.

Das Tal erblühte nach dem langen Winter zu voller Schönheit und fühlte sich tatsächlich wie ein Zuhause an. Im Vergleich dazu wirkten meine Pläne unstrukturiert und ungewiss. Vielleicht wollte Mrs Alice Schaeffer nichts mit mir zu tun haben. Vielleicht hatte sie ihre Praxis längst geschlossen. Vielleicht war sie gestorben.

Aber wenn ich im Tal blieb, würde ich über mich und meinesgleichen nie mehr wissen, als ich beim Verlassen des Klosters schon gewusst hatte. Ich würde sterben, ohne je erfahren zu haben, was mich zu dem machte, was ich war.

»Kid wird nicht so schnell aufgeben«, sagte ich zu Elzy. »Wenn das hier nicht funktioniert, werden wir etwas anderes finden.«

An dem Abend, während der Rest der Gang sich zankte, Domino spielte oder vor sich hin döste, saß Kid mit glasigen, blutunterlaufenen Augen über Karten und Dokumente gebeugt und grübelte. Ich blieb auf, bis alle anderen im Bett waren, und sobald Cassie in Elzys Armen gleichmäßig zu atmen begann, bedeutete Kid mir mit einer Geste, ich solle nach draußen gehen.

Der Frühlingsmond war hell und stand hoch, die Schatten der Felswände zeichneten sich scharf in der Talsohle ab. Eine Eule heulte, nah und laut.

Der feine graue Stoff von Kids Hut und Mantel schimmerte im Mondlicht.

»Kannst du schlafen?«, fragte ich.

Kid sah zum Mond auf und zuckte mit den Achseln.

»Was ist mit …« Ich hielt inne und suchte nach möglichst taktvollen Worten, um nach Schreckensnächten und namenlosen Ängsten zu fragen. »Was ist mit den anderen Symptomen?«, beendete ich den Satz.

»Warst du jemals für andere Menschen verantwortlich, Doc? Hast du jemals ihr Leben in deinen Händen gehalten?«

»Ja. Das weißt du«, sagte ich.

Kid nickte.

»Mein Vater war Pastor«, sagte Kid. »Als die Große Grippe über Alabama hereinbrach, war er noch ein kleiner Junge, aber schon im Alter von sieben Jahren sprach er Fürbitten für die Kranken. Als er zehn war, fielen die Plantage und die Lokalregierung. Seine Familie zog zusammen mit zehn anderen Familien, die sich ebenfalls befreit hatten, gen Westen. Sie gründeten eine Stadt außerhalb von Texarkana, und mein Vater wurde der erste Prediger dort.

Die Stadt hatte auch einen Bürgermeister, aber eigentlich hatte mein Vater das Sagen. Er taufte die Babys, und dazu alle schwarzen Kinder, die in den weißen Städten im Osten und Westen zur Welt gekommen waren. Fast jeden Sonntag verheiratete er ein neues Paar. Und wenn eine Frau von ihrem Ehemann geschlagen wurde, wenn ein Witwer aufgeben und seiner toten Frau folgen wollte, wenn ein Kind krank oder vermisst wurde oder ein Großvater wieder zum Kind wurde und den Verstand verlor, stand mein Vater ihnen mit gutem Rat bei, Tag und Nacht, manchmal auch mit Verpflegung, Geld oder einem Bett. Er gab ihnen, was immer gebraucht wurde, denn jedes Gemeindemitglied war ein Teil von ihm, und wenn sie litten, litt er ebenfalls.«

»Klingt nach einem großen Mann«, sagte ich.

»Er war sehr stark«, sagte Kid. »Dreihundertsechzig Tage im Jahr hielt er alles beisammen. Aber dann folgte eine Woche des Zusammenbruchs. Er konnte nicht schlafen. Er sah Schemen und hörte Stimmen. Er beschuldigte uns grundlos. Geschlagen hat er uns nie, aber er hat Sachen zerstört – einmal zerschlug er jedes einzelne Stück Geschirr in der Küche, und wir mussten Brot und Käse von Servietten essen, bis wir genug gespart und Geld für neue Teller hatten.«

»Hast du Angst, mit dir könnte dasselbe passieren?«, fragte ich. »Vor so einem Anfall?«

»Ich sollte die Kirche übernehmen«, sagte Kid. »Nicht mein älterer Bruder oder der jüngere – ich. Mit elf hielt ich die ersten Predigten vor der Gemeinde, und ich war beliebter als der Hilfspfarrer. Ich konnte zuhören – wenn mein Vater auf Hausbesuchen war, schütteten die Gläubigen ihr Herz stattdessen mir aus. Alle sagten, ich wäre genau wie er – sein Ebenbild, nur eben als Mädchen.« Kid seufzte lächelnd. »Ich hätte wissen müssen, dass ich auch den schlechten Teil erben würde.«

»Was hat deinem Vater geholfen?«, fragte ich. »Falls es eine Medizin gibt, kann ich sie bestimmt herstellen, oder wir bestellen sie bei Nótkon.«

»Nichts hat ihm geholfen. Anfangs kamen noch der Arzt oder die Hebamme vorbei, aber letztendlich konnte er nur warten. Meine Mutter erzählte den Kirchenältesten, er wäre sehr krank, und sie sorgte dafür, dass der Hilfspfarrer die Sonntagspredigt übernahm. Sie zog die Vorhänge zu und hielt alle Besucher von meinem Vater fern, selbst die Familie, bis er wieder er selbst war.«

Die Eule heulte erneut, diesmal von weiter weg. Wolken schoben sich an den Mond heran. Kid wandte sich ab und sah zur Felswand hinüber, die unter dem Mondlicht in schroffem Weiß und Schwarz erstrahlte.

»Noch habe ich meinen Verstand beisammen«, sagte Kid. »Das Laudanum hilft. Ich dosiere es vorsichtig, wie du gesagt hast. Aber sollte ich mich vergessen und mich benehmen, als wäre ich nicht ein sterblicher Mensch, sondern ein Gott auf Erden, den kein Mann und keine Frau aufhalten kann, musst du mich zum Cowboyschuppen unten am Bach bringen. Ich werde dort bleiben, bis der Anfall vorbei ist.«

»Das kann ich tun«, sagte ich, »aber solltest du das nicht besser mit Cassie besprechen?«

»Cassie hat einen Verdacht, aber sie ahnt nicht, wie krank ich werden könnte. Wenn sie wüsste …«

Kid nahm sich den grauen Hut ab und fuhr sich mit einer schlanken Hand über das kurzgeschorene Haar. So entblößt unter dem Nachthimmel, sah Kid älter und erschöpfter aus denn je.

»Unsere Freundinnen«, sagte Kid und zeigte zur Schlafbaracke, »mögen mich vielleicht nicht immer, sie stimmen mir auch nicht immer zu, aber sie verlassen sich auf mich. Aber jetzt habe ich angefangen zu schwächeln, und ich weiß, sie merken es. Noch bin ich ganz ich selbst.«

Kid setzte den Hut wieder auf. »Falls ich wegmuss, erzählst du ihnen am besten, ich hätte ein Fieber oder sonst irgendwas. Lass dir was einfallen – Hauptsache, du sagst ihnen nicht die Wahrheit.«

Auf einmal fürchtete ich mich – nicht vor Kid oder der Krankheit von Kids Vater, sondern vor der Zukunft. Was würde passieren, wenn ich plötzlich die Verantwortung trug und die Gang zusammenhalten musste? Ich hatte Angst, keine funktionierende Bombe bauen zu können. Jeder Tag, an dem wir mit der Umsetzung von Kids Plan nicht weiterkamen, bedeutete eine weitere schlaflose Nacht. Doch ich wusste, Kid meine Angst zu zeigen würde nichts helfen.

»Du kannst auf mich zählen«, sagte ich.

»Gut. Komm jetzt, Zeit fürs Bett. Die Nachtluft hat gutgetan. Ich sollte öfter spazieren gehen.«

Kid lief zurück zur Schlafbaracke, und ich versuchte, Schritt zu halten. Ich hatte so viele Fragen und wollte den Moment nicht verstreichen lassen, ohne wenigstens eine gestellt zu haben.

»Warum hast du die Kirche deines Vaters nicht übernommen?«, fragte ich. »Was ist passiert?«

Kid lächelte und schüttelte den Kopf.

»Ein andermal. Ich bin müde.«

Am nächsten Tag durchsuchte ich das Handbuch nach Hinweisen. Den Abschnitt über Bomben hatte ich hunderte Male gelesen, aber nicht das ganze Buch von vorn bis hinten. Strenggenommen handelte es sich nicht um ein Handbuch, sondern um eine Aufzeichnung von Frederick Blunts Leistungen. Durch sein Verhandlungsgeschick hatte er angeblich die jungen Männer dreier Großfamilien, die vor der Großen Grippe aus dem alten St. Louis in den Nordwesten geflohen waren, zu einer Bürgerwehr vereint. Dank seiner Gerissenheit und seines militärischen Scharfsinns war es ihnen gelungen, andere weiße Siedlergruppen, die der sterbenden Stadt entkommen wollten, zu besiegen oder zu integrieren, und danach kontrollierten sie beträchtliche Teile des Missouri River Country und konnten sich dazu auf die Loyalität von weiteren fünfhundert Leuten verlassen. Blunt war federführend bei der Gründung einer Siedlung namens Meeting of the Waters, die sich erfolgreich gegen die Angriffe konkurrierender Gangs zu Wehr setzte. Gleichzeitig schickte er Kundschafter in den Westen, die mit den Anführern der Illiniwek verhandelten und Vorposten für den Tag errichteten – und der würde kommen, davon war Blunt überzeugt –, an dem die kleine Halbinsel zwischen den Flüssen für die Siedlung zu klein wurde und sie weiterziehen mussten.

Und während dieser ganzen Zeit war Blunt anscheinend immer nur der Sekretär der Bürgerwehr geblieben, ohne je zum Hauptmann aufzusteigen oder zum Bürgermeister von Meeting of the Waters, was nahelegte, dass viele der Siege, die er sich selbst zuschrieb, in Wahrheit von anderen errungen worden oder vielleicht nur erfunden waren. Trotzdem waren seine Schilderungen sehr detailliert, bis hin zur Anzahl der Patronen für Revolver, Flinten und andere Waffen, die die Bürgerwehr hortete, die Zeit, die es brauchte, aus dem Holz verlassener Gebäude ein Rathaus zu errichten, und die Getreidearten, mit denen die Männer und ihre Familien die Pferde fütterten. Es war diese letzte Information, die mir ins Auge sprang.

»Die Fohlen, die im Frühling 1853 geboren wurden, entwickelten sich nicht wie ihre Vorfahren«, schrieb Blunt, »sondern litten an Beinbrüchen und einer Reihe anderer Krankheiten. Andrew Langhorne, ein erfahrener Farmer, der uns als Hufschmied diente, war der Meinung, dass wir die Tiere seit der Gründung von Meeting of the Waters mit zu viel Hafer und Mais und zu wenig Weidegras gefüttert hatten. Tatsächlich waren die Fohlen, die im nächsten Frühjahr auf die Weide gelassen wurden und nur manchmal Hafer und Mais bekamen, viel robuster, und seither halten wir es so.«

Die Pferde in Hole in the Wall fraßen im Sommer Weidegras und im Winter Heu mit Luzerne. Die meisten von ihnen hatten Hafer oder Mais noch nie probiert. Zum Glück war das Futter nicht teuer, und im Austausch für ein paar ältere Waffen und Kräutertinkturen, die ich im Herbst angesetzt hatte, überließ Nótkon mir mehrere Säcke.

Ich glaubte nicht mehr daran, dass das Experiment funktionieren würde, und deshalb erzählte ich nicht einmal Texas davon. Ich sagte, ich wolle Amity etwas zufüttern, weil sie in letzter Zeit an Koliken leide, und wenn es an der Zeit war, den Stall auszumisten, trennte ich ihren

Dung heimlich von dem der anderen Tiere. Als ich genug gesammelt und getrocknet hatte, schlich ich mich frühmorgens, als die anderen noch schliefen und der Himmel sich gerade hellblau färbte, aus der Schlafbaracke.

Während ich die Zündschnur ansteckte, überlegte ich bereits, wie ich Kid beibringen würde, dass ich uns keine Bombe bauen konnte. Kid hatte geschlafen – zwar im Sitzen und mit dem Hut auf dem Kopf und den Stiefeln an den Füßen, aber immerhin. Am Vortag hatte ich das Laudanum im Koffer überprüft, und obwohl es auf jeden Fall weniger geworden war, hatte Kid es offensichtlich sparsam verwendet. Es ging Kid schon viel besser, redete ich mir ein. Man musste schon ziemlich starke Nerven haben, um aus dem Nichts eine Gang zu gründen, jahrelang der Gefahr und dem Hunger zu trotzen und nebenbei acht Leute zusammenzuhalten.

Ohne Bomben würden wir einen Angestellten der Bank zwingen müssen, den Tresor für uns zu öffnen. Das würde Zeit kosten – Zeit, in der vielleicht der Sheriff und seine Männer angeritten kämen oder die übrigen Bankangestellten sich zusammentaten, um uns zu überwältigen. Der Plan wäre noch gefährlicher – Kid würde uns eventuell ein zweites Mal abstimmen lassen oder wenigstens Elzy, Cassie und Lo davon überzeugen müssen, dass das Risiko überschaubar war. Und trotzdem, redete ich mir ein, als die Flamme an der Zündschnur hochkroch, würde Kid die Sache regeln. Jemand, der Vorsichtsmaßnahmen für eine zukünftige Erkrankung traf, konnte in dem Moment noch nicht allzu krank sein.

Da hörte ich ein Geräusch in meinem Rücken. Etwas bewegte sich durchs hohe Gras. Ich fuhr herum und dachte an eine Schlange, an einen Puma. Aber als hinter mir die Bombe hochging und die Erde aufriss, blickte ich direkt in Kids hellwache Augen.

KAPITEL 8

So etwas wie den Ostermarkt von Casper hatte ich noch nie gesehen. In der Mitte des Festplatzes stand ein Segeltuchzelt, das groß genug für alle Bewohner von Fairchild gewesen wäre. Drinnen bereiteten Frauen mit weißen Hauben und in gelben Kleidern den Sonntagsgottesdienst vor und brachten Wandteppiche an, die das Jesuskind zeigten, wie Es von Maria Magdalena aus dem Grab getragen wird; wie Es den Jüngern erscheint; wie Es, flankiert von Engeln, in den Himmel aufsteigt. Rund um das Zelt verkauften Krämer und Händler, flussaufwärts und flussabwärts vom Powder angereist, ihre Waren direkt aus dem Wagen: ausgeblasene, mit Blumen oder Auferstehungsszenen bemalte Enten- und Hühnereier; Babytränen aus Gelatine und Zucker mit dem Aroma von Beeren und Weinbrand; Mokassins mit Holzperlen und mit Stachelschweinborsten verzierte Taschen; Blumenkränze; Rhabarberkuchen und herzhafte Lammfleischpasteten; feinstes mexikanisches Silber und letzte Kostüme für den Muttermontag: weite, leuchtend bunte Kleider für die Männer, Hüte und Schnurrbärte für die Frauen, und graue Perücken, die Kinder in alte Großmütter verwandelten.

Auf dem Festplatz befanden sich auch die Ställe, erfüllt vom Gebrüll der Tiere und ihren Gerüchen. Ich sah ein Schwein so groß wie ein Ochse und einen Ochsen so groß wie die Küchenhütte in Hole in the Wall; ein schneeweißes Huhn mit langen Schwanzfedern, die an die Schleppe eines Hochzeitskleids erinnerten, und einen zahmen Schwarzbär, der auf den Hinterbeinen stand und einen Hut trug wie ein Mann.

Wir trafen Henry und Lark bei den Pferden. Henry begutachtete eine wunderschöne rötlich graue Stute, die den Kopf in die Höhe reckte, als wäre sie sich ihres Wertes bewusst. Lark war mit einem kleineren Pferd beschäftigt, grau gefleckt wie Kiesel und mit wildem, misstrauischem Blick. Er schnalzte sanft mit der Zunge, und da näherte es sich zögerlich und fraß einen Zuckerwürfel aus seiner flachen Hand.

Als News Kid vorgeschlagen hatte, dass Henry und Lark uns dabei helfen könnten, einen Wagen zu stehlen und das Gold aus Fiddleback wegzuschaffen, war ich zu beschämt gewesen, um die Idee gutzuheißen. Cassie war natürlich dagegen – bis jetzt, sagte sie, hätten wir noch nie fremde Hilfe gebraucht. News wies sie darauf hin, dass das nicht stimmte – Henry, Lark und viele andere hatten sie in der Vergangenheit mit Tipps und Informationen versorgt. Außerdem war das Größte, was wir je gestohlen hatten, ein Pferd. Henry und Lark hatten schon einmal einen Planwagen geraubt, sie wussten, wie man mit fremden, verängstigten Pferden umgeht und was bei einem gebrochenen Rad zu tun ist. Kid hatte schnell zugestimmt, und dass ich News begleitete, war nur vernünftig. Ich kannte die beiden Männer schon, und News und ich hatten nun oft genug zusammengearbeitet, um meine mangelnde Erfahrung irgendwie auszugleichen.

Während wir als Nate und Adam zwischen den Pferdeboxen umherschlenderten, fühlte ich mich mit meinem Männergang zwar nicht wohl, aber wenigstens geschützt – niemand konnte mir ansehen, dass ich eine unfruchtbare Frau war, eine davongejagte Ehefrau, eine Gesetzlose, die angeblich den Leib fruchtbarer Frauen verhexte. In Wahrheit hatte ich geholfen, Dutzende Babys auf die Welt zu holen.

Doch kaum sah ich Lark, fühlte ich mich durchschaut, ganz so, als könnte er meine Gedanken lesen. Er wirkte selbstbewusster, als ich ihn in Erinnerung hatte. Was ich in Fiddleback für Nervosität gehalten hatte, erschien mir jetzt eher wie Vorsicht. Während das scheue Pferd seine Hand ableckte, hielt er vollkommen still. Als er sich umdrehte und mich ansah, wandte ich mich ab, als hätte ich ihn gar nicht bemerkt, und ich drehte mich erst wieder zurück, als Henry zu ihm trat und News die beiden begrüßte. Sie klopfte ihnen auf die Schulter und schüttelte ihnen die Hand.

»Wollen wir uns woanders unterhalten?«, fragte sie.

Henry schüttelte den Kopf.

»Sieh dich um«, sagte er.

Ich sah mich um: Kinder jagten einander und rangelten darum, die Ponys streicheln zu dürfen; Frauen mit zweckmäßigen Hauben oder buntem Kopfputz feilschten und flirteten, lachten und tuschelten, und ein paar verkauften sogar billigen Glasperlenschmuck direkt von ihrem dicken Arm. Männer in Sonntagsanzügen, Arbeitshosen, Hirschleder oder einer Kombination aus allem vermaßen die Rücken der Pferde und prüften die Hufe, schwenkten Banknoten und Münzsäcke, stritten sich, rempelten einander zum Spaß oder zur Provokation an und betrieben ganz allgemein, was nach einer Mischung aus Geschäft, Freundschaft und Krieg aussah.

»Ich versichere euch, einer von zehn Männern hier stiehlt Pferde und eine von zwanzig Frauen. Es gibt keinen besseren Ort für eine ungestörte Unterhaltung. Wir passen hier sehr gut hinein.«

Wir schlenderten an den Pferdeställen entlang. Henry und News gingen voraus, und Lark und ich folgten dahinter.

»Morgen ist Muttermontag«, sagte Henry. »Alle werden feiern, trinken und sich gehenlassen. Wir warten, bis die Festlichkeiten in vollem Gange sind. Dann suchen wir uns einen unbewachten Wagen, spannen unsere Pferde davor und verschwinden.«

»Was ist mit den Männern des Sheriffs?«, fragte News. »Die sind doch bestimmt auf Patrouille.«

»Selbstverständlich«, sagte Henry, »aber ich war schon einmal auf diesem Markt. Nach meiner Erfahrung trinken die Hilfssheriffs am Muttermontag genauso viel wie alle anderen auch. Und weil jeder verkleidet ist, werden sie den Überblick verlieren. Vielleicht merken sie nicht einmal, dass wir nicht dieselben Leute sind, die den Wagen am Karfreitag in die Stadt gefahren haben. Glaub mir, Lark und Adam werden wie feine, ehrliche Kaufleute aussehen. Vor allem in ihren Montagsanzügen.«

Wir gingen zurück zu den Kostümbuden.

»Ich habe da irgendwo ein rosa Hauskleid gesehen, wie gemacht für dich«, sagte Henry zu News und zeigte auf den billigsten Stand, dessen handgeschriebenes Schild das Ensemble aus Kleid und passendem Hut zum Schnäppchenpreis von fünf Silberstücken anpries.

»Bitte«, sagte News und berührte ein papageiengrünes Gewand. »Du weißt doch, Rosa steht mir nicht.«

Ich entschied mich für ein blaues Kleid mit kleinen weißen Punkten. Es war ganz hübsch – vielleicht hätte ich es in Fairchild getragen – und erinnerte mich an die Zeit vor meiner Ehe, als Ulla, Susie und ich beim Tanz an der Wand standen und verstohlen zu den Jungs hinübersahen, bis sie herüberkamen und uns aufforderten.

News warf einen Blick darauf, hängte es zurück an den Ständer und suchte ein hässliches gelbes mit riesigen rosa Rosen heraus. Dazu wählte sie etwas grellrote Schminke.

»Du sollst nicht hübsch aussehen«, flüsterte sie, während Henry und Lark einen Kleiderständer in der Nähe durchsuchten. »Sondern lächerlich!«

Die Frau, die unser Geld entgegennahm und die Einkäufe in braunes Papier wickelte, hatte ein atemberaubend schönes Gesicht, große grünen Augen und ein markantes Kinn. Ihr Blick hing an News' Gesicht, während sie das Wechselgeld abzählte. Zuerst hielt ich sie für unhöflich, aber dann verstand ich.

»Sehe ich dich morgen beim Tanz?«, fragte News und steckte die Münzen ein.

»Auf jeden Fall«, sagte die Frau.

»Dann bis morgen«, sagte News und tippte sich an die Hutkrempe.

Henry grinste und schüttelte den Kopf, als wir den Stand verließen.

»Du lässt nichts anbrennen«, sagte er zu News.

»Ich wollte nur höflich sein«, antwortete sie.

Wir betraten das Zelt, wo ein Mann gerade eine Rede begonnen hatte. News und Henry stellten sich hinter eine mit Girlanden geschmückten Zeltstange. Von meiner Position aus konnte ich kaum etwas sehen. Der Redner war klein und schmächtig, hatte einen runden, kahlen Kopf und trug eine Hornbrille. Doch seine laute, selbstbewusste Stimme und seine Bewegungen auf der Bühne vermittelten den Eindruck, dass der Raum, den er einnahm, viel größer war als seine physische Gestalt.

»Nun sind manche Fohlen stark und zäh und andere schwach und kränklich«, sagte der Prediger. »Manche wachsen zu schnellen, trittsicheren Pferden heran, andere sind langsam und ungeschickt und nicht einmal zum Pflügen geeignet. Manche überstehen jede Witterung, andere sterben gleich im ersten Winter am Fieber.«

»Komm«, sagte Henry mit gedämpfter Stimme zu News. »Lass uns was trinken gehen. Drüben bei den Babytränen gibt es doppelten Whiskey für fünf Kupferstücke.«

News schüttelte den Kopf. »Geh nur«, sagte sie. »Ich will das hören.«

»Jeder gute Rancher weiß, dass ein starkes Pferd in neun von zehn Fällen aus guter Zucht stammt«, sagte der Prediger. »Und ein schwaches Pferd aus schlechter Zucht. So ist es nun einmal. Und wir wissen, dass es sich beim Menschen nicht anders verhält. Eine fruchtbare Frau kommt normalerweise aus einer großen Familie. Eine Mutter mit Hasenscharte oder Klumpfuß wird höchstwahrscheinlich Kinder mit ähnlichen Leiden zur Welt bringen.«

Die Worte des Mannes kamen mir bekannt vor, aber ich konnte sie nicht einordnen.

»Nun«, fuhr er fort, »ich will Ihnen etwas zu zeigen, wovon ich glaube, dass es meinen Standpunkt verdeutlichen wird.«

Eine hübsche junge Frau in gelbem Kleid und passender Haube führte zwei Ziegen auf die Bühne, eine braune Zicke mit kurzem Fell und einen zotteligen schwarzen Bock mit langem Bart. Beide waren wohlgenährt und lebhaft und zogen am Strick. Die junge Frau kicherte und versuchte, sie zu bändigen.

»Dieses prachtvolle Tier«, sagte der Mann und deutete auf den Ziegenbock, »ist aus einer Zucht in Colorado und ein ausgezeichneter Kletterer. Und das Weibchen an seiner Seite stammt von einer Flachlandrasse namens Arizona Red ab. Die beiden sind ein jeweils völlig anderes Klima und eine andere Umgebung gewohnt, und unter normalen Umständen würden sich ihre Wege niemals kreuzen. Aber im Interesse der wissenschaftlichen Forschung habe ich sie zur Paarung zusammengebracht.«

Die Frau führte die Tiere von der Bühne und kam mit einem elendig aussehenden Tier zurück, dürr und rotäugig, mit schiefer Hüfte und sichtlich schmerzhaftem Gang. Auf seinem Kopf waren nicht zwei, sondern vier Hörner, die ineinander verschlungen waren wie die Zweige eines Dornbuschs. In dem Moment wurde mir klar, dass ich hier gerade Dr. Edward Lively zuschaute.

»Diese unglückliche Kreatur«, sagte der Arzt, »ist, wie Sie gerade gesehen haben, das Produkt zweier lebendiger, schöner Tiere. Innerhalb der eigenen Art gezüchtet, haben beide viele vollkommen gesunde Junge hervorgebracht. Aber ein Zuchtversuch wider die Natur brachte diese arme Kreatur hervor, die an insgesamt dreizehn Missbildungen leidet, und von Ihrem Platz aus können Sie nur die augenfälligen erkennen.«

Die Menge murmelte ebenso interessiert wie zustimmend. Ich sah, was ich beim Betreten des Zeltes nicht bemerkt hatte: Während ich draußen auf dem Markt schwarze Kunden und Verkäufer gesehen und Arapaho und andere, mir fremde Sprachen gehört hatte, war Dr. Livelys Publikum fast ausschließlich weiß.

»Und nun sagen Sie mir eins«, fuhr der Arzt fort. »Wenn diese Tiere, deren Körperstruktur relativ simpel ist, wider ihre Natur gezüchtet solche Monstrositäten hervorbringen – wie viel schlimmer muss es dann sein, wenn der Mensch, das komplexeste aller Wesen, sich mit einem Partner anderer Abstammung fortpflanzt?«

Das Murmeln wurde lauter. Eine Frau erhob sich, blond und rotbackig und etwas jünger als meine Mutter.

»Die Frau meines Sohnes hat ihm noch immer kein Kind geschenkt, dabei sind schon fast zwei Jahre verstrichen«, rief sie. »Ich vermute, dass es in ihrer Familie Mischblut gibt. Könnte das der Grund sein?«

»In der Tat, Madam«, antwortete Dr. Lively. »Meinen Forschungen zufolge wird fast die Hälfte aller Fälle von Unfruchtbarkeit durch die eine oder andere Form der Rassenmischung verursacht, die manchmal ziemlich weit im Stammbaum zurückliegt. Und das ist bei Weitem nicht das einzige Leiden ...«

»Nate«, sagte Henry.

Diesmal nickte News, und Lark und ich folgten ihnen aus dem Zelt.

Lange sprach keiner von uns ein Wort. Wir kauften Whiskey bei einem Schwarzbrenner. News' zitternde Hand umschloss das Glas. Der Schwarzbrenner verkaufte auch patentierte Medikamente, Fläschchen mit leuchtend blauem, rotem oder grünem Inhalt und Namen wie »Süße Träume« oder »Kraft und Männlichkeit«. Manchmal waren Handelsreisende mit solchen Flaschen nach Fairchild gekommen. Ich wusste, dass es sich bestenfalls um gefärbtes Wasser handelte.

Lark ergriff als Erster das Wort. »Dieser Mann ist ein Niemand«, sagte er. »Die heutige Hauptattraktion ist Reverend Delano aus Laramie. Er predigt erst nach Einbruch der Dunkelheit. Die Menge wird fünfmal so groß sein.«

»Lark ...«, sagte Henry warnend. Ich fragte mich, was er über News' Vergangenheit wusste.

»Nein, Lark hat recht«, sagte News. »Er ist ein Niemand.«

Sie lächelte, aber ihre Augen funkelten vor Zorn. Sie leerte ihr Glas.

»Adam«, sagte sie, »warum holst du uns nicht noch eine Runde?«

Als ich mich erhob, näherte sich eine junge Frau dem Stand. Ihre Schritte waren zielstrebig, aber als sie den provisorischen Tresen erreichte, hinter dem der Schwarzbrenner stand, zögerte sie nervös. »Haben Sie irgendetwas zur Förderung der Fruchtbarkeit?«, fragte sie schließlich und senkte beim letzten Wort die Stimme.

»Absolut«, sagte der Schwarzbrenner. »Sie brauchen

das Elixier namens ›Fruchtbarer Mutterleib‹. Ich habe alle Flaschen verkauft, aber hinten haben wir noch mehr davon. Ich werde Ihnen etwas abfüllen.«

Er kam hinter dem Tresen hervor – nicht mehr als ein auf Sägeböcke gelegtes Kiefernbrett – und verschwand hinter dem Wagen.

»An Ihrer Stelle würde ich mir das Geld sparen«, sagte ich zu der Frau, sobald er weg war.

Sie war klein und kräftig und hatte ein himbeerfarbenes Muttermal am Hals. Als ich sprach, sah sie verängstigt aus, und da fiel mir ein, dass ich für sie ein fremder Mann war, der sie in einer unangenehmen Situation überrascht hatte.

»Ich will mich nicht einmischen«, sagte ich. »Aber ich bin Arzt. Diese Elixiere sind Geldverschwendung. Wie lange sind Sie schon verheiratet?«

Die Frau wirkte immer noch misstrauisch, antwortete aber: »Neun Monate.«

»Warten Sie ein Jahr«, sagte ich. »Wenn Sie bis dahin nicht schwanger sind, wird kein Medikament Ihnen helfen. In dem Fall sollten Sie fliehen. Es gibt da ein Kloster, die Schwesternschaft vom Heiligen Kinde …«

Der Standbesitzer kam mit zwei großen Glasflaschen zurück, eine mit blauer und eine mit grüner Flüssigkeit. »Beide sind für sich allein schon wirksam«, erklärte er, »aber für einen schnellen Erfolg würde ich Ihnen raten, jeden Morgen zwei Esslöffel ›Fruchtbarer Mutterleib‹ einzunehmen« – er hielt die blaue Flasche hoch – »und vor dem Schlafengehen einen Esslöffel von dem hier: ›Freund der Mutter‹.«

Er tippte mit dem Zeigefinger auf die grüne Flasche.

»Sie wirken zusammen und regulieren die weiblichen Körpersäfte.«

Die Frau sah mich an und öffnete ihre Brieftasche.

»Ich nehme beide«, sagte sie.

Am Abend schlugen wir zwischen Dutzenden anderen Leuten am Flussufer neben dem Festplatz unser Zelt auf. Während Lark und Henry nach einer geeigneten Stelle suchten, sprach News leise mit mir.

»Wir werden heute Nacht in unseren Kleidern schlafen«, sagte sie. »Henry hat schon mal mit mir gezeltet – er wird nichts dazu sagen. Falls Lark irgendwas sagt, frierst du eben sehr schnell. Soll er dich ruhig aufziehen, wenn er will. Wenn du locker bleibst, hat er es schon bald wieder vergessen.«

Lark und Henry schienen sich auf eine Stelle geeinigt zu haben. Henry nahm einen Holzhammer, Heringe und ein dickes Segeltuch aus den Satteltaschen.

»Wenn du pinkeln musst«, fuhr News fort, »gehst du zu den Plumpsklos am großen Zelt. Geh nicht an den Fluss und auch nicht in den Wald. Jemand könnte dich sehen. Du hast nicht zufällig deine Tage, oder?«

Ich schüttelte den Kopf.

»Gut. Ich habe meine. Falls deine auch anfangen, habe ich ein paar saubere Lappen dabei.«

Später an dem Abend wartete ich vor den Plumpsklos. Die anderen in der langen Schlange sahen mich immer wieder neugierig, fast misstrauisch an. Bis dahin hatte ich, wenn ich in Männerkleidung unter Menschen ging, stets gefürchtet, entdeckt zu werden. Jetzt, da ich eindeutig für jemand gehalten wurde, der ich nicht war, überkam mich eine Welle aus Unwohlsein, fast wie ein Schwindel. Ich musste an ein Gefühl denken, von dem Ulla oft erzählt hatte, eine zitternde Fremdheit, die sie ohne Vorwarnung anfiel, eine Ahnung, dass sie außerhalb ihres Körpers schwebte und auf sich hinuntersah. »Als ginge jemand über dein Grab«, hatte sie gesagt.

Ich befolgte News' Rat und versuchte, ruhig und entspannt zu bleiben, hielt den Kopf hoch und zertrat gedankenverloren eine Eierschale mit dem Stiefel. Das Gefühl ebbte ab, verschwand aber nicht, sondern blieb am Rand meines Bewusstseins hängen wie ein leises, aber eindringliches Summen.

Vor mir schwang eine Tür auf. Ich spürte, wie die wartenden Frauen ihre Aufmerksamkeit umlenkten, und folgte ihrem Blick. Vor mir stand Lark, und ganz kurz, bevor er knapp nickte und wieder zu den Zelten zurückging, sah ich in seinem Gesicht, was er auch in meinem sehen konnte: die Erkenntnis, dass wir wohl beide etwas zu verbergen hatten.

Als wir am nächsten Nachmittag gegen drei Uhr das große Zelt betraten, herrschte schon reges Treiben. Eine kleine Frau in einem aufgeknöpften Herrenhemd, das den Ansatz ihrer rundlichen Brüste entblößte, zog mich zum Tanz an sich. News grinste und reckte den Daumen in die Höhe, ich verdrehte die Augen. Wir hatten uns darauf geeinigt, dass wir eine Stunde beim Tanz verbringen und uns unter die Leute mischen würden, um später, wenn wir mit dem Wagen türmten, glaubhaft angetrunken und durchgeschwitzt zu sein. News hatte es geschafft, mich in dem gelben Kleid lächerlich aussehen zu lassen, meine Lippen und Wangen leuchteten wie in einer Karikatur.

Sie hingegen war in der grünen Robe, die sie über ihre Latzhose gezogen hatte, und dem mit Federn und Stoffblumen geschmückten Hut umwerfend anzusehen. In der Menge entdeckte ich die junge Frau vom Kostümstand. Sie trug einen schmalen, dunklen Anzug und einen mit Khol gezogenen Schnurrbart über den Lippen und sah jetzt aus wie ein hübscher junger Mann. News eilte an ihr vorbei, blieb überrascht stehen und tippte sich an den Hut, langsamer diesmal. Als sie den Kopf hob, sah ich ihr Lächeln. Sie drehte sich um und verließ das Zelt. Die Frau im dunklen Anzug wartete einen Moment und folgte ihr dann hinaus.

Beim Tanzen hatte ich nie zuvor die Männerrolle übernommen, aber das spielte keine Rolle – das Zelt war überfüllt und die Leute zu betrunken, um mehr zu schaffen als ein paar unbeholfene Drehungen. Meine Tanzpartnerin drückte ihre Brüste gegen meinen Bauch und sah kokett zu mir auf. Als ich einen Schritt zurückwich, zuckte sie nur mit den Achseln, ließ meine Hände los und wandte sich stattdessen dem Mann neben mir zu, der eine Mütze und einen schwarzen Bart trug und über dessen Bauch sich eine gepunktete Küchenschürze spannte.

Eine junge Frau mit grauem Schnurrbart und leerem Brillengestell schob sich vorbei, auf dem Arm ein Tablett voll überschwappender, golden schimmernder Biere. Ich kaufte eins und trank in großen Schlucken. Auf der Bühne, wo am Vortag noch Dr. Lively gepredigt hatte, standen zwei Geiger und ein kleiner Mann mit einem Kontrabass und spielten in rasender Geschwindigkeit.

Ich betrachtete die Tanzenden und entdeckte Lark, fast elegant in dem lila karierten Hauskleid, der mit einer rothaarigen Frau tanzte. Sie warf den Kopf zurück und lachte über einen seiner Witze. Dass meine Eifersucht sinnlos war, machte sie nicht weniger schlimm. In der Nacht hatten wir Seite an Seite geschlafen, wie zwei Männer. Er hatte nichts gesagt, als ich vollständig bekleidet in den Schlafsack gekrochen war. Währenddessen hatte er sich das Hemd aufgeknöpft, und ich hatte versucht, nicht hinzuschauen. Erst als er mir seinen hohen Rücken zukehrte, erlaubte ich mir einen Blick, und als ich die Augen schloss, war das Bild immer noch da. Ich war nicht hinter sein Geheimnis gekommen, aber ich wusste, es war anderer Natur als meins.

Eine Frau – älter und offensichtlich eine erfahrene Tänzerin – ergriff meine freie Hand. Mit ihr fand ich den Takt und begann sogar zu führen, oder wenigstens wirkte ich irgendwie mit. Das Bier kam in meinem Blut an, meine Hüften und Schultern entspannten sich. Ich wusste, ich war mit den Leuten hier nicht befreundet – ich würde sie bestehlen, und wenn sie wüssten, was ich war, würden die einen mich als Hexe hängen und die andere meine Familie aus der Stadt jagen oder Schlimmeres, damit mein vermeintliches Gift sich nicht auf weitere Blutlinien ausbreitete. Und doch duftete die Frau, die mit mir tanzte, nach Äpfeln und nach Wein, die Geiger spielten und lachten, und irgendwer füllte mein Bierglas auf, ohne dafür Geld zu verlangen. Die Frau und ich trennten uns, und eine andere nahm ihren Platz ein, ein neues Lied begann, und wir bildeten mit den übrigen Tanzenden einen Kreis, hielten uns an den Händen und drängten singend und jubelnd in die Mitte und wieder zurück.

Ich ließ die Hand des Mannes neben mir los – sein Brusthaar ragte aus dem tief ausgeschnittenen roten Kleid einer Bardame hervor – und klatschte zur Musik, und als ich sie wieder ergreifen wollte, spürte ich einen vertrauten, festen Händedruck. Ich drehte mich und sah Lark mit geröteten Wangen und leuchtenden Augen. Ich erwiderte den Händedruck und bereute es sofort – einmal drücken war ein freundlicher Gruß, aber zweimal sicher zu viel. Bestimmt hatte ich mich verraten. Ich ließ seine Hand los und drehte mich weg.

Ich war mir der Nähe eines anderen Menschen nie so bewusst gewesen wie in den folgenden Minuten, als Lark neben mir tanzte. Die Band spielte, die Leute klatschten, und ich bewegte mich mit ihnen, aber meine Aufmerksamkeit war ganz bei seinem Körper und wo er sich im Verhältnis zu meinem befand. Ich sah nicht hin. Sicherheitshalber würde ich ihn ignorieren, bis er meine Unhöflichkeit satthatte und sich eine andere Tanzpartnerin suchte.

Dann änderte sich die Musik abermals. Die Menge johlte. Unser Kreis setzte sich in Bewegung, drei Schritte nach links, drei Schritte nach rechts. Bei der zweiten Runde sah ich aus den Augenwinkeln, wie Lark den Kreis verließ und hinter mich trat. Ich war ebenso erleichtert wie betrübt, ihn gehen zu sehen, doch dann legte er mir eine Hand ins Kreuz. Einem Außenstehenden – falls er sich überhaupt die Mühe machen würde, hinzusehen – wäre die Geste banal erschienen: Ein Mann drängt sich auf einer überfüllten Tanzfläche an einem anderen vorbei.

Aber für mich war die Botschaft so klar, dass mein Körper sich gegen meinen verdutzten Verstand durchsetzte. Ich lehnte mich zurück und ließ mich mit ganzem Gewicht gegen seine Brust sinken. Ich spürte kurz seinen Atem im Nacken, und dann war er verschwunden.

Ein dicker Mann, der nichts trug als eine Babydecke und eine gigantische Stoffwindel, erschien auf der Bühne.

»Mütter und Väter, Jungen und Mädchen, Cowboys und ... Damen der Nacht, versammelt euch«, rief er. »Lasst kurz das Tanzen und Feiern und hört mich an. Es ist an der Zeit für den Höhepunkt der heutigen Festlichkeiten. Es ist an der Zeit, die Mutter des Jahres zu krönen!«

Das war unser Stichwort. Als das Mann-Baby aufwändig kostümierte Gestalten auf die Bühne rief (»Mrs Winifred Higginbotham« hatte sich fünf Babypuppen an seinen Leib geschnallt, eine davon aus unbekanntem Grund an den linken Unterarm), bahnte ich mir durch die Menge einen Weg zum Ausgang und trat in den Abend hinaus.

News, Henry und Lark warteten bereits am Treffpunkt, einem Stand, der tagsüber bunte Eier verkauft hatte und jetzt vier Pärchen ein wenig Privatsphäre bot, eins in jeder Ecke, wo sich Frauenhände in den Falten von Männerkleidung verfingen und die Männer mit den Knöpfen der Damenhosen kämpften.

Ich warf Lark einen flüchtigen Blick zu, aber er lachte mit Henry und schien meine Anwesenheit gar nicht zu bemerken. Vielleicht hatte ich seine Berührung im Zelt falsch interpretiert. Er hatte sie wohl nur als freundliche Geste von Mann zu Mann gemeint, und nun hatte ich mich durch meine ungewöhnliche Reaktion in Gefahr gebracht. Immerhin hatte ich ihn lachen und mit der rothaarigen Frau flirten sehen. Es gab keinen Grund zu der Annahme, er könnte sich für das interessieren, was ich zu sein schien: ein nervöser junger Mann in einem hässlichen Kleid.

»Bereit?«, fragte News.

Wir holten die Pferde und führten sie an den Kutschen entlang. Wie Henry es vorausgesagt hatte, waren sie alle unbewacht, abgesehen von den paar Wagen mit wertvoller Ware – mit Blattgold verzierte Ikonen vom Jesuskind, Kardamom, Zimt und Parfums, deren Duft in der kühlen Luft hing. Wir entschieden uns für einen bescheidenen Wagen am Rand des Festplatzes – nach dem Mehlstaub in den leeren Kisten zu urteilen war der Besitzer ein Bäcker. Unter dem Segeltuchdach roch es nach warmen Osterbrötchen.

Ich versuchte gerade, Amity einzuspannen, als zwei Frauen vorbeispazierten. Eine war groß und hübsch und hatte langes, karamellfarbenes Haar, das ihr bis über den Rücken fiel. Ihr Wollhemd war sittsam zugeknöpft, doch die Hose war eng und gab mehr von ihrem Körper preis, als ein Kleid es je hätte tun können.

Die andere Frau war kleiner und zarter und ihr dunkles Haar unter dem schwarzen Männerhut in Zöpfen hochgesteckt. Sie hatte große braune Augen und ein rundes, kindliches Gesicht. Beide waren jung, nicht viel älter als ich.

Die Frau mit dem runden Gesicht war sofort von Amity verzaubert, streichelte ihre graue Flanke und sah ihr in die dunklen Augen. Amity erwiderte den Blick mit einer Mischung aus Gutmütigkeit und Vorsicht. Die Frau mit dem offenen Haar sprach mich an.

»Warum bist du nicht beim Tanz?«, fragte sie.

Ihre Stimme war neckisch und verspielt. Ich versuchte, im gleichen Ton zu antworten: »Ich könnte dich dasselbe fragen.«

»Audrey und ich sind verheiratete Frauen«, sagte sie und hob die linke Hand, um mir den Goldring zu zeigen. »Wir tanzen nicht mit fremden Männern.«

»Tja«, sagte ich und überlegte schnell. »Dann haben wir wohl dieselbe Ausrede. Ich bin verlobt.«

»Herzlichen Glückwunsch«, gurrte die Frau und trat einen Schritt vor. Ich konnte ihren Schweiß und ihr Parfüm riechen – trotz der Männerkleidung trug sie Castillejaöl, wie Ullas Mutter es immer im Frühling hergestellt und in Schminke und Puder gemischt hatte. Der Geruch war süßlich und irgendwie düster, und ich fühlte mich von der Frau auf eine Weise angezogen, die mich selbst überraschte. Ich stellte mir vor, wie ich mich vorbeugte und den Duft ihrer Haare einatmete.

»Und, wer ist die Glückliche?«, fragte sie.

»Sie heißt Ada«, sagte ich. »Sie macht in unserer Heimstadt Fairchild eine Ausbildung zur Hebamme.«

Lächelnd stellte ich mir vor, mit mir selbst verheiratet zu sein. Ich sah die Frau, die ich hätte sein können, und den Mann, der ich zu sein vorgab. Beide waren glücklicher als die Person, die ich im echten Leben war.

»Stammt sie aus guter Familie?«, fragte die Frau namens Audrey, wandte sich von Amity ab und sah mich an. Ihr Ton war sanft, aber dennoch nachdrücklich.

»Selbstverständlich«, sagte ich. »Sie ist eins von vier

Kindern, und ihre Mutter ist die beste Hebamme im ganzen Dakota Country.«

»Aber« – Audrey warf Henry und News einen Blick zu und lehnte sich dann flüsternd vor – »ist sie reiner Abstammung?«

Ich wusste, dass ich Fremden immer beipflichten sollte, um ihr rosiges Bild von mir zu bewahren. Aber ich wusste auch, dass kein Mensch dazulernt, ohne jemals belehrt zu werden. Bei der Frau mit dem Muttermal war ich gescheitert, allerdings war die Situation auch unglücklich gewesen. Diese Frauen schienen mich zu mögen und sich in meiner Gegenwart wohlzufühlen. Vielleicht ließe sich ihre Meinung leichter ändern.

»Auf den Unsinn falle ich nicht rein«, sagte ich. »Manche Babys sind kränklich, andere gesund. Das hat nichts damit zu tun, ob die Eltern schwarz oder weiß sind.«

»Nicht nur die Eltern«, flüsterte Audrey aufgeregt. »Es ist so, wie Dr. Lively gesagt hat. Dein Pferd kommt doch sicherlich aus gutem, altem Bestand. Ein einziges Tier mit einem lahmen Fuß oder einem schwachen Rücken reicht aus, um das Blut aller Nachkommen zu verderben.«

»Unsere Männer sind Händler«, sagte die Frau mit dem offenen Haar, und ihre Stimme klang geziert und schrill vor Stolz. »Wir haben dieses Land bereist, von den Bighorns zu den Rockies. Wir wissen, was schlechtes Blut anrichten kann.«

»Das ist lächerlich«, sagte ich. »Meine Verlobte hat über fünfzig Geburten begleitet. Sie könnte es dir sagen – Babys aus gemischten Familien sind genauso gesund wie Babys mit einer sogenannten reinen Abstammung, oder wie immer du es nennst. Es gibt da keinen Unterschied.«

News warf mir einen warnenden Blick zu.

»Du irrst dich«, sagte Audrey. »Dr. Lively hat Hunderte von Babys gesehen, die durch die Kreuzung von Blutlinien deformiert wurden. Einmal hat er gesehen, wie ein Arzt in Laramie eine Katze vergiftet hat, indem er ihr eine Mischung aus dem Blut einer schwarzen Frau und dem eines weißen Mannes zu fressen gab.«

»Wenn Dr. Lively so was glaubt«, sagte ich, »ist er noch dümmer, als er aussieht.«

»Dr. Lively hat lesen und schreiben gelernt, noch bevor er laufen konnte«, sagte Audrey. »Er ist ein Genie. Vielleicht gefällt dir das, was er zu sagen hat, nur wegen deines Umgangs nicht.«

Sie sah Henry und News an und dann wieder mich.

»Wenn ihr mit meinen Begleitern ein Problem habt«, sagte ich, »könnt ihr uns einfach in Ruhe lassen.«

»Werden wir auch«, sagte die Frau mit den offenen Haaren. »Und außerdem werden wir unseren Freunden sagen, dass sie sich von eurem Stand fernhalten sollen. Was verkauft ihr überhaupt? Im letzten Jahr wart ihr nicht hier, oder?«

»Osterbrötchen«, sagte ich schnell, weil es das Erste war, das mir in den Sinn kam. »Aber die sind schon ausverkauft.«

»Schön für euch«, sagte die Frau mit den offenen Haaren. »Wollt ihr meinen Rat hören? Kommt nächstes Jahr nicht wieder her. Ignorante Menschen können wir hier nicht gebrauchen.«

Während sie sprach, sah ich, wie sie an mir vorbei in den Wagen spähte. Wie ich erst jetzt bemerkte, standen hinter den Kisten lauter Gartengeräte – Harken, Sensen und Pflugscharen, alle mit einem gut sichtbaren Preisschild versehen.

Niemand sprach, als wir den Wagen vom Festgelände lenkten. News hielt die Zügel in der Hand, und ich saß vorn bei ihr, Henry und Lark hockten hinten bei den Gartengeräten. News trieb die Pferde an, so gut es ging, ohne Aufsehen zu erregen. Der Abend ging in die Nacht über, lange Schatten fielen über das Camp. Ich sah undeutliche Silhouetten von Männern in Frauenkleidung und Frauen in Männerkleidung, eng umschlungen in Zelten, an Baumstämmen und auf dem kalten Boden. Niemand blickte auf oder nahm uns auch nur zur Kenntnis, und so verließen wir das Festgelände und gelangten ohne weiteren Zwischenfall auf die Straße, die in die Stadt führte. Das einzige Geräusch war das Klirren der Deichsel und das gelegentliche Schnaufen der Pferde, die uns aus der Gefahrenzone brachten.

»Tut mir leid«, sagte ich zu News. »Ich hätte gründlicher nachschauen sollen.«

»Du hättest den Mund halten sollen«, sagte News. »Was sollte das? Deine Verlobte? Hast du denn überhaupt nichts darüber gelernt, wie man mit Fremden spricht?«

»Ich dachte, ich könnte vielleicht ihre Meinung ändern«, sagte ich. »Ich dachte, einer Hebamme hören sie vielleicht zu.«

»Für sie bist du keine Hebamme«, sagte News. »Sondern nur ein fremder Mann, der ihren geliebten Doktor beleidigt hat. Du musst schon sehr von deinen Überredungskünsten überzeugt sein, wenn du glaubst, das könnte funktionieren.«

Ihr Ton war abfällig und zynisch. So hatte ich sie noch nie reden hören.

»Ich wollte doch nur helfen«, sagte ich. »Ich dachte, du wüsstest es zu schätzen.«

»Oh, ja, ich verstehe schon«, sagte News. »Du wolltest helfen. Du dachtest also, wenn jemand Gebildetes daherkommt und es diesen netten Leuten geduldig erklärt, betrachten sie mich nicht länger als deformierte Ziege und behandeln mich endlich wie einen Menschen? Habe ich das richtig verstanden?«

»Das ist nicht ...«, fing ich an.

»Und wenn damals in Gamaliel jemand die Geistesgegenwart besessen hätte, dem Bürgermeister die Dinge richtig zu erklären, wäre ich jetzt vielleicht noch bei meiner Familie? Einfach zu schade, dass niemand mit deiner Intelligenz und Bildung vor Ort war, um uns zu helfen. Was für eine Erleichterung, dass du hier bist!«

»Tut mir leid, dass ich versucht habe, dich zu verteidigen«, sagte ich wütend. »Den Fehler werde ich nicht noch mal machen.«

»Niemand muss mich verteidigen, Doctor. Schon gar nicht du.«

Die Straße vom Festgelände nach Casper war schmal und von Schotter bedeckt. Unsere Zähne klapperten, als die Pferde den Wagen darüberzogen. Am Straßenrand türmte sich Abfall vom Markt: leere Tüten von Babytränen, Obstkuchen und anderen Süßigkeiten, Eierschalen, Hühnerknochen, weggeworfene Ostermützen, Herrenhüte und sogar ein falscher Bart, der auf der Straße lag wie ein kleines Tier. Nach meilenweitem Schweigen, bei dem ich meine Wut auf News sezierte – könnte ich wirklich im Unrecht sein, obwohl ich das in meinen Augen Mutigere getan hatte? –, kamen wir hinter einer Biegung an ein Gatter, das die Kühe davon abhalten sollte, vom Festgelände in die Stadt zu laufen. Am Vortag war es offen gewesen, aber nun war es geschlossen, und jeder, der hindurchwollte, musste absteigen und es aus dem Weg schieben.

News hielt den Wagen an, und ich stieg wortlos ab, um das Tor zu öffnen. Die Konstruktion war einfach – langer, zwischen zwei schwere Holzpfosten gespannter Stacheldraht. Einer der Pfosten steckte in einem Metallring, der den Riegel bildete. Der Draht war so stramm, dass ich Schwierigkeiten hatte, den Holzpfosten aus dem Ring zu heben. Lark sprang aus dem Wagen, um mir zu helfen, aber gerade als wir den Pfosten befreit hatten und der Wagen passieren konnte, jagten drei berittene Männer mit gezogenem Gewehr um die Biegung.

Lark zögerte keine Sekunde.

»Fahr los!«, rief er News zu.

News nickte kurz und schwang die Peitsche, trieb die Pferde zum Galopp an und ließ uns in einer Wolke aus Steinchen, Abfall und Staub zurück.

Der Hilfssheriff durchsuchte mich. Er war ein großer Mann mit fleischigen, fahrigen Händen, und zunächst hoffte ich, er würde übersehen, was ich zu verbergen hatte. Er tastete meine Knöchel, Knie, Hüfte und Taille ab und fand nichts Verdächtiges, bis seine Hände unter meine Achseln glitten und den dicken Stoff der Brustbinde ertasteten.

»Was ist das?«, fragte er.

»Ich habe mich bei einer Schlägerei verletzt«, sagte ich. »Das ist nur ein Verband, sonst nichts.«

»Zeig mal«, sagte der Hilfssheriff.

Ich öffnete die oberen beiden Knöpfe meines lächerlich geblümten Kleides und legte den obersten Rand des Binders frei.

»Ich muss das noch für ein paar Wochen tragen«, sagte ich. »Bis die Wunde verheilt ist.«

Der Sheriff, der Lark durchsucht hatte, ein dünner Mann mit pockennarbiger Haut und einem dunkelroten Cowboyhut, wurde auf mich aufmerksam.

»Zeig uns das ganze Ding«, sagte er.

Das Herz schlug mir bis zum Hals, als ich das Kleid aufknöpfte und den Binder entblößte.

»So einen Verband habe ich noch nie gesehen«, sagte der Hilfssheriff.

»Das ist kein Verband«, sagte der Sheriff, und seine Miene war eine Mischung aus Erkenntnis und Abscheu. »Zieh das aus.«

Kalte Abendluft strich über meine nackte Haut. Der Hilfssheriff sah verwirrt aus.

Kurz wurde es hell, und ich sah Lark direkt ins Gesicht. Auch wenn wir beide jetzt wahrscheinlich sterben würden, hatte er immerhin ohne Selbsthass und Reue gelebt, und das machte mich wütend. Ich war neidisch.

»Nachdem ich Mobridge verlassen hatte«, sagte er, als uns erneut die Dunkelheit umfing, »wollte ich mich umbringen. Ich habe Arbeit in einem Gasthaus gefunden und mir dann mit einem Brotmesser die Handgelenke aufgeschnitten.«

Ich hörte Stoff rascheln.

»Hier«, sagte er, »fühl mal.«

Die Narbe auf seinem muskulösen Unterarm war breit und glatt. Darunter konnte ich seinen Puls spüren.

»Ein Teil von mir hat es wohl nicht ernst gemeint, denn ich habe nicht tief genug geschnitten. Der Besitzer fand mich, als ich gerade seinen Küchenboden mit meinem Blut besudelte. Er war ein guter Mann, aber ich war eine Belastung. Sobald die Wunden verheilt waren, hat er mich fortgeschickt. Danach habe ich es nie wieder versucht, was aber nicht bedeutet, dass ich den Drang nicht gespürt hätte. Fünf Jahre lang habe ich jeden Tag daran gedacht.«

»Und dann?«, fragte ich.

»Dann habe ich mich einem fahrenden Tierarzt angeschlossen. Er wurde alt und brauchte jemanden, der kräftig war und ihm mit den größeren Tieren half, den Kühen und Pferden. Anfangs habe ich ihn gehasst – er war ziemlich gemein, hatte hohe Ansprüche und schimpfte wegen jeder Kleinigkeit mit mir.

Aber eines Tages wurden wir zu einem Pferd mit Hufrehe gerufen. Der Rancher hatte zu lange damit gewartet, und das Pferd konnte kaum noch laufen. Als der Tierarzt ihm die Diagnose eröffnete, wollte der Rancher die Stute erschießen. Da hat der Tierarzt sie mitgenommen und drei Monate lang gepflegt. Er hat ihre Beine in Eisbädern gekühlt und die Hufe beschnitten, und als sie wieder halbwegs gesund war, hat er sie jeden Tag ein bisschen länger geritten, und am Ende war sie wie neugeboren. Er konnte sie nie verkaufen, denn sie würde für den Rest ihres Lebens ein wenig lahmen, aber er hat sie auf seiner

Farm behalten und sie gefüttert und wie seine anderen Pferde gepflegt. Einmal habe ich ihn gefragt, warum er sie nicht dem Rancher überlassen hatte, und er hat mich angesehen, als wäre ich verrückt.

›Sie ist ein Lebewesen‹, hat er gesagt.

Danach hab ich beobachtet, wie er mit den Tieren umging, vom schönsten Zuchthengst bis zum dünnsten Hühnchen, und er hat jedes mit größter Sorgfalt und Aufmerksamkeit behandelt. Wenn er mal eines einschläfern musste, hat er es zügig gemacht und das Tier vorher beruhigt, damit es nicht mit Angst und Schmerzen sterben musste.

Während ich für ihn gearbeitet habe, wurde er nie warm mit mir. Tatsächlich glaube ich, dass er mich zurückgehasst hat. Aber ich wusste, wenn ich jemals wieder so etwas versuchen würde wie in dem Gasthaus, würde er alles dafür tun, mich zu retten. In seinen Augen wäre mein Leben jede Anstrengung wert, auch wenn er mich nicht mochte. Also habe ich es nie wieder versucht, und nach einem Jahr habe ich gemerkt, dass ich nicht mehr daran dachte. Und so ist es geblieben, abgesehen von ein paar dunklen Zeiten.«

Als es erneut hell wurde, sah ich Larks Gesicht und seine Bewegungen in einem völlig anderen Licht. Diese Mischung aus Vorsicht und Optimismus – ich stellte mir vor, wie der Tierarzt dem kranken Pferd erneut das Gehen, Traben und Galoppieren beibrachte. Er hatte ihre Schwächen gesehen, aber auch um ihre Stärken gewusst. Ich wünschte, ich könnte meinem eigenen, fehlerhaften Körper dieselbe Fürsorge zeigen, doch stattdessen war ich von Scham und Angst erfüllt.

»Wir werden hier sterben«, sagte ich.

»Vielleicht«, sagte Lark. »Aber noch sind wir nicht tot.«

Den Morgen erkannten wir nur daran, dass der Wärter abgelöst wurde. Der Neue war groß und jung, eine Petroleumlampe erhellte sein weiches, unbehaartes Gesicht. Er hatte eine Tüte mit bunten, hartgekochten Eiern dabei, die er im Gehen schälte und aß. Ich hatte den Kopf an die Bank gelehnt und die Augen geschlossen, aber geschlafen hatte ich nicht. Stattdessen war ich in Gedanken immer wieder neue Pläne durchgegangen.

»Wenn ich mich gegen das Fenster werfe …«, sagte ich zu Lark, als er sich endlich rührte.

»Spar dir die Energie«, sagte eine Frau. Als das Licht über sie glitt, sah ich, dass ihre Augen geschlossen waren und ihr Körper schlaff dalag wie im Schlaf. Und doch klang ihre Stimme vollkommen wach. Ich fragte mich, wie lange sie uns schon belauscht hatte.

»Es gibt keinen Ausweg«, sagte sie. »Das ist doppeltes Glas, zusätzlich mit Metalldrähten verstärkt. Wir sind hier zwar in einer Kleinstadt, aber der Sheriff kommt aus Telluride. Er hat schon einige der schlimmsten Gesetzlosen westlich des Mississippi gefangen. Dieses Gefängnis ist praktisch wasserdicht.«

»Und jetzt?«, fragte ich. »Müssen wir hier verrotten?«

Ich bereute meine Worte sofort. Diese Frau saß seit zwanzig Jahren für die Taten ihrer Schwägerinnen ein, und ich geriet schon nach einer einzigen Nacht in Panik. Aber als das Licht zurückkam, lächelte sie. Mit der Zahnlücke und dem schelmischen Grinsen erinnerte sie mich plötzlich an Ulla.

»Da gibt es eine Sache, die ihr versuchen könntet«, sagte sie. »Ich würde es ja selber tun, habe aber noch niemanden gefunden, der dazu bereit wäre: Ihr könntet um eine Eheschließung bitten.«

»Ich bin mir nicht sicher, ob der junge Mann da draußen Lust hat, einen von uns zu heiraten«, sagte Lark. »Falls es das ist, das du meinst.«

»Ist es nicht«, sagte die Frau. »Der Sheriff nimmt den Schutz der heiligen Familie sehr ernst. Wenn ihr eine Heirat beantragt, wird er euch für die Zeremonie in eine Kirche bringen lassen. Anschließend wird er euch einen Ort zur Verfügung stellen, wo ihr die Ehe vollziehen könnt. Wenn ihr es schafft, ein Kind zu zeugen, könnte es euch beiden das Leben retten.«

»Ich kann keine Kinder bekommen«, sagte ich. Das jetzt zuzugeben erschien mir wenig riskant.

»Trotzdem«, sagte sie. »Auf dem Weg zur Kirche und während der Zeremonie hättet ihr Zeit, euch etwas zu überlegen. Selbstverständlich werden bewaffnete Wärter ein Auge auf euch haben. Aber aus unserer kleinen Kirche ließe es sich sehr viel leichter ausbrechen als aus diesem Gefängnis.«

Die Heiterkeit in ihrer Stimme fühlte sich in der dunklen und stickigen Zelle völlig fehl am Platz an.

»Warum erzählst du uns das?«, fragte ich misstrauisch.

Die Frau setzte sich auf und streckte sich.

»Ich hatte viel Zeit, darüber nachzudenken, wie sehr ich den Sheriff hasse«, sagte sie. »Ihm zu schaden wäre Belohnung genug für mich.«

Ich spürte Lark im Dunkeln lächeln.

»Was meinst du, Ada?«, fragte er. »Willst du mich heiraten?«

»Mach dich nicht lächerlich«, sagte der Sheriff. »Ich bringe dich natürlich nicht in die Kirche. Du bist wegen schweren Diebstahls verhaftet. Und du ...«, sagte er und sah mich an. »Ich weiß nicht mal, für welches Verbrechen genau der Richter dich schuldig sprechen wird. Wäre jetzt nicht gerade Osterwoche, wärst du schon längst tot.«

Er hielt eine Petroleumlampe in der Hand, die die Zelle mit flackerndem Licht erfüllte. Frühere Insassen – wahrscheinlich schon lange tot – hatten mit schmutzigen Fingernägeln Namen, Gebete und Flüche in die Wände geritzt.

»Bei allem Respekt, Sir«, sagte Lark, »unsere Ehe wird vor dem Jesuskind nicht heilig sein, wenn wir uns nicht in einer Kirche trauen lassen.«

»Und der Weg zur Kirche wird euch viele Gelegenheiten bieten, meinen Leuten zu entwischen«, erwiderte der Sheriff. »Ich weiß, wie euresgleichen denkt. Nein, wenn ihr heiraten wollt, werde ich euch nicht aufhalten. Aber die Zeremonie wird hier stattfinden.«

»Und danach?«, fragte Lark.

»Was sollte danach sein?«

Lark nahm meine Hand. Bevor ich wusste, was ich tat, drückte ich zu, und er drückte zurück. Ich musste an den Tanz im Festzelt denken.

»Ich will ja nicht taktlos sein«, sagte er, »aber meine Braut und ich brauchen einen Ort, um unsere Ehe zu vollziehen.«

Der Sheriff wand den Blick mit einer Verlegenheit ab, die ich unter anderen Umständen vielleicht niedlich gefunden hätte.

»Jaja«, sagte er. »Ihr bekommt die Gentlemanzelle.«

Der Priester erschien am Morgen, den ich nur daran erkannte, dass der Nachtwärter gekommen und gegangen und der junge Mann zurück war. Die Osterwoche war fast um, wahrscheinlich blieb uns nur ein einziger Tag, bevor wir vor den Richter treten mussten.

Als ich die Frau fragte, was wir tun sollten, nun, da wir nicht in die Kirche durften, hatte sie bloß mit den Schultern gezuckt.

»Ich mache mir schon seit Langem keine Hoffnungen mehr«, sagte sie. »Immerhin werdet ihr einen Nachmittag im schönsten Teil des Gebäudes verbringen. Normalerweise ist er für Leute reserviert, die es sich leisten können.«

Lark und ich wussten, dass unsere größte Chance darin bestand zu warten, bis der Wärter uns in die Gentlemanzelle brachte. Lark würde versuchen, ihm die Lampe aus der Hand zu schlagen. Während der Wärter damit beschäftigt war, die Flammen zu löschen, würden wir fliehen. Der Plan war nicht besonders raffiniert, aber einen anderen hatten wir nicht. Doch zunächst einmal mussten wir heiraten.

Der Priester war mittleren Alters und hatte ein gutaussehendes Gesicht, einen markanten Kiefer und schwarzes, ergrauendes Haar. Zum Gehen brauchte er zwei Stöcke. Im Lampenlicht sah ich, dass seine Brust und seine Schultern kräftig waren, aber seine Beine kurz und dünn wie die eines Kindes. Er ließ sich neben uns auf die Bank sinken, der Wärter schloss die Tür, und für einen Moment saßen wir alle im Dunkeln.

»Ich bin Pater Daniel«, stellte sich der Priester vor. »Normalerweise treffe ich ein Brautpaar, um sicherzustellen, dass es die Bedeutung des Ehesakraments versteht, und um es auf das gemeinsame Leben vorzubereiten. In eurem Fall sieht die Sache leider anders aus: Ich soll dafür sorgen, dass ihr die Ehe in gottesfürchtiger Absicht eingeht und nicht, um die gerechte Strafe für eure Verbrechen hinauszuzögern. Für einen Mann Gottes, da werdet ihr mir sicher zustimmen, ist es unwürdig, die Aufgaben eines Ermittlers zu übernehmen, aber das ist nun einmal die Lage, in der wir uns befinden.«

Im Kloster hatte man uns gelehrt, den Priestern, die uns gelegentlich für eine Predigt oder eine besondere Messe besuchten, große Ehrerbietung zu erweisen. Sie hatten mich wenig beeindruckt – alte Männer, die sich lautstark über die wahren Pflichten der Frau ausließen. Aber diesen Priester – müde und dennoch gut gelaunt, als wäre die Trauung zweier Sträflinge für ihn nicht die unangenehmste oder ungewöhnlichste Aufgabe in dieser Woche – mochte ich sofort.

»Danke, dass Sie uns besuchen, Pater«, sagte ich.

»Bedank dich nicht zu früh«, sagte er. »Beginnen wir mit dem Bräutigam. Warum erzählst du mir nicht, wie ihr euch kennengelernt habt?«

Mein ganzer Körper verspannte sich. Ich wusste nicht, wie wir eine Liebesgeschichte präsentieren sollten, die dieser Mann, offensichtlich kein Narr, uns abkaufte.

Aber Lark zögerte nicht.

»In der Stadt Fiddleback im Powder River Country«, sagte er. »Mein Freund und ich waren auf der Durchreise nach Crooked Creek, um dort Vieh zu stehlen. Ada war mit einem Bekannten dort, mit dem wir in der Vergangenheit schon einmal Geschäfte gemacht hatten. Damals war sie als Mann verkleidet und sah sehr gut aus – ein hübscher junger Cowboy mit geradem Rücken und intelligentem Blick. Wir unterhielten uns kurz, und sie erzählte, dass sie unbedingt nach Colorado reisen und Medizin praktizieren wollte. Normalerweise bin ich eher misstrauisch, aber von ihr war ich sofort angetan. Sie hatte etwas an sich, eine gewisse Zielstrebigkeit, und ich wollte sie unbedingt näher kennenlernen. Ein paar Monate später ...«

»Das reicht«, sagte Pater Daniel. »Jetzt ist die Braut an der Reihe. Junges Fräulein, du kannst mir jetzt erzählen, wie du dich verliebt hast.«

Das Laternenlicht des Wärters glitt über uns hinweg. Das hintergründige Lächeln in Larks Gesicht, der alte Mann, der stumpfsinnig in der Ecke saß, die Aussicht, entweder bald zu sterben oder in dieser dunklen und stickigen Zelle vor mich hin zu vegetieren – all das machte mich mutig.

»An dem Tag, als wir uns kennenlernten«, sagte ich, »erschien er mir wie der schönste Mann, den ich je gesehen hatte. Ich hatte nicht vor zu heiraten oder auch nur eine Liebschaft anzufangen, doch nachdem wir Fiddleback verlassen hatten, musste ich immer wieder an ihn denken. Stellen Sie sich also mein Glück vor, als ich herausfand, dass meine Bekannten für den Diebstahl eines Wagens vom Ostermarkt seine Hilfe benötigten. Den

Wagen wollten wir weiterverkaufen und den Gewinn einstreichen. Meine Bekannten und ich sind vorsichtige Diebe«, fuhr ich fort. »Vor dem Fest haben wir uns viele Male mit Lark getroffen und Pläne geschmiedet. Er und ich wurden schnell Freunde. Eines Nachts, als Lark und ich unsere Kostüme nähten – die Frauenkleider, die wir am Ostermontag tragen würden, um uns als Marktbesucher auszugeben –, hielt ich es nicht mehr aus.

›Früher hatte ich auch so eins‹, habe ich gesagt und auf das karierte Kleid gezeigt, an dem er nähte. Und als er von der Arbeit aufblickte, sah ich, dass er nicht besonders überrascht war.

›Du kennst mich als Adam‹, sagte ich, ›aber ich wurde als Ada Magnusson geboren, älteste von vier Töchtern. Ich bin eine Gesetzlose auf der Flucht, und als ich mein Zuhause verließ, dachte ich, ich hätte auch mein Frauenherz zurückgelassen. Aber jetzt‹, sagte ich, ›spüre ich, dass es noch immer in mir schlägt.‹«

Ich sah Lark an und wartete darauf, dass der Wärter mit der Lampe vorbeiging. Lark bemerkte meinen Blick und machte da weiter, wo ich aufgehört hatte.

»Ich erzählte ihr, dass ich sie zunächst für einen forschen jungen Mann gehalten hatte, für einen ausgezeichneten Schützen mit einem Händchen für Pferde und hoch erhobenem Kopf, der das Herz auf der Zunge trägt. Und ich habe auch gesagt, irgendwann sei mir bewusst geworden, dass da in den Männerstiefeln eine junge Frau steckte, die einen Teil ihrer selbst verbarg, aber ihre Kraft und Wut und brennende Neugier nicht verstecken konnte. Und irgendwann hatte ich mich in sie verliebt. Ich wusste nicht mehr, wann genau das geschehen war, aber nun, da niemand sich mehr verstellen musste, sagte ich ihr, dass mein Herz ihr gehörte, falls sie es wollte, und dass wir, falls sie einverstanden war, heiraten sollten, sobald der Diebstahl vollbracht und der Wagen verkauft war.«

»Und sag«, fragte Pater Daniel, »wo hättet ihr euch niedergelassen, wäre der Diebstahl nach Plan verlaufen?«

»Wir wollten nach Colorado reiten«, antwortete ich, »damit ich dort bei einer Hebamme in die Lehre gehen kann. Nachdem ich so viel gelernt hätte wie möglich, wären mein Mann und ich durch die Städte in den Bergen und auf der Prärie gereist. Ich hätte Babys auf die Welt geholt und Frauenleiden behandelt, und er hätte seine Dienste als Tierarzt angeboten, ein Beruf, den er seit seiner Jugend ausübt. Wir hätten das Leben als Gesetzlose hinter uns gelassen und ein einfaches Leben geführt. Wir wären dennoch Abenteurer geblieben, die jede Woche in einem anderen Bett und mit einer neuen Aussicht vor dem Fenster aufwachen.«

Die Tür öffnete sich, und der Wärter spähte herein. Die Lampe bildete einen Lichtkegel mit seiner Faust oben auf der Spitze.

»Beeilt euch«, sagte er. »Wie lange kann es schon dauern, zwei Diebe zu verheiraten?«

»Nach geltendem Recht dauert die Verheiratung von Dieben länger als die von ehrlichen Leuten«, antwortete Pater Daniel, »denn der Priester muss sich Zeit nehmen und sicherstellen, dass beide verantwortungsbewusst und aufrichtig genug für die Ehe sind. Aber keine Sorge. Ich habe nur noch eine letzte Frage, bevor ich entscheide, ob ich die Zeremonie durchführen werde.«

Der Wärter verdrehte die Augen und schloss die Tür.

»Manchmal glaube ich, dass ein Priester im Ansehen der Leute nur knapp über einem Dieb steht«, sagte Pater Daniel. »Meine letzte Frage lautet jedenfalls: Wie hättet ihr als Abenteurer Kinder großgezogen?«

Bis zu dieser Frage hatte mein Puls vor Aufregung gerast. Ich war nicht so naiv zu glauben, dass Lark all das, was er über mich gesagt hatte, wirklich meinte. Ich wusste, dass wir Theater spielten. Doch das Stück gefiel mir, trotz der Umstände, unter denen ich es spielen musste, und ich war mir einigermaßen sicher, dass es Lark genauso ging. Im stockdunklen Gefängnis war es leicht, sich unser Geschäker beim Nähen, Larks Heiratsantrag und das gemeinsame Leben als Hebamme und Tierpfleger auszumalen – es war einfacher, von der Zukunft zu träumen, als eine Vergangenheit zu erfinden. Aber als Pater Daniel Kinder erwähnte, fiel mir wieder ein, dass nichts von dem möglich war und ich wahrscheinlich nie wieder ein Gefängnis von außen sehen würde, geschweige denn den klaren Himmel und Berge vor meinem Fenster.

»Wir dachten, wir kriegen das schon irgendwie hin«, sagte ich, weil mir nichts Besseres einfiel.

»Meine Liebste will damit nur sagen«, unterbrach mich Lark, »dass wir die Kinder in unseren Berufen ausbilden würden, ganz so, wie wir es von unseren Ältesten gelernt haben. Ich würde ihnen beibringen, wie man sich um lahme Pferde und kranke Hunde kümmert. Und meine Frau würde sie in der Hebammenlehre unterrichten, damit ihr Wissen weiterreist, als sie es jemals könnte, und sogar ihren Tod überdauert.«

»Eine Viertelstunde in einer Gefängniszelle reicht wohl

kaum aus, um die wahren Beweggründe einer Person herauszufinden«, sagte der Pfarrer. »Die Wahrheit ist, dass ihr mich bezüglich eurer Absichten vielleicht täuscht. Aber ich ziehe es vor, an das Gute im Menschen zu glauben, und nun entscheide ich, an das Gute in euch zu glauben und dass ihr, wärt ihr jetzt frei, tatsächlich heiraten und ein gottesfürchtiges Leben führen würdet, statt getrennte Wege zu gehen und weiter als Diebe zu leben. Ich werde die Zeremonie durchführen.«

Auf meiner ersten Hochzeit hatte ich ein geschnürtes Spitzenkleid und Wildrosen im Haar getragen. Mein zweites Hochzeitskleid war von Straßenstaub und dem Schweiß angsterfüllter Tage und Nächte verdreckt. Auf meiner ersten Hochzeit lächelten mir während des Gelübdes von den Kirchenbänken alle zu, die ich je geliebt hatte. Auf meiner zweiten Hochzeit waren die einzigen Gäste ein katatonischer Mann und eine mysteriöse alte Frau, die sich dazu bereit erklärt hatte, unsere Trauzeugin zu sein. Die erste Hochzeit hatte ich für den Beginn meines Lebens gehalten. Bei der zweiten war ich mir ziemlich sicher, dass mein Leben zu Ende war.

Und doch: Als mich mein zweiter Mann zum ersten Mal küsste, als unsere Gesichter sich im Dunkeln annäherten und der Geruch seines Schweißes und Atems jeden Nerv in mir entflammte, musste ich lachen. Nicht weil unsere Hochzeit lustig war – obwohl ich die Feierlichkeit, mit der der Priester das Gelübde verlas, wir »Ja« sagten und die Frau ihre Unterschrift auf die aus der Tasche des Priesters gezogene Heiratsurkunde kritzelte, ziemlich komisch fand –, sondern weil ich selbst an einem Ort wie diesem und trotz der Aussicht auf lebenslange Gefangenschaft oder gar den Tod das Gefühl hatte, dass wir beide mit etwas davongekommen waren.

Sobald der Priester gegangen war, kehrte der Wärter zurück.

»Bereit für die Hochzeitsnacht?«, fragte er nicht unfreundlich.

Im Lampenlicht sahen Lark und ich einander in die Augen und machten uns bereit für den Plan. Der Wärter legte uns Handschellen an und kettete uns aneinander, bevor er mit seiner Waffe andeutete, dass wir vor ihm durch den Gang gehen sollten. Lark handelte schnell. Sobald er am Wärter vorbei war, fuhr er herum und schlug ihm mit gefesselten Händen die Lampe aus der Hand.

Ganz kurz nahm ich nichts wahr als zerbrochenes Glas und Gebrüll. Flammen loderten vom Zellenboden auf. Die Frau sprang auf eine Bank, um ihnen zu entkommen. Lark rannte los, und ich rannte mit ihm, gezogen von der Kette zwischen uns. Als er sich umdrehte, sah ich meine Gefühle in seinem Gesicht, einen jähen, unerwarteten Rausch. Dann hörte ich die Schüsse.

Das Seltsame am Schmerz ist, wie langsam er sich ausbreitet. Folgendes passierte, nachdem mich die Kugel des Wärters getroffen hatte, ich aber noch nicht zusammengesackt war: Lark und ich rannten zwei weitere Schritte den Gang hinunter auf die Tür zu, die ins Freie führte und leicht angelehnt stand, als wäre der Wärter so von sich überzeugt gewesen, dass er keine Sicherheitsvorkehrungen getroffen und sie nicht einmal geschlossen hatte. Wie ein Vogel erhob sich mein Herz beim Gedanken an die frische Luft da draußen. Im Sonnenlicht, das durch den Türspalt einfiel, sah Lark das Blut an meinem Bein hinunterlaufen. Ich lief drei Schritte und überholte ihn. Mir kam eine Erinnerung, die klarer und lebendiger war als das Gefängnis, eine Erinnerung an den Tag, als ich mir bei einem Sturz aus einem Baum den Arm gebrochen hatte, wenige Monate nachdem meine Mutter gesund geworden war und sich wieder um uns kümmerte. Ich erinnerte mich daran, wie sie mich aufhob und mich an ihre Brust drückte und wie sie mir Brühe und Bonbons brachte und wochenlang für mich da war, ganz ohne Vorwürfe, obwohl ich eindeutig zu schwer war für den Ast, auf dem ich gesessen hatte, und zu alt, um so einen Unsinn zu machen. Ich fragte mich, warum mir das ausgerechnet jetzt wieder einfiel. Ich fühlte eine Welle der Übelkeit und rief Larks Namen.

Als mich der Schmerz übermannte – ein schreckliches, kaltes Dröhnen, das Gefühl einer großen Unstimmigkeit tief in mir –, war der Wärter bereits dabei, mich und Lark zurück in die Zelle zu schleifen, wo wir geheiratet hatten.

Als sich der Schmerzschleier so weit auflöste, dass ich denken und meine Umgebung wieder wahrnehmen konnte, hörte ich Larks Stimme an meinem Ohr.

»Alles ist gut«, sagte er. »Versuch zu atmen. Atme so langsam wie möglich ein und aus.«

Ich atmete, und obwohl der Schmerz nicht nachließ, schaffte es doch so viel Raum in meinem Kopf, dass ich sprechen konnte.

»Bist du verletzt?«, fragte ich.

»Nur leicht«, sagte Lark. »Mir geht es gut, aber dir nicht. Du musst mir sagen, wie ich dir helfen kann.«

Ich berührte mein rechtes Hosenbein und spürte, wie

das Blut durch den Stoff sickerte. Für einen Moment färbte die Panik in meinem Kopf alles weiß.

»Ada«, sagte Lark. »Du musst dich konzentrieren. Du bist hier die Ärztin. Sag mir, was ich tun soll.«

Unter großer Anstrengung stellte ich mir vor, wie ich neben mir stand und meinen eigenen Körper verarztete. Eine stark blutende Beinwunde an einem Ort ohne Wasser, Jod, Nadeln oder Zwirn – in dem Fall konnte ein Arzt nicht mehr tun, als das Bein abzubinden und auf das Beste zu hoffen.

»Reiß ein Stück von deinem Hemd ab«, sagte ich.

Ich hörte Stoff reißen.

»Jetzt wickele es so fest wie möglich um mein Bein.«

Ich sah wieder Weiß.

»Du schreist.«

»Gut. Das bedeutet, es sitzt fest genug. Jetzt übe weiter Druck aus.«

Wieder wurde alles Grellweiß, und dann kehrte der stechende Schmerz zurück, durch das Gewicht von Lark nur noch verbreitert und vertieft.

»Was jetzt?«, fragte er.

»Das ist alles«, keuchte ich.

»Du blutest immer noch, ich kann es spüren!«

»Es gibt nichts, was du tun kannst«, sagte ich. »Mit etwas Glück gerinnt das Blut, bevor ich zu viel davon verliere.«

»Glück?«, fragte Lark. »Das ist alles, worauf wir hoffen können?«

Ich fühlte die Wärme seiner Hände und ihren Druck, als wollten sie meinen Körper zusammenhalten.

»Agnes Rose sagt, ich hätte Glück«, sagte ich.

»Wer?«, fragte er, aber ich war schon dabei wegzudämmern. Ich schwebte irgendwo jenseits von Schmerz und Hoffnung, wo Zukunft, Gegenwart und Vergangenheit miteinander verschmolzen und ich meine Augen für immer an einem Morgen in Colorado öffnen würde, Larks Atem in meinem Gesicht und Baby Bee in meinem Arm. Ich blickte hinunter und sah sie zum ersten Mal lächeln.

KAPITEL 9

Das Haus meiner Mutter in Fairchild stand an einer unbefestigten Straße, die zu beiden Seiten von blühendem Hartriegel gesäumt wurde. Wann immer ich mit Ängsten oder Sorgen zurückkam – nach einer schweren Geburt, einem anstrengenden Schultag oder einem Tanz, bei dem kein Junge mich aufgefordert hatte –, beruhigte mich der Anblick und der Geruch der Büsche. Sobald ich in unsere Straße einbog, fühlte ich mich zu Hause.

Das gleiche Gefühl hatte ich am Sonntag nach Ostern, als Amity den Pass über Hole in the Wall erreichte und ich sah, wie sich unter uns das Tal erstreckte. Das Gefühl war so stark und unerwartet, dass ich fast anfing zu weinen.

»Danke«, sagte ich zu News, die hinter mir ritt und Amitys Zügel hielt.

»Hör auf, mir zu danken«, sagte News. »Du warst dumm und hast es verdient, dafür zu leiden. Aber weder ich noch Kid hätten zugelassen, dass sie dich hängen.«

»Außerdem«, sagte Agnes Rose, »war der Wärter ein leichtes Opfer. Dumme Männer zu bezirzen wird mir nie langweilig.«

Inzwischen, überlegte ich, war wahrscheinlich die Tagesschicht eingetroffen und hatte den Nachtwärter zusammen mit dem katatonischen Mann in der Gefängniszelle entdeckt. Der Rest der Gefangenen war über alle Berge. Die Frau war in einer solchen Geschwindigkeit aus der Zelle geflitzt, dass ich mich fragte, ob sie vielleicht sehr viel jünger war, als es den Anschein gehabt hatte.

»Nichts für ungut«, fügte Agnes Rose in Larks Richtung hinzu.

»Keine Sorge«, sagte er. »Ich bin nicht dumm.«

»Du bist lustig«, sagte Agnes Rose. »Kleiner Tipp: Versuch nicht, vor den anderen lustig zu sein. Besonders nicht vor Cassie. Dass wir dich mitbringen, wird ihnen gar nicht gefallen. Je stiller du bist, desto besser.«

Larks Wunde war kleiner als meine – ein Streifschuss, der sich über seinen linken Oberschenkel zog –, aber ich sah an seinem Gesicht, dass er Schmerzen hatte. Texas, die auf Faith vorausritt, war dagegen gewesen, Lark mitzunehmen, und hatte sich nur überzeugen lassen, weil News für ihn bürgte. Nun saß Lark hinter Agnes Rose auf Prudence und blutete in seinen Stiefel. Am Ende würde Kid darüber entscheiden, ob er bleiben durfte oder nicht.

Durch den Nebel meiner Verletzung – die Wunde blutete nicht mehr, aber News' Whiskey, das Wasser und die Pemmikanstücke hatten meine Kräfte nur teilweise wiederhergestellt – konnte ich erkennen, dass Agnes Rose in Sorge war. Ihre Stimme klang zu laut und zu fröhlich, und während wir uns Hole in the Wall näherten, wurden ihre Sätze immer länger und gleichzeitig immer inhaltsleerer, gerade so, als wollte sie die Stille füllen.

Als hinter der letzten Krümmung die Schlafbaracke in Sicht kam, sagte sie: »Kid war in letzter Zeit etwas krank.«

»Krank in welchem Sinn?«, fragte ich.

»Blutunterlaufene Augen, Schlaflosigkeit. Und dann ...« Sie hielt inne. »Das ist eigentlich das Hauptproblem. Schlaflosigkeit. Vielleicht weißt du ein Mittel?«

Ich erzählte Agnes Rose nicht, dass ich Kid längst beim Schlafen half und dass sich mir nun die Nackenhaare aufstellten vor Angst. Ich erinnerte mich an die Geschichte von Kids Vater, der hinter zugezogenen Vorhängen im Haus ausgeharrt hatte, bis er wieder predigen konnte.

»Da ist doch noch etwas«, sagte ich.

»Letzte Nacht«, sagte Agnes Rose, »hat Kid einen Anzug in Brand gesteckt.«

Ich war mir nicht sicher, ob ich sie richtig verstanden hatte. »Einen Anzug?«

»Nun ja«, sagte Agnes Rose, »gestern trug Kid einen feinen Anzug aus Wolle, und später dann ist der Anzug verbrannt.«

»Mutter Maria«, sagte ich.

»Alle anderen waren schon schlafen gegangen, und Kid hat mir erzählt, was wir tun werden, sobald der Coup erledigt ist. Anfangs klang alles ganz normal. Dass wir die Leute von Fiddleback auf unsere Seite bringen müssen und so weiter. Aber dann wurde es seltsam. Kid meinte, nach Fiddleback wäre Casper an der Reihe, und dann Telluride und sogar Chicago. Wir würden Amerika wiederaufbauen, aber diesmal richtig, und keine Grippe und kein Fieber könnte uns aufhalten, denn Gott wird uns beschützen.«

Ich musste auf der Hut sein, um nicht versehentlich Kids Geheimnis zu verraten.

»Das klingt wirklich seltsam«, sagte ich. »Hat Kid erklärt, wie wir all das erreichen wollen?«

»Nein«, sagte Agnes Rose. »Ich habe nachgefragt, woraufhin ich prompt des Unglaubens bezichtigt wurde. Dann sagte Kid, dass wir es so erreichen würden wie alles andere auch, nämlich durch die Kraft des Jesuskindes. Und falls ich nicht glaubte, bräuchte ich vielleicht ein Zeichen Seiner Gunst. Und bevor ich eingreifen konnte, hat Kid einfach den Arm ins Feuer gehalten. Wahrscheinlich um mir zu zeigen, dass gegen uns selbst Flammen machtlos sind. Aber das sind sie natürlich nicht. Kaum ging der Ärmel in Flammen auf, war der Zauber gebrochen, und Kid sah mich absolut panisch an.«

»Was hast du gemacht?« fragte ich.

»Ich hatte mir glücklicherweise eine Decke um die Schultern gewickelt. Ich habe mich auf Kid gestürzt und auf den Arm geschlagen, bis das Feuer erstickt war. Ich habe versprochen, niemandem was zu erzählen. Die Verbrennung ist nicht schlimm, ich habe sie selbst verbunden, aber vielleicht solltest du sie noch mal auf eine Infektion untersuchen. Doch was den Rest betrifft ... Ich habe Kid schon viele seltsame Dinge tun sehen und sagen hören, Ada. Aber so etwas? Noch nie.«

Als wir ankamen, war es bereits Abend. Die anderen saßen um die Feuerstelle herum und aßen Eintopf aus Blechnäpfen. Sobald sie sahen, dass wir einen Fremden mitbrachten, standen Cassie und Kid auf und kamen uns entgegen. Cassie wirkte wütend und misstrauisch, ganz wie Agnes Rose es vorausgesagt hatte, aber Kid machte einen gelassenen Eindruck. Nur der Verband, der aus dem Hemdärmel ragte, deutete darauf hin, dass etwas nicht stimmte.

»Das ist Lark«, sagte ich. »Er hat uns geholfen, den

Wagen zu stehlen, und im Gefängnis hat er mich vor dem Verbluten gerettet. Er ist verletzt und muss sich ausruhen. Kann er ein paar Tage bei uns bleiben?«

»Einen Job mit ihm zu erledigen ist eine Sache«, sagte Cassie, »aber ihn herbringen? News, was hast du dir dabei gedacht? Wir hatten noch nie einen Mann hier.«

»Was spielt das für eine Rolle?«, fragte News. »Draußen in der Welt bin ich genauso ein Mann wie er. Und mich willst du doch auch nicht rauswerfen.«

»News, du weißt ganz genau, was ich meine«, sagte Cassie.

»Nein, weiß ich nicht«, sagte News. »Wir haben Hilfe gebraucht, und ich habe jemanden gefunden, dem wir vertrauen können. Jetzt braucht er unsere Hilfe, und du willst ihn im Stich lassen?«

»Aber kann man ihm tatsächlich trauen?«, fragte Cassie. »Was hält ihn davon ab, irgendeinen Sheriff oder Kopfgeldjäger zu uns zu führen, sobald es ihm passt?«

»Du verstehst nicht ...«, sagte ich.

Aber noch bevor ich ausreden konnte, rief Kid: »Stopp!«, laut genug, um Lo und Elzy zu erschrecken. Sie sahen zu uns herüber. Ich sah Angst über Cassies Gesicht huschen, doch als Kid schließlich sprach, tat er das in einem ruhigen, wohlüberlegten Ton.

»Ich muss es aus deinem Mund hören«, sagte Kid zu Lark. »Sicher verstehst du, warum einige von uns Schwierigkeiten haben, dir zu vertrauen. Was hast du dazu zu sagen?«

Lark überlegte. Ich warf ihm einen möglichst aufmunternden Blick zu.

»Wahrscheinlich solltet ihr mir nicht vertrauen«, sagte

Lark schließlich. »Aber hättet ihr mich in dem Fall nicht lieber hier, wo ihr mich im Auge behalten könnt?«

»Da ist was dran, Cassie«, sagte Kid. »Jetzt, da er weiß, wo wir leben, müssen wir ihn entweder hierbehalten oder töten. Und ich persönlich möchte den Mann, der unserer Ärztin geholfen hat, nicht erschießen. Jedenfalls noch nicht.«

Ich hatte viel Glück gehabt – die Patrone hatte mein Schienbein verfehlt und sich stattdessen durch das Fleisch und auf der anderen Seite wieder hinausgebohrt. Unter meiner Anleitung desinfizierte Texas die Wunde mit einem Lappen, den sie zuvor in eine Schüssel mit Whiskey und heißem Wasser getaucht hatte, und dann vernähte und verband sie sie, während ich auf der Pritsche lag und auf ein Lederhalfter biss.

»Du bist dran«, sagte Texas zu Lark, als sie fertig war. »Erst mal muss die runter.«

Sie machte Anstalten, Larks blutbefleckte Hose aufzuknöpfen, doch er legte eine Hand an den Gürtel und schüttelte den Kopf.

»Mir geht's gut«, sagte er.

»Nein«, sagte Texas. »Du blutest auf die Steppdecke.«

»Ich glaub, es hat schon aufgehört.«

Texas wandte sich an mich. »Erklär deinem Freund, dass seine Wunde versorgt werden muss«, sagte sie. »Sonst bekommt er noch Wundbrand. Ich werde meine Tage garantiert nicht damit verbringen, mich um einen Einbeinigen zu kümmern.«

»Ich übernehme das«, sagte ich. »Jetzt, wo meine Wunde geschlossen ist, geht es mir schon viel besser.«

»Du siehst schrecklich aus«, sagte Texas. »Dein Gesicht hat die Farbe von Kartoffelpüree.« Sie wandte sich an Lark. »Also, *ich* würde nicht wollen, dass sie mich in diesem Zustand verarztet«, sagte sie.

»Ich gehe das Risiko ein«, sagte Lark.

Texas zuckte mit den Achseln. »Ganz wie du willst. Aber wenn sie beim Nähen ohnmächtig wird, werde ich nicht kommen und euch helfen.«

»Warum erzählst du ihnen nicht, was dir passiert ist?«, fragte ich Lark, sobald Texas weg war. »Vielleicht trauen sie dir dann mehr.«

»Weil es sie nichts angeht«, sagte Lark.

»Mir hast du es erzählt«, sagte ich. »Geht es mich was an?«

Lark lächelte. »Natürlich tut es das. Du bist meine Frau.«

Ich senkte den Blick.

»Sehr lustig«, sagte ich.

Ich war mir nicht sicher, woran ich bei ihm war. Ich glaubte, dass er zumindest etwas von dem, was er im Gefängnis gesagt hatte, ernst meinte – der Kuss hatte sich nicht angefühlt wie gespielt. Doch ich wusste auch, dass er ein Dieb war, der seinen Lebensunterhalt damit verdiente, die Leute zu täuschen. Ich stellte mir vor, wie Agnes Rose mit dem Gefängniswärter geflirtet und mit den Wimpern geklimpert hatte – wahrscheinlich hatte sie ihn glauben lassen, sie fände ihn interessant und gutaussehend und wollte mehr. Wenn Agnes Rose so etwas tun konnte, konnte Lark es sicher auch.

»Texas hat recht«, sagte ich. »Die Wunde muss gereinigt werden. Ist es okay, wenn ich dir die Hose ausziehe?«

»Ich mache das«, sagte Lark.

Die Wunde war nicht tief, aber sie hatte stark geblutet. Larks Oberschenkel war verschmiert und seine Unterwäsche auf einer Seite durchtränkt.

»Tut mir leid«, sagte ich und deutete verlegen darauf. »Die musst du wohl auch ausziehen.«

Er nickte, begann aber stattdessen damit, sich das Hemd aufzuknöpfen. Seine Brust war flach und schmal, die Haut hatte die Farbe von Honig. Schwarzes Haar kräuselte sich vom Nabel bis unter den Bund seiner Unterhose. Er sah mir in die Augen und zog sie dann langsam aus.

Was ich zu sehen bekam, war hässlich, das kann ich nicht verleugnen. Der Hodensack war intakt, aber darüber befand sich ein winziger Stumpf, der sich einfaltete wie ein Bauchnabel. Ich konnte erkennen, dass sich die Verletzung stark entzündet hatte, da sie von sternenförmigem Narbengewebe von der Größe einer Männerhand umgeben war. Die versehrte Haut war rosa und glänzend, als wäre die Narbe noch frisch. Was ich sah, war nicht nur eine Entstellung. Er musste entsetzliche Schmerzen gelitten haben. Ich wollte instinktiv wegschauen.

Mein ganzes Leben lang hatte ich gegen diesen Instinkt gekämpft. Aber ich hatte nicht weggesehen, als Mama mich zu meiner ersten Geburt mitgenommen hatte, wo die Frau tief aus dem Bauch heraus stöhnte und ein schreiender, blutverschmierter Kopf zwischen ihren Schenkeln erschien. Ich hatte nicht weggesehen, als das Fleisch einer anderen Frau vom Geburtskanal bis zum Anus riss, während das Baby herauskam. Ich hatte nicht weggesehen, als meine Nachbarn ihre kranken Körper zu uns schleppten: die nässenden Wunden, die verkrusteten Hautausschläge, die von Entzündungen steinharten, rot leuchtenden Brüste, die Scheiden, aus denen klumpiger Hefepilz tropfte. Ich hatte nicht weggesehen, als meine Mutter die Patientinnen wusch und verband und die entzündeten Stellen behandelte, auch nicht, als es später meine Aufgabe wurde, sie zu pflegen. Ich hatte nicht weggesehen, als es darum ging zu erfahren, an welcher Stelle Gott oder Mutter Natur bei der Erschaffung meines Körpers vom ursprünglichen Weg abgewichen waren. Ich sah noch immer hin. Ich tunkte einen Lappen in den mit Wasser gefüllten Bottich. Ich ließ meine Augen über Larks Körper wandern und nahm ihn in mich auf.

»Du bist wunderschön«, sagte ich.

Ich konnte die Erleichterung in seinem Gesicht sehen.

»Du auch«, sagte er.

An dem Tag hatte ich zum ersten Mal Sex, ohne dabei an die Empfängnis zu denken. Was wir taten, hatten mein erster Mann und ich nie getan – weil er so jung gewesen war, hatte er wahrscheinlich nicht gewusst, dass er seine Zunge zwischen die Beine einer Frau schieben konnte –, und was ich fühlte, hatte ich mit meinem ersten Mann nie gefühlt. Nicht nur mein Körper war verändert – das Verlangen staute sich an, bis ich losließ und ein Ziehen im Unterleib verspürte, als fiele ich aus großer Höhe. Und immer hatte ich das Gefühl, dass wir alles nur unseretwegen taten. Jeder Moment war nicht etwa der Beginn einer Zukunft, sondern sein eigenes, vollkommenes Jetzt. Danach kehrte eine Ruhe in meinem Körper ein, die ich nie zuvor gespürt hatte, als wäre ich ganz bei mir selbst, als wäre ich alles, was ich brauchte.

Wir konnten nur kurz zusammenliegen und unsere verwundeten Leiber aneinanderpressen, denn ich hörte von draußen Stimmen und wusste, dass die anderen bald zurück sein würden. Als wir uns hastig ankleideten, kam der Schmerz wieder, den wir vorübergehend vergessen hatten.

Agnes Rose betrat die Schlafbaracke, als wir uns gerade die Hemden zuknöpften. Das kleine Lächeln auf ihrem Gesicht war die einzige Bestätigung dafür, dass sie sich etwas dachte. Sie hielt mir einen aus einem Eichenast geschnitzten Gehstock hin.

»Komm schon, Doc«, sagte sie. »Kid hat eine Versammlung einberufen.«

Lark erhob sich, um mir aufzuhelfen, doch Agnes schüttelte den Kopf.

»Ich helfe ihr«, sagte sie. »Du bleibst hier. Nichts für ungut, aber die Versammlung ist nicht für dich.«

In der silbergrauen Anzugjacke aus Seide, dem schwarzen Hemd und der schwarzen Reithose, alles makellos und ohne eine Spur des roten Staubs, wirkte Kid groß und mächtig.

»Jetzt ist die Zeit gekommen, in der unsere Arbeit Früchte tragen wird«, sagte Kid. »Morgen reiten wir nach Fiddleback. Wir werden uns nehmen, was rechtmäßig uns gehört.«

Cassie sah verblüfft aus.

»Wir können nicht schon morgen losreiten«, sagte sie. »Doc kann nicht einmal laufen. Und den richtigen Platz für das Feuer haben wir auch noch nicht gefunden. Wir brauchen noch mindestens eine Woche.«

»So viel Zeit haben wir nicht«, sagte Kid. »Die Leute zählen auf uns.«

»Wer?« fragte Cassie. »Niemand weiß, dass wir überhaupt existieren.«

»Unser Volk zählt auf uns«, sagte Kid. »Die unfruchtbaren Frauen dieses Landes, vom Mississippi bis zum Pazifik. Sie alle zählen auf uns, ob sie es nun wissen oder nicht. Wenn wir ihnen nicht helfen, wird niemand es tun.«

»Der Pazifik?«, fragte Cassie. »Ich mochte den Plan schon nicht, als es nur um Fiddleback ging, aber jetzt – ich weiß ja nicht mal, wovon du sprichst. Wir sind nur zu acht, Kid.«

Kid ging zu Cassie hinüber.

»Weißt du noch, was Christus zu Martha gesagt hat?«

»Lass das, Kid«, sagte Cassie. »Tu das nicht.«

»Christus sagte zu Martha: ›Ich bin die Auferstehung und das Leben. Wer an mich glaubt, der wird leben, ob er gleich stürbe; und wer da lebet und glaubet an mich, der wird nimmermehr sterben.‹ Verstehst du, Cassie?«

»Du weißt, dass ich keine fromme Christin bin, Kid«, sagte Cassie. »Ich glaube, du musst dich ausruhen.«

»Keine Christin?«, rief Kid. »Keine Christin? Cassie, Christus war nur ein Beispiel, ein Bote, wenn du so willst. Er hat uns gelehrt, dass wir niemals umkommen, solange wir gerecht handeln, denn was gerecht ist, kann nicht sterben. Du verstehst mich doch, oder, Agnes Rose? News? Wir sind die Auferstehung und das Leben.«

Kid sprach schnell, ohne Luft zu holen und mit aufgerissenen Augen, die an ein Feuer kurz vorm Erlöschen erinnerten. Lo und Texas sahen einander an, Elzy starrte zu Cassie hinüber, und alle Blicke knisterten vor Unbehagen. Schließlich ergriff Agnes Rose das Wort.

»Im Interesse aller, die auf uns zählen«, sagte sie, »müssen wir schlau vorgehen. Wir sollten nicht ohne einen fertigen Plan losstürzen. Lasst uns noch zwei Tage warten. Bis dahin ist Doc vielleicht stark genug für den Ritt, und News kann derweil einen Platz für das Feuer suchen. Nur ein zusätzlicher Tag, Kid. Ich garantiere dir, du wirst es nicht bereuen.« Als sie fertig war, warf sie mir einen vielsagenden Blick zu.

»Das sehe ich genauso«, sagte ich. »Ich fühle mich berufen, Kid, genau wie du gesagt hast. Ich fühle mich so, seit ich hier bin. Wenn ihr morgen losreitet, muss ich zurückbleiben. Dann kann ich nicht tun, wozu ich berufen wurde.«

Kid ging um die Feuerstelle herum und starrte mit wilden Augen auf mich hinunter. Ich wappnete mich für einen Tritt oder einen Schlag.

»Du hast recht«, sagte Kid stattdessen. »Alle sollten dabei sein. Zwei Tage. Zwei Tage, dann reiten wir nach Fiddleback. Wer ist bereit, die Welt neu zu gestalten?«

Für den Bruchteil einer Sekunde herrschte Stille, dann brachen erst Agnes Rose und schließlich der ganze Kreis in halbherzigen Jubel aus.

Als die anderen schliefen – Lark lag in einem behelfsmäßigen Bett aus alten Futtersäcken und Pferdedecken –, fand ich Kid auf dem Baumstumpf im Obstgarten vor, wo ich zu schießen gelernt hatte. Die Birnbäume waren mit schaumigen Büscheln aus weißen Blüten geschmückt und leuchteten im Mondlicht. Niemand hätte geahnt, dass ihre Früchte steinhart waren und so bitter schmeckten wie Medizin. Ich setzte mich neben Kid ins kalte Gras.

»Wann hast du das letzte Mal geschlafen?«, fragte ich.

»Ich schlafe gut«, antwortete Kid. »Ich bin nur hier, um ein bisschen nachzudenken.«

Es klang so normal, dass ich es fast geglaubt hätte.

»Worüber denkst du nach?«, fragte ich.

»Das Übliche«, sagte Kid. »Fiddleback. Was alles schiefgehen könnte. Was schiefgehen wird. Was man dann tun kann.«

»Vorhin hast du viel selbstbewusster geklungen«, sagte ich. »Fast so, als wärst du überzeugt, dass wir nicht scheitern können.«

»Natürlich können wir scheitern«, sagte Kid. »Was, wenn das Feuer nicht brennt oder der Tresor zu stabil für die Bomben ist oder wenn der Wagen ein Rad verliert oder die Truppe des Sheriffs uns fängt und uns alle hängt? Wir werden mit sehr viel höherer Wahrscheinlichkeit scheitern als siegen.«

»Aber vorhin an der Feuerstelle hast du gesagt ...«

»Ich weiß, was ich gesagt habe!«

Kids Stimme hallte durch die stille Nacht. Etwas stieg aus einem der Birnbäume empor und flatterte auf dunklen Flügeln davon.

»Manchmal lasse ich mich einfach hinreißen«, sagte Kid etwas leiser. »Aber das verstehen die anderen. Sie wissen, dass sie meine Worte nicht für bare Münze nehmen sollen.«

Plötzlich wirkte Kid gekränkt und abwehrend, aber auch erschöpft und ängstlich. Ich wusste, wir beide fürchteten, was ich als Nächstes sagen würde.

»Erinnerst du dich an unser Gespräch vor meiner Abreise?«, fragte ich. »Über deinen Vater?«

Kid stand auf.

»Behandle mich nicht wie ein Kind. Natürlich erinnere ich mich. Aber darum musst du dir keine Sorgen mehr machen. Ich dachte, dass ich mich eventuell in diese Richtung entwickle, aber wie sich herausgestellt hat, lag ich falsch. Morgen früh wird es mir schon besser gehen.«

»Kid«, sagte ich langsam, »du hast gesagt, wenn du anfängst zu behaupten, du wärst ein unsterbliches Wesen und kein Mensch und kein Tier könnte dir etwas zuleide tun, soll ich dich in die Cowboyhütte sperren, bis du wieder bei Sinnen bist.«

»Wie kannst du es wagen?« Kids Stimme war ein Zischen. »Du schuldest mir *alles*. Wenn ich nicht wäre, würdest jetzt am Galgen baumeln. Und *du* glaubst, du könntest meinen Verstand anzweifeln?«

»Ich ...«

Kid zog einen Revolver. Im Mondlicht glänzte er ölig wie Schlangenhaut.

»Bleib weg von mir«, sagte Kid.

Ich hob die Hände und wich zurück.

»Ich sage doch nur, dass du dich ausruhen solltest«, versuchte ich es noch einmal.

Kid schoss in die Luft. Ein paar Nachtwesen flatterten auf und huschten davon.

»Hau ab!«, schrie Kid.

Ich lief so schnell, wie mein verletztes Bein es zuließ.

Als ich zur Schlafbaracke zurückkam, saß Agnes Rose auf den Stufen davor.

»Dem Jesuskind sei Dank«, sagte sie, als sie mich sah. »Ich dachte schon, ich hätte einen Schuss gehört.«

»Hast du auch«, sagte ich. »Alles in Ordnung. Na ja, nicht ganz. Kid ist krank.«

»Weißt du ein Heilmittel?«

»So einfach ist das nicht«, sagte ich. »Vor meiner Abreise haben wir etwas beschlossen. Falls etwas geschieht wie das hier, wollte Kid sich allein in der Cowboyhütte einschließen und sich erholen, aber jetzt ist es, als hätten wir nie darüber gesprochen.«

Ich hörte, wie die aufgebrachten Vögel sich wieder im Obstgarten niederließen, das klagende Krächzen der Raben, den leisen Geisterruf einer Eule.

»Tja, dann gibt es nur eine Sache, die wir tun können«, sagte sie. »Wir warten, bis Kid endlich schläft, und nehmen die Waffe an uns. Dann bringen wir Kid zur Cowboyhütte, notfalls mit Gewalt, und halten abwechselnd davor Wache, bis es vorbei ist.«

Ich stellte mir das Ganze vor – Kid mit der Waffe zu bedrohen, an den Handgelenken zu fesseln und auf ein Pferd zu heben. Ich wusste, wir könnten es schaffen. Aber wenn ich daran dachte, wie ich Kid die Arme nach hinten bog und zusammenschnürte, dachte ich auch an den Sheriff und seinen Gehilfen, die mich auf der Straße nach Casper angesehen hatten, als wäre ich kein richtiger Mensch, sondern verdorbenes Essen. Ich würde Kid niemals so behandeln, wie sie mich behandelt hatten.

»Nein«, sagte ich. »Kid soll freiwillig mitkommen.«

Agnes Rose seufzte. »Na gut«, sagte sie, »aber wie sollen wir Kid klarmachen, dass es die richtige Entscheidung ist?«

»Wer hätte diesen Einfluss?«, fragte ich.

»Bis heute Abend«, sagte Agnes Rose, »hätte ich auf dich getippt.«

»Offensichtlich nicht«, sagte ich. »Wer sonst?«

Agnes Rose dachte einen Moment nach. Die Sterne waren dabei zu verblassen, der Himmel über den Bergen färbte sich bläulich.

»Kid vertraut Cassie«, sagte sie.

»Aber sie streiten sich ständig«, sagte ich.

»Sie sind sich oft uneins«, sagte sie. »Aber Cassie kennt Kid länger als alle anderen. Vielleicht weiß sie, was sie sagen muss.«

Ich stand in der Dunkelheit neben Cassies Bett und rührte mich nicht. Kid hatte angedeutet, etwas Schreckliches würde passieren, sollte ich Cassie oder sonst jemanden einweihen. Plötzlich wurde mir bewusst, dass Kid Cassie unterschätzt hatte. Sie musste gemerkt haben, dass etwas nicht stimmte. Sie kannte Kid zu lange und zu gut, um es nicht zu sehen. Ich hatte keine Ahnung, warum sie Kid nicht im Beisein der anderen zur Rede gestellt hatte, warum sie sich dem Plan nicht einfach widersetzt hatte. Wahrscheinlich würde Cassie ihn ein für alle Mal abblasen, sobald wir Kid in die Cowboyhütte brachten. Das würde mir Kid nie verzeihen. Trotzdem sah ich keine andere Möglichkeit.

Cassie erwachte mit einem Ruck und sah sich ängstlich um, so verschreckt und tierisch, dass ich selbst Angst bekam. Der Schreck wich jedoch schnell ihrem Ärger.

»Wie spät ist es?« fragte sie.

»Es ist wegen Kid. Wir brauchen deine Hilfe.«

Wir warteten eine knappe Stunde vor der Schlafbaracke, während Cassie im Obstgarten mit Kid sprach. Der blauschwarze Himmel färbte sich erst königsblau und dann aquamarin, und so plötzlich, wie man es nur im Gebirge beobachten kann, war er von Schlieren in Gold und Rosa durchzogen, die an leuchtende Pferdeschweife erinnerten. Die Lerchenstärlinge erwachten, und an jedem anderen Tag hätten mich ihre Lieder zum Lächeln gebracht. Kojoten keckerten in der frühen Morgendämmerung und verstummten, als das erste Tageslicht sie beim Plündern störte und verscheuchte.

Agnes Rose und ich saßen auf den Stufen, oder sie saß auf den Stufen und ich lief auf und ab, oder sie lief auf und ab und ich saß auf den Stufen, oder wir liefen beide auf und ab und zogen Kreise, die immer größer wurden, so dass sich unsere Wege nur noch alle paar Minuten kreuzten und wir einander mit einer Mischung aus Hoffnung und Sorge zunickten. Wir sprachen kein Wort. Ich wusste nicht, worauf Agnes Rose hoffte, während die Morgenluft immer wärmer wurde und die unvermeidliche Stunde näher rückte, in der die Gang erwachen und merken würde, dass Kid verschwunden war.

Ich wusste nur, wovor ich mich egoistischerweise fürchtete: dass Cassie scheitern, die Gang sich trennen und der Fiddleback-Plan im Sande verlaufen würde, beziehungsweise dass Cassie Erfolg haben und die Führung übernehmen und der Fiddleback-Plan im Sande verlaufen würde. So oder so hätte ich keine Möglichkeit mehr, nach Pagosa Springs zu gehen. Die Hole-in-the-Wall-Gang mochte sich für mich inzwischen wie mein Zuhause anfühlen, aber ich gehörte noch nicht nach Hause. Ich hatte eine Aufgabe, und während ich meine Chance, sie zu erfüllen, in weite Ferne verschwinden sah, wuchs meine Angst, mich selbst zu verlieren – nicht wie Kid, sondern ganz allmählich. Ich fürchtete, jeder neue Tag würde ein Stück meines Herzens und meines Verstandes auslöschen, bis ich irgendwann einem Sheriff oder dem Henker gegenüberstand, ohne jede Angst oder Trauer, weil es nichts mehr gab, was mir etwas bedeutet hätte.

Doch gerade als die Sonne über die Gipfel kroch und ihr zitronengelbes Licht auf die Stufen vor der Schlafbaracke warf, kamen Cassie und Kid aus dem Obstgarten. Agnes Rose und ich eilten ihnen entgegen und bestürmten sie mit Fragen und Vorschlägen.

»Geht es dir gut?«, fragte Agnes Rose. »Kid, du hast uns einen riesigen Schrecken eingejagt.«

»Ich hole ein Pferd«, sagte ich. »Kid, welches möchtest du reiten?«

»Alles ist gut, Agnes«, sagte Kid mit klarer, aber leiser Stimme. »Doc, Cassie wird mein Pferd satteln. Du hast genug zu tun.«

»Sagt den anderen, dass Kid und ich einen Ausritt machen«, befahl Cassie. »Wenn sie fragen, wohin, sagt einfach, ihr hättet keine Ahnung. Ich werde euch alles erklären, sobald ich zurück bin.«

Falls Cassie geglaubt hatte, der Rest der Gang würde sich damit zufriedengeben, irrte sie. Als die anderen aufwachten – zuerst Texas, um sich um die Pferde zu kümmern, dann Elzy, verwundert über Cassies leeres Bett, dann Lo und zuletzt News –, wollte jede Einzelne wissen, wo Kid war, und als sie keine Antwort erhielten, machte sich eine allgemeine Verwirrung breit, die schon fast an Panik grenzte und die weder ich noch Agnes Rose unter Kontrolle bekamen.

»Ich wusste es«, sagte Texas. »Ist Kid krank, Doc? Ist es was Ernstes?«

»Was ist mit dem Plan?«, fragte Lo. »Wir sollten nichts überstürzen. Wenn es Kid nicht gutgeht, müssen wir mindestens bis zum Herbst warten, vielleicht noch länger.«

»Wir können den Plan nicht aufschieben«, sagte News. »Doc kann Kid helfen, nicht wahr, Doc?«

Als Cassie um zwölf Uhr mittags zurückkehrte, ihr Blick leer vor Sorge und Schlafmangel, waren Agnes Rose und ich bei der Arbeit. Wir hatten uns Aufgaben im Freien ausgedacht, um den immer hartnäckigeren Nachfragen unserer Kameradinnen zu entgehen. Als sie angeritten kam, pflückte ich Minze, und als sie uns wenige Augenblicke später in der Schlafbaracke zusammentrommelte, hielt ich einen Korb voller duftender, taufeuchter Blätter im Arm.

»Zunächst einmal«, sagte Cassie zu der versammelten Gruppe, »wird es Kid bald wieder gutgehen. Es besteht keine unmittelbare Gefahr.«

»Was ist passiert?«, fragte Lo dazwischen. »Wo ist Kid jetzt?«

Cassie hob die Hand.

»Lass mich ausreden«, sagte sie. »Alles wird gut werden, aber jetzt gerade ist Kid sehr krank. Es handelt sich um eine Krankheit, von der ich ehrlich gesagt keine Ahnung habe. Allerdings hat Kid sie kommen sehen und Vorbereitungen getroffen, aus Sorge um uns.«

»Was machen wir jetzt?«, fragte News.

»Ruhe und Zeit sind das einzige Heilmittel«, sagte Cassie. »Kid wird sich also an einem sicheren Ort ausruhen, bis es vorbei ist.«

»Wo?«, fragte Elzy. »Wann können wir Kid besuchen?«

»Kid hat um absolute Einsamkeit gebeten«, erklärte Cassie, »und deshalb darf ich den Ort nicht verraten. Aber seid versichert, er ist ideal für eine schnelle Genesung.«

Einen Moment lang redeten alle durcheinander. Nur Lark war still und sah mich verwirrt an. Ich drückte seine Hand als stummes Versprechen, ihm später alles zu erklären.

Es war Lo, die schließlich das Stimmengewirr übertönte: »Wir sollten alles abblasen. Wer weiß, wie lange es dauert, bis Kid wieder gesund ist.«

Cassie nickte und atmete tief ein.

»Es war klar, dass sich einige von euch Sorgen wegen des Plans machen würden, und deswegen bat Kid mich, euch eine Nachricht zu übermitteln: Kid hat volles Vertrauen in uns und weiß, dass wir trotz eines fehlenden Gangmitglieds Erfolg haben werden.«

Wieder füllte sich die Schlafbaracke mit Stimmengewirr. Wieder war Lo die Lauteste von allen.

Elzy hatte aus dem Fenster geschaut und Cassies Blick gemieden, aber nun sprach sie mit leiser, harter Stimme. »Cass«, sagte sie, »deine Loyalität Kid gegenüber ist kein Grund, uns alle in Gefahr zu bringen. Warum warten wir nicht einfach, bis sich Kid erholt hat?«

»Du weißt, wie gern ich das tun würde«, sagte Cassie, »aber die Zeit wird knapp. Denkt dran, der Bankdirektor kommt im Juni zurück, und dann wird der Tresor wieder bewacht werden.«

Lo öffnete den Mund, schloss ihn und öffnete ihn dann wieder. »Cass«, sagte sie, »wir wissen doch beide, dass dieser Plan von Anfang an sinnlos war. Wir sind keine Banker und auch keine Vermieter. Wir sind an diesen Ort gekommen, um fernab solcher Leute zu leben. Mutter Gottes, eine Stadt verwalten? Ich könnte mir nichts Schlimmeres vorstellen. Dies ist unsere Chance, das Ganze noch mal zu überdenken. Wenn wir den Moment verstreichen lassen, während Kid sich erholt, kann niemand uns die Schuld geben.«

»Wir müssen uns nicht streiten«, sagte News. »Lasst uns abstimmen. Kid wird es respektieren, egal wie wir uns entscheiden.«

»Du hast recht«, sagte Cassie. »Alle, die am Plan festhalten wollen, heben die Hand.«

Cassie hob eine Hand, News, Agnes Rose und ich folgten ihr. Texas meldete sich ebenfalls.

Lo schüttelte den Kopf.

»Viel Glück euch«, sagte sie. »Ich hoffe, ihr werdet in Fiddleback nicht auf der Straße erschossen oder auf dem Marktplatz aufgehängt. Und wenn ihr durch irgendein Wunder Erfolg habt, hoffe ich, dass ihr Fiddleback in ein Paradies verwandelt. Ehrlich.«

Sie zog ihren Rucksack unter ihrem Bett hervor.

»Wo willst du hin?«, fragte Texas.

Lo zuckte mit den Achseln.

»Ich war allein, bevor ich herkam. Ich werde wieder allein sein. Ich schaffe das schon. Immerhin habe ich euch allen beigebracht, wie man sich unsichtbar macht, nicht wahr?«

Elzy folgte Lo zur Tür.

»Lo, warte«, sagte sie. »Du kannst doch nicht einfach verschwinden.«

»Doch, kann ich, El«, sagte Lo und schulterte den Rucksack. »Und du kannst es auch. Vielleicht solltest du mal drüber nachdenken.«

Als Lo die Tür hinter sich geschlossen hatte, herrschte im Raum eine fassungslose Stille. News und Agnes Rose sahen einander besorgt an. Texas ließ den Kopf zwischen die Hände sinken. Nur Lark, der barfuß und im Schneidersitz auf seiner Pritsche saß, wirkte unbeeindruckt.

»Wir können jetzt nichts tun«, sagte Elzy zu Cassie. »Wir sind zwei weniger, und ich bin nicht mal eine halb so gute Schützin wie früher. Wir müssten ein Feuer legen, in einen Tresorraum einbrechen, wer weiß wie viele Bankangestellte überwältigen ...«

»Zwei«, sagte News.

»Gut, zwei«, fuhr Elzy fort. »Außerdem müssten wir einen Wagen mit Goldbarren beladen und hierher bringen. Wie sollen wir das zu sechst schaffen? Die werden uns abschlachten.«

Lark hob den Blick und sah Elzy ins Gesicht. »Zu siebt«, sagte er.

An dem Abend ging ich zur Küchenhütte, wo Cassie das Abendessen kochte. Weil Frühling war, fanden wir in den ausgelegten Schlingen oft Kaninchen, fett vom frischen Gras. Cassie hatte zwei perlmuttrosa Kadaver auf den Fleischerblock gelegt. Auf dem Herd kochte eine Brühe, es duftete grün und würzig.

»Falls Kid Hilfe beim Einschlafen braucht«, sagte ich und reichte ihr das fast leere Laudanumfläschchen, »zwei

Tropfen in Tee oder Wasser, nicht mehr. Und lass es nicht in der Cowboyhütte zurück. Kid darf nicht damit allein sein.«

»Danke«, sagte Cassie.

Sie schob ein kleines, scharfes Messer unter die Vorderläufe des ersten Kaninchens und trennte sie vom Körper ab. Ich blieb stehen und sah zu.

»Du hättest alles absagen können«, sagte ich. »Warum hast du es nicht getan?«

Vorsichtig schnitt Cassie das Fett von der Innenseite der Läufe und legte die gelblich weißen Streifen beiseite. Dann setzte sie einen Schnitt von den Lenden bis zum Brustkorb und trennte das Fleisch von den Rippen. Sie arbeitete so still und langsam vor sich hin, als hätte sie mich nicht gehört. Da sagte sie plötzlich: »An dem Tag, als ich Kid traf, schnitt mir mein Mann die Haare ab. Er sagte, ich sei keine richtige Frau und verdiene es nicht, wie eine auszusehen.«

»Das ist ja schrecklich«, sagte ich, weil ich nicht wusste, was ich sonst sagen sollte.

Sie schnitt am Becken des Kaninchens entlang und suchte nach den Gelenken.

»Ich habe es geglaubt«, sagte sie. »Ich habe alles geglaubt, was er über mich gesagt hat. Nur Kid hat es nicht geglaubt.«

»Du bist Kid also etwas schuldig?«, fragte ich. »Ist es das?«

Cassie schüttelte den Kopf. Sie griff in das Kaninchen hinein und knackte das Gelenk auf.

»Kid hat meinem Mann auf der Farm geholfen«, sagte sie. »Wir haben uns heimlich in der Scheune getroffen und unsere Flucht geplant. Zuerst dachte ich, Kid täte es nur meinetwegen. Ich dachte, wie unglaublich selbstlos, wie heldenhaft. Dann ritt mein Mann auf einen Viehtrieb, und ich ließ Kid in mein Bett. Kid schlief nie.«

Sie zerbrach das zweite Gelenk und trennte die Beine vom Körper.

»Danach fiel mir alles Mögliche auf. Die roten Äderchen in den Augen. Die Art, wie Kid immer von der Zukunft sprach, sobald von der Vergangenheit die Rede war. Ich sah, dass Kid einen schrecklichen Schmerz mit sich herumschleppte, und mir zu helfen war ein Weg, ihn zu ertragen.«

»Die Krankheit«, sagte ich. »Die Krankheit des Vaters.«

»Ja, kann sein«, sagte Cassie. »Aber ich habe immer vermutet, dass noch mehr dahintersteckt. Kid war immer ein bisschen distanziert, selbst zu mir.«

Cassie schlug die flache Seite des Messers mit so viel Wucht auf die Kaninchenwirbelsäule, dass ich zusammenzuckte.

»Wenn du also fragst, ob ich Kid etwas schuldig bin, dann lautet die Antwort: Ja, natürlich, Kid hat mir ein neues Leben geschenkt. Aber Kid muss immer heldenhaft sein. Kid muss Kid sein. Ohne das …«

Sie knickte das Becken des Kaninchens nach hinten von der Wirbelsäule weg, schnitt es ab und warf es ins kochende Wasser. »Wenn ich Kid das nehme, dann weiß ich auch nicht«, schloss sie.

Sie wandte sich von mir ab und fing an, die silbrige Haut von der Außenseite der Lende zu ziehen.

Ich atmete tief ein.

»Was ist passiert?«, fragte ich.

»Wie meinst du das?«

»Nachdem du deinen Mann verlassen hast. Texas hat gesagt, da wäre etwas passiert, und danach seid ihr hergekommen und habt euch versteckt. Was ist vorgefallen?«

Cassie legte das Messer weg.

»Wir zogen in eine Freie Stadt in der Nähe des Arapaho-Gebiets und nannten uns die McCartys. Kid war der Ehemann und ich die Ehefrau. Fast ein Jahr lang lebten wir so und waren vollkommen glücklich. Kid arbeitete für einen Viehzüchter, und ich lernte nähen. Zuerst wohnten wir in einer Pension, und dann, als wir etwas Geld gespart hatten, bauten wir ein Haus am Stadtrand. Mit unseren eigenen Händen. Nie hatte ich Kid so gut schlafen sehen wie an dem Tag, als wir von früh bis spät die Türen abgeschliffen haben.«

»Und dann?«

»Dann gab es einen Unfall auf der Ranch. Ein Pferd trat Kid gegen den Kopf. Kid bewegte sich nicht mehr. Alle befürchteten das Schlimmste. Bevor jemand nach mir schicken konnte, war der Arzt da und hat Kid ausgezogen, um zu überprüfen, ob es noch einen Herzschlag gab. Der Rancher war ein guter Mann. Er hätte Kid ins Gefängnis werfen lassen können, aber stattdessen gab er uns die Nacht zum Packen. ›Wenn ich morgen in der Stadt dein Gesicht sehe, habe ich keine andere Wahl, als den Sheriff zu rufen‹, sagte er.

Wir waren gerade dabei, das Wenige zusammenzusuchen, das wir besaßen, als die Männer kamen. Ich glaube nicht, dass der Rancher sie geschickt hat. Der war ehrlich. Aber am Ende ist es egal. Zuerst haben sie die Pferde erschossen, und dann zündeten sie unser kleines

Haus mit Fackeln an. Wir konnten nur fliehen, weil sie so betrunken waren und wir so flink auf den Beinen, weil wir schon monatelang auf der Flucht gewesen waren. Alle paar Meilen hat Kid sich nach unserem brennenden Haus umgesehen.«

»Das ist furchtbar«, sagte ich.

Cassie zuckte mit den Achseln.

»Jetzt weißt du es«, sagte sie. »Geh und hol mir etwas Portulak. Aber nicht den, den die Schnecken angefressen haben.«

KAPITEL 10

Am dreißigsten Mai im Jahr unseres Herrn 1895 ritt die Hole-in-the-Wall-Gang nach Fiddleback – ohne ihren Kopf, dafür mit einem vagabundierenden Dieb, Cowboy und Tierarzthelfer.

Der Ritt dauerte einen Tag, und am Abend schlugen wir unser Lager an dem See auf, an dem Agnes Rose, News und ich ein paar Wochen zuvor Rast gemacht hatten. Wir fütterten und tränkten die Pferde und ließen eine Flasche Gin herumgehen. News hatte ihre Geige mitgebracht und spielte »Sweet Marie«, erst langsam und dann schneller. Sie schloss die Augen und lächelte. Nach einer Weile stand Texas auf, um zu tanzen. Cassie und Elzy nahmen sich wortlos an den Händen.

Der Abend erinnerte mich an meinen ersten in Hole in the Wall, nur dass Lo mit der wunderschönen Glöckchenjacke fehlte und kein Kid über uns wachte.

»Du bist so still«, sagte Agnes Rose und reichte mir die Flasche.

Die Kräuter kühlten meine Zunge, der Alkohol wärmte mir die Kehle.

»Glaubst du, Lo kommt alleine klar?«

Ich gab ihr die Flasche zurück, und Agnes Rose nahm einen großen Schluck.

»Sie sollte sich eher um uns Sorgen machen«, sagte sie.

Im letzten Licht ließ ich den Blick durch die Runde schweifen. Während die erste nächtliche Feier ausgelassen und wild gewesen war, konnte ich jetzt eine Verzweiflung spüren, egal wie verwegen Texas herumtollte und wie viel wir alle tranken. Cassie flüsterte etwas, Elzy lachte hoch und schrill.

Die ganze Zeit über hatte ich es gemacht wie Texas und mich an den Gedanken geklammert, dass Kids Plan der beste Weg war, meine Reise nach Pagosa Springs zu sichern. Aber jetzt bekam ich Angst. In den vergangenen Tagen war mir öfter in den Sinn gekommen, dass sich Kid vielleicht nie wieder erholen und nach unserer Rückkehr aus Fiddleback nicht in der Lage sein würde, sich an unsere Abmachung zu halten. *Falls* ich überhaupt aus Fiddleback zurückkam.

»Warum bist du noch dabei?«, fragte ich Agnes Rose.

Für einen Moment war sie still. Sie zog sich die Nadeln aus dem Haar, und schwere kastanienbraune Zöpfe rutschten ihr über die Schultern.

»Wie meinst du das?«, fragte sie.

»Ich weiß, warum Cassie es macht, oder Texas. Was Elzy und News anbelangt, habe ich eine vage Vorstellung. Aber du kannst doch ganz eindeutig für dich selbst sorgen. Warum bist du nicht abgehauen? Warum riskierst du dein Leben für Kids Plan?«

Agnes Rose löste das Haarband vom einen Zopf, dann vom anderen.

»Ich rede nicht oft darüber«, sagte sie, »aber ich habe meinen ersten Ehemann geliebt. Wir waren sehr glücklich. Ich wollte unbedingt die Mutter seiner Kinder sein.

Wir haben es jahrelang versucht. Er war geduldig mit mir. Du hast recht – als er mich rausgeschmissen hat, wusste ich, wie ich mich vor dem Galgen retten konnte, und ich wusste, wie man Geld verdient. Es ist, wie ich dir gesagt habe – ich bin eine Schwimmerin. Aber der Kummer hat mich fast nach unten gezogen.«

Sie fing an, den linken Zopf aufzulösen, und glänzende Locken kamen zum Vorschein.

»In dem Jahr, als ich Kid traf, hatte ich schon zweimal versucht, mir das Leben zu nehmen. Beim zweiten Mal hätte ich es fast geschafft, wäre nicht eines der anderen Mädchen so schnell mit dem Brechmittel gewesen. Kid konnte mir weder Geld noch Sicherheit versprechen, aber die Vision, für Leute wie uns einen Platz in der Welt zu schaffen – zum ersten Mal, seit ich mein Zuhause hinter mir gelassen hatte, schien mein Leben wieder so was wie einen Sinn zu haben.«

»Ich verstehe«, sagte ich.

Sie warf mir einen langen Blick zu.

»Dann wirst du auch verstehen, warum ich nicht einfach wieder auf eigene Faust losziehen kann«, sagte sie. »Ich würde verlieren, was mich am Leben hält.«

Sie schüttelte ihr Haar, eine wilde Löwenmähne, die im Feuerschein glänzte.

»Wie auch immer«, sagte sie, »so ein Plan ist schön und gut, reicht aber nicht aus. Wir haben nur deshalb so lange überlebt, weil Kid improvisieren kann. Was auch immer in Fiddleback geschieht, Kid wird einen Weg finden, es zu unserem Vorteil zu drehen.«

»Falls Kid sich erholt«, sagte ich.

»Kid wird sich erholen«, sagte Agnes Rose.

Sie stand auf und streckte die Hände aus. »Komm schon«, sagte sie, »tanz mit mir.«

Wir warteten bis zum Nachmittag, bevor wir nach Fiddleback ritten. Wir wollten die Angestellten erwischen, wenn sie müde vom Mittagsbier waren. Die Frühjahrskälber auf den Weiden waren durch die Milch groß und langbeinig geworden, der Weizen auf den Feldern war fast erntereif und stand so hoch wie ein fünfjähriges Kind. Wir hielten ein paar Straßen von der Main Street entfernt in einer Seitengasse an, Agnes Rose und ich stiegen aus dem Wagen.

In den vergangenen Wochen hatte News die Bank und die benachbarten Geschäfte genau skizziert, bis hin zu den Sprüngen in den Fensterscheiben. Sie hatte herausgefunden, dass Madame Trumbulls Wäscheladen mit all der Spitze und dem Tüll zwar ein idealer Ort für ein Feuer war, Madame Trumbull ihre Ware allerdings sehr sorgfältig sicherte und den Hintereingang stets mit einem stabilen Riegel verschloss. Der Inhaber von Stewarts Fleischerei hingegen ließ die Hintertür regelmäßig unverschlossen und war ein bemühter, aber schlampiger Buchhalter. Hinten im Lagerraum stapelten sich vom Boden bis zur Decke Aktenordner, einige davon blutbefleckt, in denen alle Geschäftsvorgänge bis ins Detail dokumentiert waren, vom Kauf der Ochsen auf dem Markt bis hin zu Kundenbeschwerden über verdorbenes Schweinefleisch. Dort zwischen den gesammelten Aufzeichnungen des Berufslebens des Schlachters begann unser Überfall auf die Farmers' and Merchants' Bank von Fiddleback.

Zur selben Zeit lenkte Texas den Wagen in gemächlichem Tempo durch die Seitenstraßen der Stadt und trug dabei einen schäbigen Hut und den gewachsten Schnurrbart eines Handelsreisenden. Für den Fall, dass jemand sie anhielt, war der hintere Teil des Wagens mit billiger Baumwolle und rissiger Töpferware vollgepackt, die wir bei Nótkon mit hohem Preisnachlass gekauft hatten und später wegwerfen würden, um Platz für das Gold zu schaffen.

Sobald das Feuer gelegt war, würden Agnes Rose, News, Elzy und ich die Bank betreten. Wir trugen Hauben und Baumwollkleider wie junge Hausfrauen und würden die Angestellten in mit Koketterie angereicherte Gespräche über komplexe Finanztransaktionen verwickeln, während Lark und Cassie durch den Hauptraum der Bank in den Nebenraum schlenderten, wo sich der Tresor befand, unbewacht und bereit, aufgesprengt zu werden. Sobald wir den Knall hörten, würden wir vier im vorderen Teil der Bank unsere Waffen aus den Unterröcken ziehen und die Angestellten anweisen, die Kassen zu leeren. Wir würden den Wagen beladen und, falls alles gutging, die Pferde mit dem gesamten Barvermögen der Farmers' and Merchants' Bank auf dem Rücken nach Hole in the Wall treiben, während der Sheriff und seine Männer das Feuer bekämpften und die Angestellten sich fragten, was gerade passiert war.

»Der Schlachter tut mir leid«, sagte ich und zögerte, das Streichholzbriefchen in der Hand. »Er hat uns nichts getan.«

»Er wird den Qualm riechen, lange bevor er in Gefahr ist«, sagte Agnes Rose. »Ihm wird nichts geschehen.«

»Er wird seinen Laden verlieren«, murmelte ich.

»Sieh es mal so«, sagte Agnes Rose. »Wenn du jetzt in diesem Moment auf dem Marktplatz die Stufen zum Galgen hochsteigen würdest, um als Hexe gehängt zu werden – glaubst du, der Schlachter würde auch nur einen Finger krümmen, um dir zu helfen? Oder würde er eher mit den anderen jubeln?«

»Alle jubeln, wenn eine Hexe gehängt wird«, sagte ich.

Agnes Rose sah auf ihre filigrane Uhr.

»Alle außer uns«, sagte sie, nahm mir die Streichhölzer ab und zündete eines der Geschäftsbücher an.

Das Buch fing mit erschreckender Geschwindigkeit Feuer. In einer Sekunde flackerte es noch an der Papierkante, in der nächsten verschlang es einen ganzen Aktenstapel – Jahrzehnte der Rindfleischpreise, Hühnerverkäufe und Mengenangaben von Fleisch und Knochen gingen in Flammen auf. Agnes Rose und ich sahen ihnen einen Moment beim Brennen zu, dann wandten wir uns ab und verließen den Laden.

News und Elzy waren bereits auf der Main Street und taten so, als würden sie die Unterröcke im Schaufenster von Madame Trumbull begutachten. Elzy trug eine blonde Perücke, eine Haube und ein hellbraunes, an der Taille eng geschnürtes Kleid. Beide bewegten sich anders als zu Hause im Tal. Als sie uns entdeckten und die Bank betraten, taten sie dies mit vorsichtigen, zaghaften Schritten, die mir ebenso vertraut wie seltsam erschienen. Eine Frau kam uns mit demselben merkwürdigen Gang entgegen, und da erkannte ich ihn wieder: Es war der Gang von Frauen, die in der Öffentlichkeit sind und wissen, dass sie beobachtet werden.

Das Innere der Bank war wunderschön. Das Foyer

war nicht groß, wirkte aber mit der hohen Kuppel, in die ein blauer Himmel mit Wolken und Putten im alteuropäischen Stil gemalt war, sehr geräumig. Der Boden bestand aus Marmorfliesen, abwechselnd weiß mit grauer Maserung und schwarz mit einem Hauch von Gold. Wahrscheinlich stammte er aus dem Haus eines reichen Mannes, der der Grippe zum Opfer gefallen war – oder vielleicht hatte er hier gewohnt, und es war eines jener Häuser, aus denen man in den Jahren und Jahrzehnten nach der Seuche die Leichen fortgeschafft hatte, um die Räume anders zu nutzen. Vielleicht lag das Vermögen von Fiddleback im selben Raum, in dem der reichste Einwohner einer untergegangenen Stadt vor fast hundert Jahren seinen letzten Atemzug getan hatte.

Auf der einen Seite des Foyers befanden sich vier Schalterfenster auf einem hohen Tresen, und wie Henry gesagt hatte, waren nur zwei besetzt. Von der anderen Seite ging ein Korridor ab, der zu den hinteren Büros und zum Tresorraum führte. Der Korridor und die Schalter lagen einander gegenüber, so dass die Angestellten jeden sehen konnten, der darin verschwand – wir würden sie anderweitig beschäftigen müssen.

Bis jetzt schienen die Angestellten einen ruhigen Vormittag zu haben. Einer mit schmutzigen Brillengläsern und rotem Haar, das ihm lang und ungepflegt über die Ohren wuchs, wechselte gerade einem alten Mann in einer Lebensmittelschürze ein Silberstück in Kupfermünzen. Der andere feilte sich die Nägel. Agnes Rose und ich stellten uns hinter dem Krämer an, während Elzy direkt zu dem eifrig feilenden Angestellten ging und News hinter ihr wartete. Ich war erleichtert. Ich hatte zwei Kundinnen vor mir, eine davon Agnes Rose. Es war unwahrscheinlich, dass ich mein Ablenkungspotenzial auf die Probe stellen musste.

»Ich möchte ein Sparkonto für meinen Sohn eröffnen«, sagte Elzy zu dem Angestellten mit der Nagelfeile. Er war jung und gutaussehend und sichtlich stolz auf sein Aussehen – sein blonder Schnurrbart und sein Bart waren ebenso gepflegt wie seine Nägel. Über dem schneeweißen Hemd trug er rote Hosenträger.

»Sehr gut, Ma'am«, sagte er. »Zunächst einmal brauche ich seinen Namen.«

»Er hat keinen«, sagte Elzy.

»Ich bitte um Verzeihung?«, sagte der Angestellte.

Von meinem Platz hinter Agnes Rose hatte ich den Eingang und die Fußgänger auf der Straße gut im Blick. Gleich würde Lark eintreten, und von dem Moment an wäre er in Gefahr, und es würde auch meine Aufgabe sein, ihn zu schützen. Ich war selbst überrascht, wie viel Angst ich um ihn hatte. Für meinen ersten Mann, der vor der Familie und dem Gesetz mein Partner gewesen war, hatte ich so etwas nie empfunden. Aber natürlich hatte ich nie einen Grund gehabt, um ihn zu fürchten – ich konnte ihn mir nicht an Larks Stelle vorstellen, genauso wenig, wie sich die Einzelheiten meines alten Lebens mit denen des neuen vergleichen ließen. Die beiden Leben waren nur noch durch meinen Körper verbunden, durch sein inneres Versagen, welches das alte Leben unmöglich gemacht und das neue eingeläutet hatte.

»Wissen Sie, sein Vater und ich können uns nicht auf einen Namen einigen«, erklärte Elzy. »Ich möchte ihn James nennen, nach meinem Großvater, aber mein Mann findet Christopher besser, nach dem heiligen Christophorus. Egal, was ich sage, er gibt nicht nach. Also habe ich mir gedacht, wenn ich ein Sparkonto auf den Namen James eröffne und etwas Geld darauf einzahle, dann muss mein Mann doch zustimmen, oder? Oder kann mein Sohn dann später nicht auf das Geld zugreifen?«

Der gepflegte Angestellte warf seinem Kollegen einen hektischen Blick zu, doch der ignorierte ihn stur und war immer noch damit beschäftigt, die Münzen für den Krämer abzuzählen.

»Ma'am«, sagte der Angestellte, »ich fürchte, Sie machen da einen Denkfehler.«

Die Eingangstür öffnete sich. Ein Mann, der nicht Lark war, betrat die Bank und stellte sich hinter mir an.

»Erstens können wir kein Konto für jemanden eröffnen, den es gar nicht gibt. Und da Ihr Sohn nicht James heißt ...«

Der andere Angestellte war fertig mit Kupfermünzenzählen und entließ den Krämer mit guten Wünschen. Agnes Rose trat an den Schalter. Ein weiterer Mann, der nicht Lark war, betrat die Bank.

»Aber er wird James heißen«, sagte Elzy. »Ich muss nur noch meinen Mann zur Vernunft bringen. Mein Großvater war ein großartiger Mann, wissen Sie. Er besaß zwei Kurzwarengeschäfte und war in seiner Kirchengemeinde der Diakon.«

Der zweite Mann, der nicht Lark war, betrachtete die Schlangen vor den beiden Schaltern und verließ die Bank wieder. Agnes Rose zog die abgerissene Ecke eines Schuldscheins aus ihrer Handtasche. Cassie betrat die Bank und stellte sich hinter News an.

»Zweitens ist es nicht Sache der Bank, sich in einen Streit zwischen Mann und Frau einzumischen. Wenn Sie aber ein Konto auf Ihren Namen eröffnen und den Namen später ändern wollen, sobald Sie sich ...«

Agnes Rose lächelte ihr gewinnendstes Lächeln und erzählte dem Angestellten, der Rest des Schuldscheins sei von einem Hund abgebissen worden. Eine Frau betrat die Bank und stellte sich hinter Cassie an. Ein Mann, nicht Lark, betrat die Bank. Langsam fragte ich mich, wo er blieb. Vielleicht hatte ihn jemand auf der Straße gesehen und irgendwie mitbekommen, was wir planten. Vielleicht war der Sheriff aus Casper hier, um nach ihm zu suchen. Vielleicht hatte Cassie recht, und er hatte uns alle verraten.

»Aber das Konto ist nicht für mich, es ist für meinen Sohn, der James heißen wird.«

Der Angestellte erklärte Agnes Rose, dass sie mehr als die Hälfte des Scheins benötige, um ihn einzulösen. Sie tat so, als verstünde sie ihn nicht. Die Achseln meines blaukarierten Kleides waren dunkel vom Schweiß. Ein Mann, nicht Lark, betrat die Bank.

»Folgendes kann ich für Sie tun«, sagte der gepflegte Angestellte. »Ich kann ein Konto eröffnen, das vorerst keinen Namen hat, nur eine Nummer. Und wenn Sie dann einen Namen haben, können wir ihn eintragen. Alles, was wir brauchen, ist eine Einzahlung von fünf Silberstücken.«

»Oh, aber ich habe kein Geld«, sagte Elzy. »Mein Mann passt auf das Geld auf.«

Lark betrat die Bank.

In dem Moment geschahen mehrere Dinge gleichzeitig. Lark und ich tauschten einen einzigen Blick, nicht länger als ein Wimpernschlag. Elzys Gespräch mit dem gepflegten Angestellten eskalierte zu einem Streit. Cassie trat leise aus der Schlange. Und der ungekämmte Angestellte, der Agnes Rose höflich, aber bestimmt weggeschickt hatte, sah lächelnd mich an.

»Wie kann ich Ihnen helfen?«, fragte er.

Ich hatte mir eine Geschichte zurechtgelegt, die ich erzählen wollte – das hatten wir alle –, aber in dem Moment warf der Gedanke, dass Lark hinter mir durch den Korridor ging und sein Leben in meinen Händen lag, die Pläne in meinem Kopf über den Haufen.

»Ich muss ein Konto eröffnen«, sagte ich und orientierte mich dabei an Elzy.

»Wunderbar«, sagte der Angestellte. Er war mittleren Alters, hatte ein rundes Gesicht und hinter den verschmierten Brillengläsern kleine, warme, graue Augen. »Brauchen Sie es zum Sparen oder auch für Gutschriften?«

Ich zwang mich dazu, mich nicht umzudrehen und zum Korridor zu blicken.

»Ich weiß es nicht«, sagte ich. »Ich habe noch nie ein Bankkonto gehabt. Können Sie mir die verschiedenen Arten erklären?«

»Das mache ich gerne«, sagte er. »Ein Sparkonto ist ein Konto, auf dem man Geld für schlechte Zeiten anlegt. Man zahlt Geld ein, und am Ende des Monats legt die Bank noch ein bisschen dazu. Das sind die Zinsen.«

Der andere Angestellte hob die Stimme.

»Madame«, sagte er, »ich war sehr geduldig mit Ihnen. Aber Tatsache ist, dass Sie kein Recht haben, hier zu stehen und meine Zeit mit dummen Fragen zu verschwenden, wenn Sie doch zu Hause bei Ihrem Baby sein sollten.«

Der ungepflegte Angestellte sah in ihre Richtung, also erlaubte ich mir einen Blick ins Foyer. Cassie und Lark waren verschwunden. Ich spürte ein flüchtiges Gefühl der Erleichterung, gedämpft durch die schwere Waffe in meiner linken Rocktasche und das Wissen, dass ich sie in wenigen Minuten benutzen würde.

Der ungepflegte Angestellte schüttelte den Kopf und sprach mit leiser, verschwörerischer Stimme weiter.

»Tut mir leid«, sagte er und neigte den Kopf in die Richtung des anderen Schalters. »Wir sind heute leider unterbesetzt. Ein paar unserer Kollegen sind, ähm, beschäftigt, und wir sind nur zu dritt.«

Mir wurde flau im Magen.

»Zu dritt?«, fragte ich.

Die Bomben waren sehr viel lauter, als ich es mir vorgestellt hatte. Im Tal hatte sich ihre Wucht in die leere Luft entladen, aber in der Bank konnte ich hören, wie sie Holz, Stein und Stahl zerfetzten. In dem darauffolgenden Chaos war ich mir nicht sicher, wer schrie oder wie es dazu kam, dass die Bankkunden erst auf die Tür zurannten und dann plötzlich mit erhobenen Händen an der Wand standen, oder wann genau ich meinen Revolver gezogen und den ungepflegten Angestellten angeschrien hatte, er solle die Kasse leeren. Aber in einem Punkt war ich mir sicher: Kurz bevor die Bomben explodiert waren, hatte ich Schüsse gehört.

Eine der Frauen an der Wand betete: »Jesuskind, rette uns vor der Gefahr. Sorge für uns, wie deine heilige Mutter für dich gesorgt hat.« Der gepflegte Angestellte weinte, während er Papphröhrchen mit Gold- und Silberstücken in einen Stoffbeutel warf. Der ungepflegte Angestellte rührte sich nicht.

»Ich kann dir dieses Geld nicht geben«, sagte er. »Das steht mir nicht zu.«

Ich hatte keine Ahnung, was ich darauf antworten sollte. Seine grauen Augen waren voller Trotz und voller Angst.

»Leer die Kasse«, sagte ich, »oder ich erschieße dich.«

»Siehst du die Leute da drüben an der Wand?«, fragte er. »Das sind ihre Ersparnisse. Sie brauchen das Geld, um ihre Familien zu ernähren. Wenn ihr es nehmt, was wird dann aus ihnen?«

»Keine Sorge«, sagte ich, »wir werden uns um sie kümmern. Aber zuerst brauchen wir das Geld.«

»Gib es ihr einfach!«, schrie der andere Angestellte. Er reichte den schweren Beutel durch das Fenster, Elzy nahm ihn entgegen.

»Tut mir leid«, sagte der ungepflegte Angestellte. »Aber du wirst mich wohl erschießen müssen.«

Ich dachte an den Kutscher, daran, wie er im Staub zusammengebrochen war, wie sein Vater sich über ihn gebeugt und vor Leid gestöhnt hatte. Ich wusste, ich könnte den Mann vor mir niemals erschießen.

»Das willst du nicht«, sagte ich. »Was ist mit deiner Familie? Sie braucht dich lebend.«

Ich spürte, wie Angst in meine Stimme kroch.

»Ich habe keine Familie«, sagte der Mann. »Ich bin allein. Wenn du mich erschießen willst, dann tu es jetzt.«

Er sah mir direkt in die Augen.

»Andrew«, schluchzte sein Kollege, »bitte, gib ihr einfach das Geld.«

»Jesuskind, nimm uns in deine Arme«, betete die Frau, »wie auch du in die Arme deiner heiligen Mutter genommen wurdest.«

Cassie erschien im Korridor. Ich wandte den Blick vom Angestellten ab und sah hinüber. Ihr Gesicht war aschfahl, ihr Hemd blutverschmiert. Der Angestellte versuchte, die Hand nach etwas auszustrecken, was sich unterhalb des Tresens befand. Elzy schoss ihm in die Brust.

Manche Leute glauben, nach dem Sterben sei der Körper nur eine leere Hülle, die die Seele zurücklässt. Ich habe das nie geglaubt. Als ich zum ersten Mal eine Leiche berührte, war ich dreizehn Jahre alt. Irma Love war achtzig in der Nacht, als ihr Herz aufhörte zu schlagen, sich ihre Lunge mit Flüssigkeit füllte und sie starb. Am nächsten Morgen nahm meine Mutter mich mit, um ihren Leichnam zu waschen und für die Trauerfeier vorzubereiten.

Mrs Love hatte im Kurzwarenladen gearbeitet und Kindern Klavierunterricht gegeben. Sie spielte sehr schön und war sehr streng, ich und alle anderen Kinder in Fairchild hatten Angst vor ihr. Aber sie hatte auch einen hintergründigen Sinn für Humor, und als ich älter wurde, ging ich gern in den Kurzwarenladen und lauschte, wie sie über andere Erwachsene sprach, die sie für dumm oder selbstgefällig hielt (ich stimmte ihr fast immer zu). All das war immer noch da, als Mrs Love gestorben war – die Bosheit in ihren Mundwinkeln, das Lachen in den Fältchen rings um die Augen, die langen Finger, die vom lebenslangen Tastengreifen immer noch geschmeidig waren. Meine Mutter hatte mich gelehrt, einen Leichnam mit demselben Respekt zu behandeln wie einen lebenden Menschen. Für mich war Mrs Love ein Mensch mit einem Körper, und der gehörte ihr nicht weniger, bloß weil sie tot war.

Als ich Lark also im Korridor vor dem aufgesprengten Tresor liegen sah, die Brust von unzähligen Einschusslöchern aufgerissen, und als Cassie mit rauer Stimme rief, wir sollten ihn zurücklassen, weil die Truppe des Sheriffs uns andernfalls erwischen würde, ignorierte ich sie, beugte mich tief hinunter, hakte meine steifen Arme unter seine schlaffen und zog und zerrte ihn zum Wagen, wo Texas darauf wartete, uns alle fortzubringen.

Hinten im dunklen Wagen vergrub Cassie das Gesicht in den Händen.

»Ich hätte ahnen müssen, dass ein Angestellter da drin war«, sagte sie. »Kid hätte es geahnt.«

Der dritte Mann, ein junger Kerl mit kantigem Körper und Apfelbäckchen, der selbst im Tod noch aussah, als wäre er voller Leben, wurde wahrscheinlich gerade auf dem Friedhof von Fiddleback auf das Begräbnis vorbereitet, während Cassies Kugel in seinem Herzen jetzt schon zu rosten anfing. Wir würden nie erfahren, welcher unglückliche Impuls ihn dazu verleitet hatte, an jenem Tag auf seinem Posten zu bleiben, statt mit seinen Freunden ins *Veronica's* zu gehen, wo er für seine Drückebergerei mit dem Leben belohnt worden wäre. Wir wussten nur, dass Lark und Cassie die Bomben rund um die Tür des Tresorraums platziert hatten und gerade dabei waren, die

Lunten anzustecken, als er aus einem Büroraum in den Korridor trat; dass er, vielleicht weil er sie gehört hatte, bereits den Revolver in der Hand hielt; dass Lark, als er ihn sah, nach seiner Waffe griff; dass der Angestellte dreimal auf Lark gefeuert hatte, bevor Cassie ihre Waffe ziehen und ihn erschießen konnte. Als wir das Gold aus dem Tresorraum trugen – mehr Säcke, als wir zählen konnten, und jeder einzelne so schwer wie ein dreijähriges Kind –, mussten wir über seinen Leichnam steigen.

»Was passiert ist, ist schrecklich«, sagte Elzy, »aber Cassie, wir haben es geschafft. Das Gold gehört uns. Du weißt ganz genau, das hätte ich nie für möglich gehalten. Und wenigstens haben wir es alle lebend da rausgeschafft.«

Cassie hob den Kopf.

»Er hat sein Leben für uns riskiert«, sagte sie, »und ich habe ihn sterben lassen.«

Larks Kopf lag in meinem Schoß. Er sah aus wie zu Lebzeiten – ein bisschen traurig, leicht amüsiert und wunderschön. Als wir sicher im Wagen waren, hatte ich in seine Augen geblickt, weit und starr und voller Angst, und schnell die Lider zugedrückt.

Cassie sah mich an.

»Es tut mir leid«, sagte sie.

Ich streckte die Hand aus, sie nahm sie, und wir hielten einander fest.

Wir hatten keinen Sarg, aber Agnes Rose schnitt ein Leichentuch aus feinem weißen Musselin zu, den sie in Los Überseekoffer gefunden hatte. Sie bot an, mir bei den Vorbereitungen zu helfen, doch ich schüttelte den Kopf.

Ich wollte seine Privatsphäre schützen, auch jetzt noch, und ein letztes Mal mit ihm allein sein.

Im frühen Morgenlicht der Schlafbaracke betrachtete ich noch einmal seine älteste Wunde. Die verworrenen Narben und der Stumpf, wo einst sein Penis gewesen war – sie ekelten mich nicht mehr an. Stattdessen fühlte ich mich wütend und schuldig – dass Lark das überlebt haben sollte, nur um bei einem aus dem Ruder gelaufenen Banküberfall durch die Hand eines Fremden zu sterben. Und alles nur, weil er mir helfen wollte, mein Ziel zu erreichen. Bisher hatte ich nicht um Lark geweint, aber jetzt vergoss ich Tränen der Selbstvorwürfe und der Enttäuschung.

Es gab nur noch eine Sache, die ich für Lark tun konnte. Ich wusch das Blut aus den Wunden in seiner Brust und verband sie, als wäre er noch am Leben. Ich entfernte den Schmutz unter seinen Fingernägeln. Ich wusch und kämmte sein Haar. Ich behandelte seinen Leichnam so fürsorglich und aufmerksam, wie in meiner Vorstellung der Tierarzt seine Tiere behandelte, und ich schwor mir, dass ich von nun an jeden Körper so berühren würde, egal ob tot oder lebendig, ob Patient oder Liebhaber. Dann wickelte ich Lark in sein Leichentuch, und Agnes Rose und News und ich trugen ihn hinaus in den Obstgarten und bestatteten ihn dort.

Die nächsten Tage waren zäh und seltsam. Der Job war zur Hälfte erledigt, und das Gold lag in der Scheune aufgestapelt, wo die Pferde es beschnupperten und dann schnell das Interesse verloren, weil es nur nach muffigen Jutesäcken roch. Nun mussten wir abwarten.

Sieben Tage, hatte Kid gesagt, würden ausreichen, um den Bankdirektor verzweifeln zu lassen. Falls die Bewohner von Fiddleback anfangs noch Verständnis für die Notlage eines unschuldigen Geschäftsmannes hatten, der von Ganoven ausgeraubt worden war, so würde ihr Mitgefühl in Wut umschlagen, sobald sie erkannten, dass der Direktor in einem großen Haus auf dem Hügel über der Stadt wohnte, während ihre Lebensersparnisse – das Gold, das ihnen Essen auf den Tisch und Vieh auf die Weide brachte, das ihre Dächer deckte, die Hufe ihrer Pferde beschlug und die Hebamme bezahlte, wenn ihre Kinder geboren wurden – in einem fremden Wagen davongerollt waren. Sie würden sich vor seinem Haus versammeln, erst mit Eiern bewaffnet, dann mit Steinen und schließlich mit Gewehren. Und dann würde der Direktor unbedingt verkaufen wollen.

Zumindest hatte Kid es uns so erzählt – aber jetzt war Kid weg. Am zweiten Tag ritt Cassie mit einer Tasche voller Lebensmittel und einer Feldflasche mit frischem Wasser zur Cowboyhütte und kehrte ein paar Stunden später mit der Nachricht zurück, Kid fühle sich schon besser und freue sich darauf, bald wieder zu uns zu stoßen. Aber als sie sprach, starrte sie auf einen Punkt über unseren Köpfen und wich unseren Blicken aus. Später folgte sie mir in die Scheune, wo ich Amity striegelte.

»Kid schläft«, sagte sie.

»Das ist doch ein gutes Zeichen, oder?«, fragte ich und fuhr mit dem Striegel über Amitys Flanke.

Aber Cassie sah besorgt aus.

»Ich meinte, Kid will *nur noch* schlafen und weigert sich zu essen, zu reden oder mich richtig anzusehen. Fast vermisse ich das Rasen und Toben. Vielleicht solltest du mitkommen, für eine Untersuchung.«

In der Cowboyhütte gab es nicht viel zu sehen – ein schmales Bett, einen Wasserkrug, Zaumzeug und ein paar alte, an der Wand aufgestapelte Sättel. Als ich eintrat, lag Kid in einem zerknitterten cremeweißen Nachthemd im Bett, das Gesicht zur Wand gekehrt.

Ich erinnerte mich daran, wie ich versucht hatte, meine kranke Mutter aus dem Bett zu holen. Ich bereitete ihre Lieblingsspeisen zu – Biscuits und Bratensoße, mit Zucker bestreute Erdbeeren, Maispastete mit viel Butter und Käse. Ich brachte ihr starken heißen Kaffee, Tee aus Zitronenmelisse oder Weißdorn und Brühe aus Rinderknochen, die ich vom Metzger geschenkt bekommen hatte. Nichts half. Aber eines Tages verließ sie das Bett für kurze Zeit und am darauffolgenden Tag für ein bisschen länger und am nächsten für noch länger, bis ich eines Morgens aufstand und sie bereits wach war und lachend auf dem Boden saß und mit Baby Bee spielte. Als ich sie später fragte, was sie geheilt hatte, zuckte sie nur mit den Achseln und sagte: »Die Zeit.«

Dann überlegte sie kurz und fügte hinzu: »Als du mit mir gesprochen hast, hat mir das geholfen.«

Ich erzählte Kid vom Wetter draußen, was Cassie an dem Morgen zum Frühstück und am Tag zuvor zum Abendessen gekocht hatte, welche Pferde sich störrisch verhielten und wer aus der Gang nicht miteinander auskam.

Kid schwieg.

»Möchtest du spazieren gehen?«, fragte ich.

Kid sagte nichts.

»Möchtest du etwas Suppe?«

Kid blieb stumm.

Ich redete um des Redens willen und erzählte Kid meine Lebensgeschichte, von den Anfängen im Haus meiner Mutter über meinen Aufenthalt im Kloster bis zum jetzigen Moment, in dem ich hier am Bett saß.

Kid sagte nichts.

Am Ende beschloss ich, Kid eine Frage zu stellen, auf die ich tatsächlich eine Antwort haben wollte.

»Warum bist du deinem Vater nicht im Predigerberuf nachgefolgt?«, fragte ich.

Kid seufzte, wandte sich mir zu und begann zu sprechen.

»Mit sechzehn wurde ich mit einem Mann aus unserer Gemeinde verheiratet, den mein Vater für mich ausgewählt hatte. Er war ein guter Mensch und liberal in seinem Denken. Es hat ihm nichts ausgemacht, dass ich eines Tages Predigerin werden sollte. Doch obwohl wir es ein Jahr lang versucht hatten, konnten wir kein Kind bekommen.«

»Hat er dich rausgeschmissen?«, fragte ich.

Kid hob die Hand. Ich sah die Brandwunde an Handgelenk und Arm. Sie war fast verheilt, die neue Haut noch dünn.

»Am Ende desselben Jahres hat mich meine Mutter zu einer Hebamme gebracht. Sie gab mir ein Kraut, das meine Monatsblutung regulieren sollte. Ich wurde schwanger, und wir bekamen ein kleines Mädchen.«

»Du hast ein Kind?«, fragte ich.

Kid hob erneut die Hand.

»Die Geburt war schwierig. Danach konnte ich wochenlang nicht laufen. Da hat mich zum ersten Mal die Krankheit befallen. Dreißig Nächte habe ich wachgelegen, und dann habe ich dreißig Tage lang geschlafen, oder zumindest kam es mir so vor. Die Familie meines Mannes ließ einen Arzt aus San Antonio kommen. Er hat meine Zunge, meine Fußsohlen und das Weiß in meinen Augen untersucht. Er hat meinem Mann erzählt, mit meinem Körper sei alles in Ordnung, aber mein Geist sei krank. Er hat gesagt, die Krankheit sei übertragbar, und falls meine Tochter mit mir in Kontakt käme, würde sie sich anstecken. Deswegen sollte mein Mann uns voneinander fernhalten – ein einziger Besuch am Sonntag war erlaubt, allerhöchstens.«

Ich stellte mir vor, Bee nur sonntags sehen zu dürfen – das war fast schlimmer, als sie gar nicht zu sehen.

»Das ist schrecklich«, sagte ich.

Kid hob ein drittes Mal die Hand.

»Der Arzt hat gesagt, die beste Behandlung für mich sei die Schwangerschaft. Ich sollte so viele Kinder wie möglich gebären, die man mir wegnehmen müsse, bis ich vollständig geheilt wäre.«

Diesmal sagte ich nichts, sondern versuchte, Kid in die Augen zu sehen. Kid wich meinem Blick aus.

»Drei Monate habe ich es noch ausgehalten«, sagte Kid. »Jeden Tag verfluche ich mich dafür, dass ich nicht noch eine Woche gewartet habe, um meine Tochter ein letztes Mal zu sehen. Aber es war die reinste Qual, mit meinem Mann zu schlafen und dabei zu wissen, dass man mir das Baby, sollte ich wieder eins zur Welt bringen, sofort wegnehmen würde. Eines Nachts im Frühling bin ich dann aus dem Fenster geklettert und habe mich zum Kloster durchgeschlagen. Ich hatte gehört, dass sie dort unfruchtbare Frauen aufnehmen. Doch die Erinnerung an meine Tochter ließ mich nicht zur Ruhe kommen. Jahrelang bin ich als Cowboy und Dieb umhergezogen. Ich habe als Mann gelebt und als Frau, aber kein Leben hat zu mir gepasst. Dann habe ich Cassie getroffen und mir gesagt, dass ich, solange ich sie beschützen kann, etwas wert bin.«

Kid drehte sich wieder zur Wand um.

»Und jetzt kann ich nicht mal mehr das.«

KAPITEL 11

An dem Tag, an dem wir die Bank kaufen und ein neues Leben als Vermieterinnen beginnen würden, lag ich bis zum Morgengrauen wach. Die Sterne glommen, und bis zu unserem Aufbruch nach Fiddleback waren noch Stunden Zeit, aber ich konnte nicht mehr schlafen. Cassie hatte die Decken von Larks Lager weggeräumt, und jetzt war dort am Boden eine saubere Stelle ohne roten Staub. Nach seinem Tod vermisste ich meine Familie noch mehr. Die neue Verletzung hatte die alte Narbe aufgerissen.

Im August hatte Bee Geburtstag – sie würde neun Jahre alt werden. Ich erinnerte mich an den Geruch ihres Kopfes, als sie noch ein Baby war, und wie sie ihre winzigen Finger in meine Haare gekrallt hatte. Wie ihr Kopf an meiner Brust immer schwerer und schwerer geworden war, wenn sie einschlief.

Je näher die Verwirklichung des Plans rückte, desto unruhiger wurde ich. Ich besuchte Kid jeden Tag. Manche Tage waren besser, andere schlechter, aber danach ging ich immer so erschöpft nach Hause, als wäre die Kraft aus mir herausgesaugt worden.

Wenn meine Mutter eine Geburt begleitet hatte, entwickelte sich danach oft eine enge Beziehung zur Gebärenden. Als sie krank war, kamen viele dieser Frauen zu uns, um zu helfen oder Essen und Babykleidung vorbeizubringen. Später erklärte sie es mir: Selbst wenn sie die Schwangere anfangs als dumm, engstirnig oder unsympathisch wahrgenommen hatte, hatten sie nach der Entbindung etwas gemeinsam: Sie hatten zusammen dem Tod ins Auge geblickt und ihm getrotzt. Doch Kid stand noch vor dem, was zu bewältigen war, und hatte die andere Seite noch nicht erreicht. Ich kroch aus dem Bett und setzte mich im Dunkeln an die Feuerstelle.

Die Nacht hatte ihren tiefsten Punkt erreicht, den Moment kurz vor Morgengrauen, wenn die Erinnerung an die Sonne am schwächsten ist. Die Steine um die Feuerstelle waren kalt, alle Vögel und Insekten still. Ich saß da und starrte in die Asche, und auf einmal verspürte ich das Bedürfnis zu beten. Aber mir fielen keine Gebete aus dem Kloster mehr ein, gerade so, als hätte mein Verstand sie wie zum Protest verdrängt. Also sang ich leise vor mich hin, schlang die Arme um die Knie und schaukelte vor und zurück wie eine Mutter, die ihr weinendes Kind wiegt.

In a cavern, in a canyon,
Excavating for a mine ...

In der Nähe der Straße brachte ein kleines Tier oder ein Vogel die Erlen zum Rascheln. Ein Hase vielleicht, der Elzys Falle entwischt war.

Dwelt a rich old copper miner,
And his daughter Clementine ...

Das Rascheln wurde lauter. Ich stand auf. Die Wölfe, die nachts in den Bergen heulten, kamen manchmal zur Jagd ins Tal herunter, aber Texas hatte mir versichert, dass sie scheu waren und sich niemals einem Menschen nähern würden. Bären hingegen stellten eine echte Gefahr dar – vor allem im Frühling und im Sommer. Wenn eine Bärenmutter sich mit ihren Jungen ins Flachland wagte, konnte man nie vorhersagen, was sie tun würde, wenn man ihrem Nachwuchs zu nah kam. Texas zufolge war es in der Situation das Beste, Lärm zu machen und sie wissen zu lassen, dass man da war, denn so hatten sie genug Zeit, einen anderen Weg einzuschlagen.

»*She went shopping at the market*«, sang ich und ging langsam zur Schlafbaracke.

> *Every morning just at nine,*
> *Met a man with flu and fever ...*

Als der Schuss hallte, meinte ich, den Windstoß an meiner Wange zu spüren. Ich fuhr herum und sah den Sheriff von Fiddleback zwischen den Erlen stehen. Die ersten Strahlen der aufgehenden Sonne ließen den Lauf seines Gewehrs funkeln.

Mein Verstand schaltete sich ab, und mein Körper übernahm die Kontrolle. Meine Arme schoben die Tür zur Schlafbaracke auf, und meine Kehle und meine Lunge stießen einen Schrei aus, um die Gang zu wecken.

Cassie öffnete die Augen als Erste. Todesangst stand ihr im Gesicht. Während all der Jahre im Tal war das immer ihre größte Befürchtung gewesen – dass unser Versteck entdeckt wurde und fremde Männer in unser Haus eindrangen. Ich sah, wie ihre Angst der Wut und der Trauer wich, als wäre ein geliebter Mensch gestorben, und dann schluckte sie beides hinunter. Ihr Blick wurde hart. Als sie sprach, klang es wie ein Befehl:

»Wir müssen zur Felswand.«

Barfuß und wild um uns schießend rannten wir zur Scheune. Der Sheriff war nicht allein – die Schüsse kamen von der Weide und aus den Bäumen, unter denen ich vor so langer Zeit Cassie und Elzy in einer Umarmung gesehen hatte. Hätte ich noch einen Moment länger an der Feuerstelle gesessen, wären wir jetzt umzingelt.

Wir hatten uns überrumpeln lassen, aber die Pferde – ihr Gehör war scharf und ihre Muskulatur für die Vibrationen der Erde empfänglich – waren bereit. Amity war so schnell zum Tor hinaus, wie ich ihr den Sattel auf den Rücken werfen und mich hinaufschwingen konnte, und dann galoppierte sie über den Pfad zur Felswand, als hätten wir beide dasselbe gedacht. Schüsse fielen um uns herum, und dazwischen schrien die Vögel, die ihr ganzes Leben in Frieden verbracht hatten und nun von Kriegslärm aus dem Schlaf gerissen wurden. Als wir bergauf jagten, hörte ich hinter mir einen Schrei, ein hohes, hilfloses Kreischen wie von einem Säugling mit Schmerzen. Ich drehte mich um und sah, wie Faith auf die Knie stürzte. Blut lief über ihre Flanke. Das Mitleid packte mich. So oft hatte ich ihren Schweif gebürstet, wenn ich mit Amity fertig war, und Faith hatte es geliebt, Gerstenzuckerwürfel aus meiner Hand zu fressen. Aber das, was ich nun hinter Faith, Elzy und Temperance, Cassie und Prudence und Charity und News sah, versetzte meinem Denken und meinem Herz einen eisigen Stich der Angst.

Wie jede echte Gesetzlose weiß, kann sich die Größe einer Truppe von Hilfssheriffs von einem Tag auf den anderen ändern. Sie hängt davon ab, wie viele taugliche Männer mit funktionstüchtigen Waffen und einsatzbereiten Pferden kurzzeitig ihre Farm, ihre Ranch oder ihren Laden allein lassen können und wie beliebt der Sheriff bei besagten Männern ist. Doch am entscheidendsten ist vielleicht die Art des Verbrechens, das geahndet werden soll. Der Diebstahl einer Kuh mobilisiert einen oder zwei Männer, der eines preisgekrönten Bullen schon drei oder vier. Nach der Ermordung eines Obdachlosen oder einer Frau mit zweifelhaftem Ruf stellt sich niemand oder ein einziger, besonders großmütiger Helfer zur Verfügung, während der gewaltsame Tod einer Mutter oder eines wichtigen Gemeindemitglieds ein halbes Dutzend Männer dazu bewegt, sich dem Sheriff anzuschließen.

Hinter meinen Freundinnen stürmte eine etwa zwei Dutzend Mann starke Truppe heran, allesamt beritten und mit gezogener Waffe. Ich erkannte nicht nur die Sheriffs von Fiddleback und Casper, sondern auch Sheriff Branch mit seinem weißen Hut und dem Pferd, das ich als kleines Mädchen immer gefüttert hatte. So lange hatte ich mich vor einer Begegnung gefürchtet, aber als ich ihn nun an der Seite der anderen sah, fühlte es sich unwirklich an, als würde mir der Boden unter den Füßen weggezogen. Entfernungen, die mir vorher riesig erschienen waren, wirkten plötzlich so klein, als könnten unsere Feinde sie im Nu zurücklegen. Wie sich diese Männer zusammengefunden hatten, wusste ich nicht, und wie sie uns gefunden hatten, konnte ich nur erraten – aber gemeinsam bildeten sie eine Einheit, die dreimal so groß war wie unsere Gang. Ihre Pferde waren den unseren dicht auf den Fersen, und ihre Schüsse ließen die Lerchenstärlinge aus dem Tal in den Himmel flattern.

Elzy ritt dicht an Texas vorbei und zog sie mit ihrem guten Arm hinter sich auf den Rücken von Temperance. Hinter ihnen rief Cassie: »Ausschwärmen!«

Ich lenkte Amity vom Weg ins hohe Gras. Trittsicher wie ein Gabelbock sprang sie durch die Talsohle. Rote Staubwolken umhüllten uns und ließen mich husten und würgen, aber mein Blick blieb fest auf die Felswand gerichtet. Ich wusste, dass die anderen in dieselbe Richtung ritten. Wenn wir rechtzeitig die Nische erreichten, könnten wir sie besetzen und uns verteidigen und hätten freie Sicht auf alles, was unten im Tal vor sich ging.

Amity sprang über den Bach, und östlich von uns tauchte die Cowboyhütte auf, deren Fenster in der Morgensonne glänzten. Ich hoffte, dass Kid sich verschanzt hatte und die Truppe nicht auf die Idee kam, dort nachzusehen. Als meine Mutter krank war, hatte einmal eine Ratte den Bettpfosten erklommen und ungestört ein Loch in die Decke genagt, direkt neben ihren Füßen. Ich fürchtete, Kid würde sich, falls die Männer die Hütte stürmten, einfach erschießen lassen.

Auf Höhe der Erlen in der Mitte des Tals sah ich mich abermals um. In der Ferne hörte ich Schüsse, aber ich sah niemanden. Ich ließ Amity langsam traben und streichelte ihren grauen Hals. Sie war so schnell und so zuverlässig. Die Sonne schien bereits heiß, ich wischte mir mit dem staubigen Handrücken über die Stirn. Die Luft roch nach frischem Gras und Salbei. Überall um uns herum summten die Grillen ihr Sommerlied.

Der Schuss fiel, als ich gerade aufatmen wollte. Amity bockte und bäumte sich auf, und ich, vollkommen unvorbereitet, fiel rücklings in den Dreck. Ich rief ihren Namen, als wäre sie ein Kind, doch sie galoppierte gen Norden, schnell wie ein Wildpferd. Ich wusste, die Kugel musste sie getroffen haben, andernfalls hätte sie mich niemals abgeworfen. Aber ich hatte keine Zeit, mir Sorgen zu machen, denn schon hörte ich ein Pferd näher kommen. Seine Hufe donnerten über die harte Erde des Tals.

Ich tat das Einzige, was mir in den Sinn kam: Ich kletterte auf eine Erle und versteckte mich, so gut es ging, zwischen den Blättern. Keine Sekunde später kam der Mann in Sicht. Ich erkannte die dünne Gestalt und den blutroten Hut – der Sheriff von Casper. Ich wartete, bis er ungefähr noch zwanzig Schritte entfernt war. Dann schoss ich.

Der Schuss machte ihn nur auf mich aufmerksam. Er blickte zu mir auf und schoss, aber auch er traf nicht, und das Blei blieb im Stamm stecken. Ich fiel zu Boden. Er schoss und verfehlte mich wieder, und dann hörte ich das Klicken einer leeren Kammer. Als er auf mich zupreschte, sah ich seine schmale Gestalt über der breiten Pferdebrust, und da wurde mir klar, worin meine letzte Chance bestand. Ich bat stumm um Verzeihung und schoss.

Das Pferd gab den gleichen Laut von sich wie Faith kurz zuvor, bäumte sich auf und brach dann im Staub zusammen. Der Sheriff stürzte fluchend aus dem Sattel, rappelte sich hoch und rannte auf mich zu. Ich zielte auf seine Brust und drückte ab, doch diesmal spürte ich das leere Klicken in der eigenen Faust.

Ich versuchte, durchs hohe Gras zu fliehen, doch ohne

Amity und mit dem versehrten Bein war ich zu langsam. Ich humpelte und stolperte, und dann warf sich der Sheriff auch schon von hinten auf mich, bog mir die Arme auf den Rücken und drückte mein Gesicht in den Dreck. Ich machte mich auf einen Hieb mit dem Revolvergriff gefasst und dachte an die Menschen, die ich nie wiedersehen würde – meine Familie, Agnes Rose, News, Kid – und an die Fragen, auf die ich nie eine Antwort erhalten würde. Ich würde niemals erfahren, warum manche Babys mit einer Gaumenspalte oder einem Klumpfuß geboren wurden, warum zwei Menschen mit braunen Augen ein blauäugiges Kind bekommen konnten oder warum ich unfruchtbar war. So viel Wissen würde der Sheriff mir wegnehmen, aber noch während ich mich in meine Wut hineinsteigerte, merkte ich, dass mich gar kein Schlag getroffen hatte. Der Sheriff zerrte mich auf die Beine. Da er weder Handschellen noch ein Seil dabeihatte und mich somit nicht fesseln konnte, packte er mich an den Handgelenken und schob mich vor sich her wie ein schweres Möbelstück.

»Wohin gehen wir?«, fragte ich.

»Wir haben auf dem Marktplatz einen Pranger für euch aufgestellt«, sagte er. »Drei Tage wirst du dort stehen. Und dann, falls du noch lebst, wirst du gehängt.«

Ich hörte eine verächtliche Vertrautheit aus seiner Stimme heraus. Er hatte an mich gedacht, seit News und Agnes Rose mich vor ein paar Wochen aus seinem Gefängnis befreit hatten, und auch ich hatte ihn nicht vergessen. Hass, begriff ich, erzeugt eine bestimmte Art von Nähe. Ich fiel in einen Gleichschritt mit ihm.

»Wie haben Sie mich gefunden?«, fragte ich.

»Halt die Klappe«, sagte der Sheriff und gab mir einen Schubs.

Ich versuchte, die Sache anders anzugehen.

»Sicher wollen mich der Sheriff von Fairchild und der von Fiddleback auf ihrem eigenen Marktplatz hängen. Wie kommen Sie zu dem Privileg?«

»Nicht die haben dich erwischt«, sagte er, »sondern ich. Wenn sie wollen, können sie deine Freunde hängen. Ich bin mir sicher, Sheriff Donnelly würde zu gern einen Wallach vor seinem Gefängnis aufknüpfen.«

Als ich diese Worte hörte, verstand ich plötzlich. Das runzlige Gesicht der Frau im Gefängnis erschien so klar und deutlich vor meinen Augen, als stünde sie hier vor mir auf der Wiese. Sie musste mitangehört haben, was ich Lark erzählt hatte, und ich hatte ihm wirklich alles erzählt – von Hole in the Wall und Fiddleback und mir und meiner Familie. Nach unserer Flucht hatte sie die Informationen an den Sheriff weitergegeben, im Austausch für ihre Freiheit. Fast hätte ich gelacht oder geweint. Meine Ehe hatte mich so viel gekostet, und ich hatte sie kaum genießen können.

Der Sheriff und ich waren gleich groß und ähnlich schwer. Ich erinnerte mich an das, was Lo über den Kampf gegen männliche Gegner gesagt hatte: dass ich schmutzig kämpfen musste. Ich lief los, als versuchte ich, mich aus seinem Griff zu befreien. Er beschleunigte seine Schritte, ich blieb abrupt stehen, und sobald ich seinen Atem in meinem Nacken spürte, warf ich den Kopf zurück, schnell und ruckartig. Er schrie auf und ließ meine Hände los, und das war alles, was ich brauchte. Ich zog meine Waffe und schlug sie ihm so fest wie möglich gegen den Schädel. Ich sah nicht nach, ob er tot war. Ich rannte einfach los.

Schon bald wurde ich langsamer und konnte nur noch gehen und dann humpeln, wobei ich das verletzte Bein hinter mir herzog. Die Sonne schien am Himmel anzuschwellen, die Vögel verstummten in der Mittagshitze. Schweiß und Staub vermischten sich auf meiner Haut zu Schlamm. Zu Fuß würde ich zur Felswand einen Tag brauchen, in meinem verletzten Zustand wahrscheinlich noch länger. Der Gedanke an die lange Strecke, die ich noch vor mir hatte, verschlimmerte den Schmerz. Mir wurde schwindlig. Auf einem Hügel, der die Salzebene überragte, setzte ich mich hin und ruhte mich aus.

Ich musste eingedöst sein, denn ein Geräusch weckte mich, ein einsames, hohes Jaulen von der Ebene zu meinen Füßen. Zuerst dachte ich, da liefe ein Wolf über die rissige rote Erde, und das Blut begann in meinen Ohren zu rauschen. Aber als sich meine Augen an die Sonne gewöhnt hatten, erkannte ich die geduckte Haltung und die listigen Bewegungen des Tieres. Das war kein Wolf, sondern ein Kojote. Mein Herzschlag verlangsamte sich, und ich beobachtete ihn ohne Angst. Ich stellte Berechnungen an: Wenn ich abwechselnd je eine Stunde ging und eine Stunde ruhte, könnte ich es in zwei Tagen zur Felswand schaffen, möglicherweise sogar in anderthalb. Doch vielleicht waren meine Freundinnen bis dahin längst getötet oder gefangen. Sheriff Branch, der Sheriff von Fiddleback oder einer ihrer Männer könnte mich jederzeit finden. Doch vielleicht wäre es das Beste, sich einfach zu verstecken und abzuwarten. Aber die flache, offene Talsohle bot nur wenige bis gar keine Orte, an denen man sich gut verbergen konnte. Gerade das war einer der Vorteile des Hole in the Wall – von der Nische aus konnte man alles und jeden unten im Tal sehen. Doch bis dorthin war man ungeschützt und angreifbar für jeden, der einem unterwegs begegnete.

Der Kojote schnupperte den Boden ab und arbeitete sich langsam zum Hügel vor. Ein großes Tier, nicht ganz so groß wie ein Wolf, aber größer und kräftiger als ein Hund, und unter der rotgoldenen Fellkrause an den Schultern zeichneten sich dicke Muskelstränge ab. Während ich ihn beobachtete, nahm er meine Fährte im Wind auf. Er hob den Kopf und teilte die Lefzen zu einem Lächeln, das bei einem Hund ein Zeichen des Wiedererkennens gewesen wäre. Langsam schlich er auf mich zu.

Ich wusste, ein einzelner Kojote würde niemals einen gesunden Menschen angreifen. Aber falls er mich für tot hielt oder für krank, würde er mich vielleicht beschnuppern und einen Bissen probieren wollen. Mühsam kam ich wieder auf die Beine. Der Kojote blieb stehen, wich aber nicht zurück.

»Hey«, rief ich.

Der Kojote rührte sich nicht. Ich lief halb hüpfend, halb humpelnd auf die Felswand zu. Die Sonne war dabei, ihren Höhepunkt zu erreichen, die Schatten auf dem Felsen schrumpften, und alle dunklen Stellen färbten sich rot. Ich sah mich um. Der Kojote folgte mir, das Maul immer noch leicht geöffnet. Wieder gab er ein Jaulen von sich, das laut durch den stillen Nachmittag hallte, und dieses Mal hörte ich eine Antwort – von meiner Linken, durchs hohe Gras südlich des Hügels, näherte sich ein weiterer Kojote. Er war kleiner und sein Fell so weich und buschig wie das eines Welpen. Ein Jährling wahrscheinlich, der mit seiner Mutter unterwegs war.

Ich humpelte schneller. Die Kojoten kläfften einander zu, ihre Rufe wurden immer kürzer und aufgeregter.

Den dritten Kojoten bemerkte ich erst, als er fast schon vor mir stand. Das Tier wartete regungslos im hohen Gras. Sein Fell war nicht rot, sondern silbrig, und der schwere Kopf und der breite Kiefer verrieten mir, dass es sich um ein Männchen handelte. Ich war ihm nah genug, um seine Augen zu sehen, goldgelb, intelligent und furchtlos. Ich rannte los.

Das Geheul, das sich nun erhob, war ein Jubel, hoch und musikalisch, fast wie Gesang. Ich hätte es wunderschön gefunden, wäre ich nicht das verletzte Tier in der Mitte gewesen, die Beute, deren Angstschweiß die Wildhunde durchs Gras lockte und vor Freude jaulen ließ.

Die Kojoten, Mutter und Vater, liefen neben mir her und warteten nur darauf, dass ich stolperte und sie sich auf mich stürzen konnten. Ich spürte das Stolpern jetzt schon in meinem schmerzenden Bein, ich konnte fühlen, wie meine Kraft nachließ, als plötzlich ein neues Geräusch den Gesang der Kojoten übertönte.

Die Verursacherin sah ich erst, als sie an den Kojoten vorbeidonnerte, mächtig wie eine Gewitterwolke. Amity trieb die Wildhunde etwa zwanzig Schritte von uns weg, wo sie ihre übliche Haltung einnahmen, eine lauernde Aasfresserhocke. Dann trabte sie zu mir zurück, gerade so langsam, dass ich auf ihren Rücken klettern konnte. Der Sattel war immer noch da, ganz so, als wäre ich nie abgestiegen.

Als ich die Zügel in die Hand nahm und Amity die

Felswand ansteuerte, entdeckte ich das Blut. Es stammte aus einer frischen Wunde an Amitys grauer Schulter, grellrot, doch oberflächlich und leicht zu behandeln. Ich dachte an die Fleischwunde, die sich Lark in Casper zugezogen hatte, und an die ältere, schlimmere aus seiner Zeit in Mobridge. Ich dachte an all die Wunden, die ihn nicht umbringen konnten, und an die eine, die es schließlich getan hatte. Kurz beugte ich mich zu Amitys Mähne hinunter und atmete den Geruch von Heu und Staub und etwas Süßem ein, fast wie Muttermilch. Ich sagte ihr, dass ich sie liebte. Sie senkte den Kopf und legte die letzten Meilen über Grasland zurück, als wären es nur Zentimeter, und noch während die Sonne hoch am Himmel stand, erreichten wir den Fuß der roten Wand.

Die Stille war unheimlich, und einen Moment lang befürchtete ich das Schlimmste: dass alle tot oder, viel wahrscheinlicher, gefangengenommen und unter den verbliebenen Sheriffs aufgeteilt worden waren, und nun würden sie in den Städten gehängt. Doch da bemerkte ich eine Bewegung in der schattigen Kerbe hoch über mir, dort, wo sich zwei Felswände trafen. Die Nische. Ich band Amity an einer Espe fest und begann den Aufstieg. Als ich die letzte Serpentine umrundet hatte, blickte ich direkt in einen Gewehrlauf.

»Doc, meine Güte«, sagte Texas und ließ die Waffe sinken. »Ich dachte, du wärst einer von denen.«

»Wo sind sie?«, fragte ich.

»Sie haben die Wächterfelsen besetzt.«

Texas zeigte auf die hohen Klippen im Süden.

Ich konnte Männer und Pferde erkennen. Sheriff Branchs Hut leuchtete im Sonnenlicht.

»Was machen wir jetzt?«, fragte ich.

»Wir warten«, sagte Texas.

Wo sie und ich vor vielen Monaten gesessen hatten, hatten die anderen jetzt ein Lager aufgeschlagen. Elzy gab mir Munition für meine Waffe. Cassie gab mir einen Stock, auf den Pemmikan aufgespießt war, und eine Feldflasche mit Wasser. News berührte meine Schulter.

»Wir dachten schon, du wärst tot«, sagte sie.

Der Nachmittag verstrich. Wir beobachteten die Männer am Fuß der Felswand, die mit ihren Gewehren zwischen den Wächterfelsen patrouillierten. Ich fühlte eine Mischung aus Langeweile und Angst. Nach einer Weile wirkte das Tal unten wie ein Gemälde aus Grün-, Rot- und Goldtönen, die zum Horizont hin verblassten. Agnes Rose fing ganz leise und mit schöner, tiefer Stimme an zu singen.

Jesus don't want me for a sunbeam,
Sunbeams were never made like me.

»Still jetzt«, sagte Cassie. »Da passiert was.«

Die Männer unten schwärmten aus. Eine Gruppe hatte damit begonnen, die Felsen oberhalb ihrer Position zu ersteigen. Eine andere ging in Richtung Süden, und eine dritte Gruppe bahnte sich einen Weg direkt zur Felsspalte hinauf. Sheriff Branch war nicht mehr zu sehen.

»Lasst sie kommen«, sagte News. »Sobald sie hier auftauchen, knallen wir sie ab.«

Cassie schüttelte den Kopf.

»Sie wollen uns umzingeln. Wir müssen uns aufteilen.

Bleibt so weit oben wie möglich, versteckt euch zwischen den Felsen und schießt erst, wenn sie nah genug sind. News, Aggie, ihr geht nach Süden. Doc, Texas, ihr geht nach Norden. Elzy und ich bleiben hier und übernehmen die, die den Weg raufkommen.«

Sie überlegte. »Wenn sie euch schnappen, bewahrt ihr Haltung. Bettelt nicht um euer Leben. Bekennt euch zu keiner Sünde. Wenn ihr ohne Scham sterbt, fällt die Scham ganz auf sie zurück.«

Ich dachte an eine Frau, auf die der Sheriff von Casper angespielt hatte. Sie war am Pranger in Salida gestorben. Ich fragte mich, ob sie mit ihren letzten Atemzügen um Gnade gefleht hatte oder ob sie bis zum Ende standhaft geblieben war. Ob es für die Menschen, die drum herum standen und Steine, faules Obst und Fäkalien warfen, überhaupt eine Rolle gespielt hatte.

Texas und ich erstiegen die flachen Felsen nördlich des Hole in the Wall. Vermutlich hatte irgendeine Naturkatastrophe sie vor Urzeiten geformt und aufgeschichtet. Einige Schichten waren dünn wie Blätterteig, andere dick wie Baumstämme. Während wir höher stiegen, wurde die ferne Talsohle immer unschärfer. Weit unten tauchten Falken nach ihrer Beute.

In der Nähe der Gipfels entdeckten wir eine Einkerbung, kleiner als die Nische und gerade groß genug für eine Person mit Gewehr. Wir nickten einander zu. Texas richtete sich in der Spalte ein, ich ging allein weiter.

Darüber waren die Felsschichten fast bündig aufeinandergelegt. Ich drückte mich an die Wand und schob mich seitlich über einen schmalen Felsvorsprung, gerade breit genug für meine Stiefel. Die Felswand roch nach altem

Regen, nach Wasser, das ins Gestein sickert und es unterspült. Ich wusste, wie schnell ein entschlossener Mann bergauf gehen kann, deswegen löste ich alle paar Schritte die Wange vom Felsen und hielt trotz des Schwindels über meine Schulter nach Verfolgern Ausschau.

Auf Schüsse von oben war ich jedoch nicht gefasst. Sie zerschmetterten den Felsvorsprung hinter mir, dann vor mir, bis das Sims nur noch einen Schritt breit war. Ich zog meine Waffe und blickte nach oben, wo Sheriff Branch keine zehn Meter über meinem Kopf bäuchlings an der Kante lag. Hinter ihm ging die Sonne unter, sein Hut leuchtete wie eine Krone.

»Lass die Waffe fallen«, rief er am Lauf seines Gewehrs vorbei.

Stattdessen schoss ich in seine Richtung. Doch die Sonne blendete mich, und die Kugel zischte weit an ihm vorbei.

»Wenn du das noch mal machst«, rief der Sheriff, »muss ich auf dich schießen. Und wir wissen beide, dass ich dich nicht verfehlen werde.«

Der Sheriff war in Fairchild als meisterhafter Schütze bekannt. Es hieß, einmal habe er sich aus dem Gefängnisfenster gelehnt und eine Taube aus einem Baum am Ende der Straße geschossen. Ich steckte die Waffe ins Holster und hob die Hände. Ich sah Tränen in seinen Augen.

»Ada«, sagte er, »Kleines, tut mir leid, dass es so weit gekommen ist.«

»Dann lassen Sie uns in Ruhe«, sagte ich.

Der Sheriff schüttelte den Kopf.

»Komm mit nach Fairchild«, sagte er. »Der Richter wird gnädig sein, das verspreche ich. Du wirst deine restlichen Tage im Stadtgefängnis verbringen. Und sonntags kannst du deine Schwestern sehen.«

Hinter mir hörte ich Schreie und Schüsse. Seine Truppe und meine lieferten sich einen Kampf.

»Ich glaube Ihnen nicht«, rief ich. »Der Sheriff von Casper wollte mich an den Pranger stellen.«

»Das hätte ich nie zugelassen«, sagte Sheriff Branch. »Ich weiß, dass du Schmerzen leidest. Ich weiß, wie es ist, kein Kind zu haben. Es kann einen Menschen dazu bringen, schreckliche Dinge zu tun.«

Am liebsten hätte ich geantwortet, ich hätte nichts Schreckliches getan. Aber das war nur in Fairchild so gewesen. Inzwischen stimmte es nicht mehr.

»Ich habe Ulla nie geschadet«, sagte ich stattdessen. »Ich habe niemanden verhext. Das ist alles nur unsinniges Geschwätz.«

Der Sheriff nahm seinen Hut ab und wischte sich mit dem Ärmel über die Stirn. Mit bloßem Kopf sah er älter und müder aus, seine Glatze leuchtete hellrot in der Sonne.

»Das weiß ich, Ada«, sagte er.

»Warum sind Sie dann hier? Warum haben Sie mich verfolgt?« Ich spürte, wie mir die Tränen in die Augen stiegen. Hinter mir hallten weitere Schüsse.

Ich hörte Stiefelschritte und Hufgetrappel. Ich hörte News schreien, konnte ihre Worte aber nicht verstehen. Es klang seltsam, fast wie Jubel.

»Das Leben ist hart«, sagte der Sheriff. »Die Menschen müssen es sich irgendwie erklären. Das weißt du genauso gut wie ich. Wenn du oder deine Mutter von ›Rheuma‹ oder ›Heuschnupfen‹ oder einem ›Leberleiden‹ gesprochen haben, ging es der Hälfte der Leute gleich schon viel besser. Endlich sagte ihnen jemand, was das Problem war.«

»Ich verstehe nicht«, sagte ich.

»Wenn ein Kind stirbt, wenn zwei Menschen, die sich lieben, keins zeugen können, wenn ein Mann seine Frau im Kindbett verliert – so etwas ist schwer zu ertragen, Ada, das schafft man nicht ohne Hilfe. Aber wenn man weiß, warum es passiert ist, wenn man jemanden oder etwas verantwortlich machen kann, reicht das manchmal schon, um weiterzuleben. Verstehst du es jetzt?«

»Sie würden mich im Gefängnis verrotten lassen, nur damit Ulla jemanden hat, dem sie die Schuld geben kann?«

»Nicht nur Ulla«, sagte der Sheriff. »Alle waren erleichtert, als ich bekanntgab, du würdest wegen Hexerei angeklagt. Und sie werden noch erleichterter sein, wenn ich dich zurückbringe. Wir alle müssen Opfer bringen, Ada. Es tut mir leid, aber das ist nun mal deins.«

Meine Tränen trockneten, Verachtung stieg in meiner Kehle auf. Gleichzeitig wusste ich, dass er die Wahrheit sagte. Er würde mir nicht wehtun. Er würde mich ins Stadtgefängnis bringen, und jeden Sonntag dürften meine Mutter und meine Schwestern mich besuchen. Ich würde sehen, wie Bee heranwuchs und eigene Kinder bekam.

Aber da wurde mir klar, dass ich die Geburten nicht miterleben würde. Jemand anderes würde bei den Entbindungen meiner Schwestern dabei sein. Man würde mich von schwangeren Frauen und von Babys fernhalten, auch – oder gerade – von jenen, die krank waren und dringend fachkundige Hilfe brauchten. Frauen würden sterben, obwohl ich sie retten könnte. Ich würde nutzlos in einer Zelle sitzen, meine Hände würden runzlig werden und mein Wissen würde veralten, während andere anderswo lernten, was ich nie lernen würde. Ich blickte über meine Schulter ins Tal, das sich in Grün und Gold zu meinen Füßen ausbreitete. Im Licht des späten Nachmittags war es besonders schön und öffnete sich unter mir wie eine Schale, wie ein Paar Hände. Ich könnte einfach einen Schritt zurücktreten und mich hineinfallen lassen. Ich würde sterben, ohne Scham.

»Bitte, Ada«, rief der Sheriff. »Lass mich dich nach Hause bringen.«

Ich schloss die Augen. Ich trat einen halben Schritt zurück. Ich hörte einen Schuss, so nah, dass ich glaubte, er hätte mich getroffen. Ich öffnete die Augen und legte den Kopf in den Nacken.

Kid stand über der Leiche des Sheriffs und sah mit wachem, ruhigem Blick auf mich herunter.

KAPITEL 12

Wir kämpften noch die ganze Nacht und bis in den nächsten Tag, doch als ich Kid sah, hatte sich das Blatt bereits gewendet. Kid kannte alle Verstecke in der Felswand, alle Wege und Pfade. Wo auch immer die Männer des Sheriffs hinaufzukommen versuchten, wir waren schon da und schossen sie nieder. Der Sheriff von Fiddleback war der letzte Überlebende. Cassie und Kid überraschten ihn am Fuß der Felswand, wo er gerade auf sein Pferd steigen und fliehen wollte. Cassie schoss ihm in die Brust. Dann torkelte Kid und brach in ihren Armen zusammen.

Schwach und abgemagert und mit von der Krankheit erschöpftem Geist wurde Kid in Decken gewickelt und mit einer kräftigen Suppe aus Roter Bete und Markknochen aufgepäppelt. Während ich ein Tonikum aus Zitrone, Löwenzahn und Brennnesseln mischte – abgekocht, damit sie nicht mehr brannten –, musste ich an Sheriff Branchs Worte denken. Ich wusste nicht, was Kid plagte, und ich konnte nicht garantieren, dass es nicht wiederkommen würde. Ich wusste nur, dass Cassies Nähe den Heilungsprozess beschleunigt hatte, und so sorgte ich dafür, dass immer jemand bei Kid saß, aus einem Buch vorlas, etwas erzählte oder einfach aus dem Fenster starrte, wenn Kid schlief.

Nach fünf Tagen setzte Kid sich auf und verlangte nach Pemmikan und Biscuits. Cassie stellte die Frage, die uns alle beschäftigte:

»Was machen wir jetzt?«

Kid lächelte.

»Ich hätte Lust auf einen Spaziergang.«

»Das ist schön zu hören«, sagte Cassie, »Aber du weißt, was ich meine. Wir können die Bank nicht mehr kaufen. Wenn eine von uns nach Fiddleback reitet, wird sie sofort erschossen. Und bestimmt ist ein Kopfgeld auf uns ausgesetzt – jede Wette, dass sich jetzt schon eine neue Truppe formiert, größer und besser ausgerüstet als die letzte.«

»Ich weiß«, sagte Kid. »Ich werde mir etwas einfallen lassen.«

Aber die Tage vergingen ohne einen neuen Plan, alles kam zum Stillstand. Die Nächte wurden kühl, der Herbst nahte. Wir patrouillierten in Schichten oben auf dem Pass und erwarteten den Tag, an dem die Städter, deren Sheriffs wir abgeschlachtet hatten, uns neue Verfolger auf den Hals hetzten. Es würde noch dauern – nach der Schlacht von Hole in the Wall war unsere Gang wahrscheinlich gefürchteter denn je –, aber irgendwann wäre es so weit.

Am siebten Tag nach Kids Rückkehr kniete ich am Wegesrand und grub gerade Sonnenhut aus, um ihn für den Winter zu trocknen. Als ich Schritte hinter mir hörte, fuhr ich herum und zog meinen Revolver, den ich nun täglich bei mir trug. Vor mir stand eine Frau. Ihre Füße bluteten durch dünne Hausschuhe, ihre Hände waren leer bis auf ein zerknittertes Stück Papier.

»Bitte«, sagte sie, »ich suche die Hole-in-the-Wall-Gang.«

»Wer bist du?«, fragte ich. »Wer hat dich geschickt?«

Wortlos reichte sie mir das Papier. Durch eine Schicht aus rotem Straßenstaub starrte mir mein eigenes Gesicht entgegen. Daneben erkannte ich die Gesichter der anderen. Die Ähnlichkeit war verblüffend, alle sahen genauso aus wie am Tag des Banküberfalls. Unter den Zeichnungen stand folgender Text:

GESUCHT

DIE HOLE-IN-THE-WALL-GANG

wegen des Überfalls auf die **Farmers' and Merchants' Bank von Fiddleback am dreißigsten Mai 1895** und des Diebstahls von **dreißigtausend Münzen** in **Gold** und **hunderttausend** Münzen in **Silber**.

Bekanntermaßen beherbergen diese **äußerst gefährlichen Verbrecher Hexen und Personen gemischter Abstammung.** Sie **leben** und **kleiden** sich **widernatürlich, täuschen** und **betrügen** und müssen mit **großer Vorsicht** behandelt werden.

Auf Hinweise zur Ergreifung **dieser verkommenen Individuen** ist eine Belohnung von **500 Golden Eagle** ausgesetzt.

»Bitte«, sagte die Frau erneut. »In Sturgiss wollten sie mich als Hexe hängen. Ich habe das hier gesehen und dachte, ihr könnt mir vielleicht helfen.«

In der darauffolgenden Woche kam eine weitere Frau, und in der Woche darauf zwei. Ende August boten wir einem halben Dutzend Unterschlupf. Die meisten waren unfruchtbar, andere waren aus der Stadt gejagt worden, weil sie mit einer Frau geschlafen oder sich anderweitig unmoralisch verhalten hatten. Sie alle hatten den Steckbrief in der Hand oder im Kopf. Kid schickte Agnes Rose zu Nótkon, um genug Mehl, Schmalz und Munition für eine ganze Armee zu besorgen. So würden wir den Winter überstehen. Wir hatten keine Stadt, aber wir hatten Geld und Land, und auf einmal schien die Stadt zu uns zu kommen.

Eines Abends saß ich mit Kid an der Feuerstelle. Um uns herum herrschte Chaos, alle lernten sich kennen, redeten und stritten wild durcheinander.

»Cassie hatte recht,« sagte Kid. »Es ist gefährlich.«

»Du traust ihnen nicht?«, fragte ich und deutete in die Runde.

»Das ist es nicht«, sagte Kid. »Aber sieh dich um. Bald werden sie uns zahlenmäßig überlegen sein. Alle zusammenzuhalten und zu beschützen ... es wird schwieriger sein, als ich gedacht hätte.«

Aber The Kid lächelte viel. Jedes Mal, wenn es etwas zu entscheiden gab, wenn über Versorgung oder Strategie debattiert wurde oder zwischen zwei Fraktionen von Neuankömmlingen ein Streit ausbrach, stand Kid wieder aufrecht und fand mit Geschick und Zuversicht eine Lösung, die alle zufriedenstellte. Kid war wirklich wie gemacht fürs Bürgermeisteramt.

»Ich habe dir ein Versprechen gegeben«, sagte Kid. »Und ich werde es einhalten. Aber jetzt brauchen wir eine Ärztin dringender denn je. Wie ich hörte, hat Rosie Läuse eingeschleppt.«

Ich musste lachen. In Wahrheit hatte ich in den letzten Monaten oft daran gedacht, einfach in Hole in the

Wall zu bleiben. So wohl hatte ich mich nicht mehr gefühlt, seit ich Fairchild verlassen hatte. Ich wollte dieses Gefühl nicht aufgeben, nicht für die Ungewissheit von Pagosa Springs.

»Gib mir ein paar Tage, um drüber nachzudenken«, sagte ich. »So lange wird es ohnehin dauern, allen den Kopf mit Terpentin zu waschen.«

Am nächsten Abend kämmte Agnes Rose News die Haare, während ich die braunen Locken einer jungen Rekrutin namens Daisy absuchte. Anfangs hatte Agnes noch mit den Neuen geplaudert und ihnen erzählt, wie sie einmal in der Nähe von Spearfish einem Anwalt zweihundert Golden Eagle aus der Tasche gezogen und dem jungen Hilfssheriff von Cody seine Geldbörse und seinen Stolz geraubt hatte. Doch im Laufe der Wochen war sie immer stiller geworden und jetzt praktisch stumm.

»Was ist los?«, fragte ich.

»Ich kann nicht aufhören, an den Schlachter zu denken«, sagte sie.

»Von Fiddleback?«, fragte ich. »Du hast selbst gesagt, er würde jubeln, würden sie uns hängen.«

»Würde er auch«, sagte Agnes Rose. »Aber ich dachte, entweder wir sterben, oder wir kommen zurück und investieren alles in die Stadt. Ich hätte nie geglaubt, dass wir das Geld dieser Leute nehmen und einfach behalten würden.«

»Aggie«, sagte ich so sanft wie möglich, »du hast doch davor schon Leute ausgeraubt.«

»Beleidige mich nicht«, sagte sie. »Ich bin nicht dumm. Ich weiß, was ich bin.« Dann wurde ihre Stimme weicher. »Meistens redet man sich vor einem Job irgendwas ein. Und in Fiddleback habe ich mir eingeredet, dass wir, falls wir die Sache überstehen, es diesen Männern und Frauen zehntausendfach zurückzahlen werden, indem wir ihnen eine neue Art zu leben zeigen. Aber jetzt weiß ich, das wird nicht passieren. Es nagt einfach an mir, das ist alles.«

»Verstehe«, sagte ich. »An mir nagt es auch.«

»Autsch«, beschwerte sich Daisy. »Du tust mir weh.«

»Warte«, sagte Agnes. »Lass mich mal. News ist sowieso läusefrei.«

Daisy stand missmutig auf. News erhob sich ebenfalls. Sie stutzte und hielt sich eine gekrümmte Hand über die Augen.

»Sieht so aus, als hätte Cassie eine neue Rekrutin aufgelesen«, sagte sie.

Cassie hatte sich mit den neuen Frauen nicht unbedingt angefreundet, doch sie hatte begonnen, Pläne für Ackerbau und Weidehaltung im großen Stil zu entwerfen. In Zukunft wäre es nötig, eine größere Anzahl von Menschen zu ernähren.

»Wir müssen uns selbst versorgen können«, hatte sie eines Abends zu Kid gesagt.

Als sie nun auf die Feuerstelle zugeritten kam, klopfte mein Herz schneller. Hinter dem Sattel saß die Frau mit dem Muttermal, die ich am Ostersonntag vor vielen Monaten am Stand des Schwarzbrenners angesprochen hatte. Ich trug Arbeitshosen und ein Männerhemd, und als ich ihr vom Pferd half, erkannte sie mich wieder.

»Heilige Mutter Maria«, sagte sie, als wir uns gegenüberstanden.

»Mein Name ist Ada«, sagte ich. »Wir haben dir viel zu erklären.«

Sie ließ den Blick durch die Runde schweifen. News, Agnes Rose, Daisy und ein paar andere kamen näher, um die Neue zu begutachten. Sie lachte leise, es klang erschöpft, erleichtert und ein bisschen traurig.

»Das habt ihr wohl«, sagte sie. »Aber du hattest recht. Ich hätte mir das Geld für die Reise zur Schwesternschaft vom Heiligen Kinde aufheben sollen.«

»Hat die Oberin dich geschickt?«, fragte ich.

»Ja«, sagte sie. »Das viele Lesen hat mir nichts ausgemacht, aber ich konnte meine Wut nicht beiseiteschieben. Oder vielleicht könnte ich es, aber ich will nicht. Die Oberin hat gesagt, ich sei nicht dazu berufen, eine Nonne zu sein. Sie meinte, vielleicht finde ich meine Berufung hier.«

In der darauffolgenden Nacht besuchte ich Texas im Stall. Als ich hereinkam, stand sie dicht an Prudence gelehnt, bürstete ihr die Mähne und sang ihr leise etwas vor.

»Hast du keine Angst, sie könnte Läuse bekommen?«, fragte ich.

»Pferde kriegen keine Menschenläuse«, antwortete sie. »Ich überlege, mein Bettzeug herzubringen, solange es nicht zu kalt ist. Hier ist es ruhig, es ist sauber, und niemand stellt blöde Fragen.«

Ich lachte.

»Tut mir leid«, sagte ich.

»Zu spät«, sagte Texas. »Was willst du?«

»Willst du immer noch nach Amarillo?«

»Ja«, sagte sie und zog die Bürste durch Prudence' Mähne. »Eines Tages. Wenn ich hier fertig bin.«

»Und wann genau wird das sein?«

»Schwer zu sagen. Wir sind jetzt mehr Leute, wir brauchen mehr Pferde. Mehr Pferde brauchen mehr Pflege.«

»Jemand anderes könnte sich um sie kümmern«, sagte ich.

Texas ging weiter zu Temperance' Box. Das braune Pferd gab ein leises, freudiges Wiehern von sich und drückte die Nase an Texas' Hand.

»Nicht so gut wie ich«, sagte sie.

Am nächsten Abend fand ich Kid auf der Weide. Ich hoffte, dass Kids Herz jetzt leichter war. Meins war schwer. Ich würde meine Pritsche auf der Galerie der Schlafbaracke vermissen, von der ich den Holzofen sehen konnte. Aber ich hatte eingesehen, was ich schon immer geahnt hatte: Ich war weder eine Scharfschützin, noch war ich eine fähige Hochstaplerin oder eine Reiterin. Meine Berufung, wenn sie sich zeigte, wäre ganz anderer Natur.

»Wendet das Terpentin noch für drei Tage an«, sagte ich. »Und sieh zu, dass Agnes nächste Woche alle noch einmal untersucht. Läuse sind tückisch.«

»Ich werde es ausrichten«, sagte Kid. »News und Texas können dich nach Colorado begleiten, falls sie wollen. Und Amity natürlich. Du bist ohnehin die Einzige, die sie reiten darf.«

Und so brachen News, Texas und ich im September 1895 nach Pagosa Springs auf. Wir reisten als Cowboys auf Arbeitssuche, getarnt mit falschen Bärten und tief in die Stirn gezogenen Hüten. Die Gerüchte über die Hole-in-the-Wall-Gang waren uns vorausgeeilt: Wo immer wir Rast machten, hörten wir von unseren Taten, jetzt schon heillos übertrieben und zur Legende aufgebauscht. Die Hole-in-the-Wall-Gang hatte eine ganze Stadt in Schutt und Asche gelegt. Die Hole-in-the-Wall-Gang konnte es aus heiterem Himmel regnen lassen. Die Hole-in-the-Wall-Gang röstete Babys am Spieß. Die Mitglieder der Hole-in-the-Wall-Gang waren ebenso männlich wie weiblich, hatten Brüste *und* einen Penis und konnten sich nach Belieben selbst schwängern. Die Geschichten amüsierten und erschreckten uns zugleich – wir waren ein lohnendes Ziel für alle, die den Ehrgeiz hatten, echte Schurken zur Strecke zu bringen. Doch niemand erkannte uns, nicht einmal, wenn wir unter unseren eigenen Steckbriefen saßen. Lo hatte uns darin ausgebildet, unser wahres Ich in Anzügen verschwinden zu lassen, und wer uns betrachtete, sah nichts als die gewöhnlichen Männer, die zu sein wir vorgaben.

Nach zehn Tagen ging es hinauf in die Rocky Mountains. Ich spürte eine Veränderung in der Luft, die sauber und nach Koniferen roch, und wenn ich morgens aufwachte, dachte ich an Lark und die Pläne, die wir an unserem Hochzeitstag geschmiedet hatten. Dass sie Teil einer Scharade gewesen waren, machte sie in meinen Augen nicht weniger schön und traurig. Wir ritten über die Baumgrenze, wo alles Leben nah am Boden stattfand, die Flechten den Nebel tranken und Murmeltiere und Pfeifhasen von Fels zu Fels huschten. Hier oben waren nur die Vögel noch frei – Hüttensänger saßen hell zwitschernd in der Herbstsonne, Falken schossen zwischen den Berggipfeln durch wie Patronen.

Als wir die Gebirgskette überquert hatten und die ersten Bäume sahen und Hirsche und Elche, die durch die

Wälder streiften, wusste ich, wir waren fast am Ziel. Am fünfzehnten Tag roch ich etwas Neues im Wind, einen mineralischen Duft, fast wie von flüssigem Gestein. Die Quellen selbst befanden sich tief unter der Erde und machten sich bemerkbar, noch bevor die Stadt, meilenweit entfernt, am Horizont auftauchte. Wann immer wir anhielten, um die Pferde verschnaufen zu lassen, hörten wir sie flüstern wie Geister. Dort, wo das Wasser schließlich aus der Erde sprudelte und sich in Becken unter Wasserfällen sammelte, saßen die Badenden einzeln oder grüppchenweise bis zum Hals darin, ließen sich treiben, benetzten sich das Gesicht, hielten Füße und Hände hinein oder tauchten Kleinkinder und Babys unter. Die Alten und die Kranken wurden in Rollstühlen hineingeschoben, damit die wohltuende Wärme sie umfing.

In Pagosa Springs gab es keine Pension, dafür aber ein Badehaus mit Zimmern, die um ein zentrales Becken herum angeordnet waren. Weil News, Texas und ich uns nicht entkleiden konnten, gingen wir in den Wintergarten, wo Männer und Frauen auf Klappstühlen beisammensaßen und abgefülltes Quellwasser tranken. Eine junge, dralle Frau mit gesund aussehender Haut brachte uns die übel riechende Flüssigkeit in dicken Gläsern.

»Wir suchen eine Mrs Alice Schaeffer«, sagte ich.

Die Frau schüttelte den Kopf.

»Den Namen habe ich nie gehört«, sagte sie.

»Wer betreibt hier die Praxis?«, fragte ich.

»Es gibt keine Praxis«, antwortete sie. »Wir brauchen keine. Das Wasser heilt alle Krankheiten.«

Nachdem sie gegangen war, nippte ich an meinem Tonikum. Es schmeckte wie Salzwasser.

»Es gab hier mal eine Praxis«, sagte eine Frau neben mir.

Sie war unfassbar alt, so alt, dass sie wieder jung aussah. Ihre Haut wirkte so weich wie die eines Babys, ihr Haar so zart wie Pusteblumenflaum. Ihre Augen, die blind ins Leere starrten, waren vom hellsten Blau.

»Was ist passiert?«, fragte News.

»Sie wurde vor drei Jahren geschlossen. Vielleicht ist es auch noch länger her. Die Hebamme musste ganz plötzlich die Stadt verlassen.«

»Alice Schaeffer?«, fragte ich.

»Das könnte ihr Name gewesen sein. Bei ihr sind Frauen ein und aus gegangen – Frauen, die keine Kinder bekommen konnten. Irgendeine Krankheit ist ausgebrochen, Fleckfieber vielleicht, ich weiß es nicht mehr. Der Verdacht ist auf sie gefallen. Der Sheriff wurde geholt.«

»Wissen Sie, wo sie jetzt ist?«, fragte ich.

Die Frau blickte mich aus ihren blauen Augen an, und da merkte ich, dass sie mich sehr wohl sehen konnte.

»Egal wo sie ist«, sagte sie, »sie will wahrscheinlich nicht gefunden werden.«

Durch die Glasfenster des Wintergartens konnten wir das Becken überblicken. Ein junges Paar in blauen Badeanzügen küsste sich feierlich auf den Mund und schritt dann ins Wasser.

»Wo war die Praxis?«, fragte ich die alte Frau.

»Am östlichen Stadtrand, wenn ich mich recht entsinne«, sagte sie. »Gleich gegenüber der Schule.«

Als wir dort ankamen, war es schon später Nachmittag. Die Schule ging gerade zu Ende. Ich sah drei Mädchen

Hand in Hand nach Hause laufen und musste an Ulla, Susie und mich denken. Wahrscheinlich waren Ulla und Susie inzwischen Mütter. Vielleicht spielten ihre Kinder mit den Kindern meiner Schwestern. Der Gedanke machte mich nicht einmal mehr traurig. Er war wie ein Bild, das ich durch sehr dickes Glas betrachtete und das mir deshalb trüb und verzerrt erschien.

Das Gebäude gegenüber der Schule war niedrig und klein, das Dach offenbar durch einen Hagelsturm beschädigt. Doch drinnen spürte ich sofort die Ruhe und Behaglichkeit, die sich einst hier finden ließ. Die Fenster waren groß und gaben den Blick auf die Berge frei, und trotz der dicken Staubschicht auf den Scheiben war das Licht in allen Räumen so süß und frisch wie kühles Wasser.

»Wir sollten die Nacht hier verbringen«, sagte Texas. »Morgen früh reiten wir zurück. Tut mir leid, Ada. Sicher bist du enttäuscht.«

Ich nickte, konnte aber immer noch nicht glauben, dass Alice Schaeffer fort war. Ihre Präsenz erfüllte die ganze Praxis. Im großen Vorderzimmer gab es ein breites Bett, ein Waschbecken und eine Vielzahl von Kissen in verschiedenen Formen und Größen. Ich erkannte sie aus dem Handbuch wieder – Mrs Schaeffer hatte ein erdnussförmiges Kissen für die Rückenwehen empfohlen und ein kleineres, kegelförmiges, das die Gebärende sich zur Linderung der Schmerzen zwischen die Knie klemmen konnte. Beide lagen ordentlich neben dem Bett, neben vielen anderen, deren Zweck ich nicht kannte.

Im hinteren Raum standen ein schmaleres Bett und drei Schränke aus dunklem Holz. Einer war voller Instrumente – Spekulum, Pinzette, Skalpell, ein Sortiment von Nadeln –, die längst Rost angesetzt hatten. Ein zweiter enthielt Flaschen und Gläser mit Tinkturen, Salben und Stärkungsmitteln, von denen ich einige kannte und andere nicht. Im dritten stapelten sich nach Datum sortierte Notizbücher mit detaillierten Angaben zu Untersuchungen, Operationen, Geburten und Todesfällen. Ich las gerade Alice Schaeffers Aufzeichnungen aus dem Winter 1889, in dem mehrere Frauen eine Fehlgeburt erlitten hatten, als ich ein Klopfen an der Hintertür hörte.

Es war schon nach Mitternacht. Die Frau, die vor der Tür stand, war zu Fuß gekommen und allein. Sie war jung, wahrscheinlich jünger als ich, und hatte dunkle Augen und einen leichten Überbiss, der ihr ein energisches Aussehen verlieh.

»Sind Sie Mrs Schaeffer?«, fragte sie.

»Tut mir leid«, sagte ich, »aber Mrs Schaeffer ist nicht mehr hier.«

»Auch egal«, sagte die junge Frau schnell und wie beiläufig, doch ihre Stimme klang erstickt. Sie wandte sich ab und wollte wieder in die Nacht verschwinden.

»Warten Sie«, rief ich ihr hinterher. »Brauchen Sie eine Hebamme?«

Sie drehte sich um. Ihre Miene war traurig und bitter, aber ein winziger Hauch von Hoffnung umspielte ihre Mundwinkel.

»Ich wünschte, so wäre es«, sagte sie.

»Kommen Sie rein«, sagte ich.

Am Morgen fanden uns die anderen am Schreibtisch im Hinterzimmer. Die junge Frau hatte mir die Geschichte ihrer Familie erzählt, wer unfruchtbar war und wer viele Kinder hatte, und nun erzählte sie von ihrer Stadt, von den Krankheiten, die sie als Jugendliche durchgemacht hatte, und von denen im letzten Jahr.

»Wer ist das?«, fragte Texas.

»Das ist Minnie Parrish«, sagte ich. »Sie ist meine Patientin.«

»Nun, dann solltest du dich mit der Behandlung beeilen«, sagte Texas. »Wenn wir uns nicht bald auf den Weg machen, verlieren wir kostbares Tageslicht.«

Aber ich hatte bereits das Bett abgezogen und einen Topf mit Wasser aufgesetzt, um die Laken und die Instrumente zu sterilisieren. Ich hatte eine vorläufige Bestandsaufnahme der Schränke gemacht. Die Salben waren vertrocknet und die Kräuter zu Staub zerfallen, aber hinter dem Kampfer hatte ich ein paar Saatgutpäckchen entdeckt, mit denen ich einen kleinen Kräutergarten anlegen konnte. Ich war sogar auf ein leeres Notizbuch, einen Füllfederhalter und ein Tintenfass gestoßen, in dem sich noch etwas flüssige Tinte befand. Ich hatte das Notizbuch auf der ersten Seite aufgeschlagen und ganz oben das Datum des heutigen Tages eingetragen. Darunter hatte ich alles mitgeschrieben, was Minnie Parrish erzählt hatte.

Ich verspürte Angst und Unsicherheit. Das, was Mrs Schaeffer widerfahren war, könnte sich jederzeit wiederholen. Aber in den vergangenen Monaten hatte ich gründlich gelernt, keinen Verdacht zu erregen – und mein Leben zu verteidigen für den Fall, dass ich aufflog. Es war an der Zeit, das Gelernte anzuwenden.

»Sagt Kid danke von mir«, sagte ich. »Falls eine von euch eine Ärztin braucht, könnt ihr sie jederzeit zu mir schicken. Und falls eine meiner Patientinnen einmal auf eine sichere Zuflucht angewiesen ist, nehmt ihr sie hoffentlich auf.«

Ich möchte von den darauffolgenden Jahren erzählen, von den Geburten, bei denen ich zugegen war, und auch von den Todesfällen; von den Frauen, die ich behandelt und den Büchern, die ich geschrieben habe. Von dem Wissen, das in den Notizbüchern verborgen war und das ich später an andere Hebammen weitergab. Aber das sind andere Geschichten für andere Tage. Diese Geschichte endet im September des Jahres 1895, als ich, Ehefrau und Witwe, Ärztin und Gesetzlose, Räuberin und Mörderin und Tochter meiner Mutter, über die Berge kam, die Praxis von Mrs Alice Schaeffer bezog und mich an die Arbeit machte.

Danksagung

Ich schulde Julie Barer großen Dank für ihren guten Rat, Callie Garnett für nützliche Fragen, Barbara Darko fürs umsichtige Korrekturlesen sowie Liese Mayer und allen bei Bloomsbury für ihre Begeisterung für dieses Projekt. Ich danke JoEllen Anderson, Andrew Cowell, Phoebe Hart und Laura Turner für ihr Fachwissen, und allen auf der Willow Creek Ranch und von Hole-in-the-Wall, die mich willkommen geheißen und mit Informationen versorgt haben. Wie immer geht mein Dank an meine Schreibgruppe: Anthony Ha, Alice Sola Kim, Karan Mahajan, Tony Tulathimutte, Annie Julia Wyman, James Yeh und Jenny Zhang. Und vor allem danke ich meiner Familie, besonders Toby fürs Zuhören, fürs Lesen, für Ideen, Ratschläge und Fahrdienste.